小学館文庫

悲母

武内昌美

目次

銀《しろがね》も金《くがね》も玉も
何せむに
まされる宝《たから》
子にしかめやも

悲母

プロローグ

二〇二三年　八月　現在

〈小学生、マンションから転落、重体
十八日夜九時ごろ、世田谷《せたがや》区で女子小学生（十一）がマンションから転落した。発見した同マンションの住人の通報により救急搬送されたが、重体で意識のない状態が続いている。通報した住人によると児童が転落する前に女性と言い争う声が聞こえ、しばらくした後少女のものと思われる悲鳴を耳にした。警察は事件と事故の両方を視野に入れ捜査を進める模様。

八月十九日付　　読買新聞朝刊〉

〈天才小学生、マンションから転落！
八月十八日、夜九時。普通の小学生にとっては夜深い時間だが、中学受験に挑む小学生にとっては宵の口だろう。彼女も塾から帰り、これから家でも猛勉強に励む予定だったはずだ。何と言っても、被害に遭ったAちゃんは、全国模試で常に一位を取り続けている天才少女。私立中学の最高峰である女子御三家の合格は確実、将来は我々一般人には想像もつかないようなエリート街道を真《ま》っ直《す》ぐに進むことを約束された彼女。一体誰が、どんな理由で、その素晴らしい未来を地面に叩《たた》きつけたのか。これはひょっとしたら日本の将来を変えてしまう大事件になるのかもしれない。……

週刊文潮　八月三十日号〉

〈天才少女の転落事件から三日が経《た》ちました。いまだに事件か事故かを警察も明らかにせず、どうなっているのかって感じですね。さて、この被害に遭ったAちゃんは、首都圏の中学受験生の間ではかなり有名なお子さんだったということは、皆さんもうご存じでしょう。多くの塾で行われている全国模試で、常に一位をキープし続けているという、何と言いますか、我々凡人からは想像もつかないくらいの頭脳の持ち主！　どうやったらこんな凄《すご》い子が育つんでしょう。まあ、私なんぞはこんな優秀なお子さん、怖くて育てられませんね。常にバカにされそうです。（スタジオ内笑い）……

JBSテレビ　ワイドショー〉

真っ黒な木立が夜空を覆う中、白く浮かぶ看板に羽虫が集まる。その看板の下《もと》に向かう人の流れは、皆一様に表情を強張《こわば》らせていた。

「こんばんは……こんばんは」

保護者一人一人に挨拶《あいさつ》をしながら、村上玲奈《むらかみれな》は心の中で苦しい息を吐いた。

ここ新光《しんこう》学院は、中学受験専門の塾だ。かつては玲奈も通い、大学生になった今、チューターのアルバイトをしている。授業を持つ講師ではなく、事務の手伝いや子供達のサポートが主な仕事だが、こんなにも緊張感に覆われるのは初めてだ。

これから開かれるのは、緊急保護者会である。

保護者のほぼ全員が集まった満席の大教室で、教壇に立った笹塚《ささづか》がマイクを持った。

「皆さん、お忙しい中お集まりいただいて、ありがとうございます」

いつもであれば堂々と語り始める室長の声が、少し上ずっている。

「これから、当塾の塾生が被害に遭った案件について、今現在分かっていることと皆様に心に留めていただきたいことを、ご説明させていただきます」

「塾生って、青島《あおしま》まどかさん、ですよね？」

　大教室のどこかから上がった保護者の声が、笹塚の言葉を遮《さえぎ》った。それを合図にしたかのように、押し殺されていた言葉が一気に溢《あふ》れ出す。

「常に全国トップの小学生って、青島まどかさん以外いませんよ」

「うちの子、夏期講習でまどかちゃんと同じクラスなんですけど、ここのところ休んでるって言ってます」

「まどかちゃんなんですよね⁉　まどかちゃんの転落、事故なんですか？　それとも、事件なんですか⁉」

「皆さん、お静かに願います！　これから室長がその説明を行います！」

　玲奈は保護者を宥《なだ》めながら、思わず出そうになる「黙れ！」を必死に抑え込んだ。口にしたとしても、たかがバイトの言葉に耳を貸すような余裕など、保護者達は完全に喪失している。

「まどかちゃん、塾帰りの格好だったそうですね？　リュック背負った格好で自分のマンションの非常階段から落ちたって。小六の優秀な女の子の行動として、なんかおかしくないですか⁉」

「普通に考えたら、そんな事故なんてありえないわよね」

「言い争う声が聞こえたって話ですよね、そして悲鳴が聞こえたって。事件って、これってもう殺人なんじゃないですか⁉」

「……皆さんの不安は、よく分かりました」

低く穏やかながらも圧倒的な力を持った笹塚の声。先程とは打って変わったその声に、喧騒《けんそう》に包まれていた教室内は静まり返った。

凪《な》いだ教室を、笹塚がゆっくり見渡す。

「皆さんの仰《おつしや》る通り、被害にあった塾生はAクラスに在籍している青島まどかさんです。お茶の水校で行われた最難関クラスの夏期講習の後、夕方から自校舎である経堂《きようどう》校で自習し、閉校時間に帰宅したという記録が残っています。その後のことは新聞やニュースなどで報道された通りです」

「だから、それが事故か事件かが……」

「憶測を私がここで申し上げることは出来ません」

口を挟もうとした保護者を、笹塚が厳しい声で制す。

「警察からはまだ何も公表されていません。事実も真実も警察すら把握していないことを、軽々《けいけい》に口にするのは、大人としていかがなものでしょうか」

大人として、という言葉に、保護者達がうな垂れる。

「新光学院は、中学受験のための塾です。皆様のお子さん達は、人生で初めて挑む、想像を絶する戦いのための準備を、それこそ心身を削る思いでしています。そんなお子さん達に今皆さんがしてあげられることは、仲間が巻き込まれた案件について必要以上に騒ぎ立てることではない。こんな時だからこそ、傷ついたり不安になったりしているお子さん達を支え、話を聞き、安心させてあげていただきたいのです。今日はそのためにお集まりいただきました。村上さん」

笹塚に促され、玲奈は手にしていた紙を配っていった。プリントには不安を抱いた子供に対する対応の仕方、相談窓口、そして取材と称して子供や保護者に接触を図るマスコミについての注意事項が書かれている。

笹塚がそれを読み上げながら詳しい説明を加えていく。熱心にメモを取る保護者がいる一方で、自分の考えを吐き出さずにいられない者もそこここで見られる。

「室長先生はああ言ってるけど、どう考えても突き落とされたのよね」

「悲鳴って、『お母さん』って叫び声だったっていうじゃない。やっぱり命の危機に瀕《ひん》した時って、母親に助けを求めるのね」

「最近さ、優秀な人とか幸せそうな人を狙う事件、多いじゃない？　そういうのかな」

「違うでしょ。あの子、敵が多かったって話よ」

小声で話しこんでいる保護者を苦々しく見ていた玲奈の頬が、ピクリと強張った。

「そうそう。頭が良いのを鼻にかけて、Aクラスの子さえもバカにしてたって、うちの子が言ってた」

「先生にもかなり凄いこと言ってたらしいわよ。『東大も出てない人が私に何を教えるんですか』とか」

「うわ〜、だからか！　うちの子が言ってたもん、あの子の転落の話聞いた時、『いつか誰かに殺されると思ってた』って」

「マジで？　ヤバ」

声を潜めて笑う様子を見て、プリントを持つ玲奈の手に力が入る。手の中でぐしゃぐしゃになったが、我慢するには仕方が無かった。

こういう陰口と卑怯《ひきょう》なことは大嫌いだ。だがそんな正論だけでは世の中上手《うま》く渡っていけないことは、中高でよく学んできた。しかもここはバイト先、落ち着かなくては……深く息を吸って吐き、目を閉じる。

瞼《まぶた》の裏にまどかの顔が浮かんだ。

その瞳は冷ややかで、年長者さえ萎縮させる光を宿している。

自分は誰よりも賢く、強く、だから愚かな者達の上に君臨する力がある、という特権意識の光。

初めてまどかを見た時、玲奈にはすぐわかった。同じ目をした人間に囲まれ、自身もそんな目をしていた時期があったからだ。中学受験、こと最難関中学を受ける子供の中には少なからずいる。自分の人生は、成功への一直線だと信じて疑わない。だが、そんな想像がいかに未熟なものか、自身の中学・高校時代、そして大学受験を経験したことにより、身を以《もっ》て知った。

ある日、算数の授業が終わった休憩時間のことだった。Aクラスから出てきた算数講師の川口《かわぐち》が、まどかに捕まっているのを目にした。

「先生、さっきの図形の問題の大問3ですけど、あの解説間違っています」

新光学院は沢山の教室が職員室を囲むように設計されている。塾生と講師、スタッフの風通しを良くするためだが、そのせいでまどかの声は塾全体に響き渡った。

塾生達に笑いながら揶揄《やゆ》され、顔を真っ赤にしてテキストを開く川口は、涙ぐんでいる。他の講師達は同情するように顔をしかめるが、何も言わない。

彼女の唯一無二の明晰《めいせき》な頭脳が、大人達を尻込みさせる。何か言ったら、まるで証明問題の解答のように理路整然と構築された返答をされ、結局は自滅する羽目になる。

まどかは、大人達が触れてはいけない魔の領域だった。

　そこに、玲奈が踏み込んだ。

「そういうこと、ここで言うのやめなよ」

　一瞬驚いたように目を見開いたが、まどかはすぐにいつもの冷ややかな視線を玲奈に向けた。

「どうして？　講師が間違えるなんて、ありえないでしょう？」

「失敗を人前であげつらうのをやめなって言ってるの」

　低い声で応《こた》える玲奈の服を川口が引っ張る。もういいから、やめて、という合図であるのは分かるが、玲奈はその手を優しく払った。そしてまどかを睨《にら》みつける。

「想像力を働かせなよ。あんたが言ってることで、川口先生がどう思われるか」

「ちょっと何言ってるか、意味が分からない。ここに通うのは第一志望に合格するスキルを身に着けるためでしょう。それを邪魔した講師の、何を想像すればいいの？」

「たかが小学生のくせに、大人をバカにするなってことよ」

「……あんた、大学、どこ？」

　フッと鼻から息を吐き、まどかが上目遣いで玲奈を見上げた。相手を侮辱する気満々の目だ。ああ、そうだよ。その目だよ。

今となっては恥ずかしくて反吐《へど》が出そうな、浅ましく愚かな目。

「あんたは、どこの大学よ」

玲奈が言い返すと、まどかはいかにも相手を蔑《さげす》むように、口を歪《ゆが》めた。

「何言ってんの？　あたしはまだ小学生よ？　だからここに来てるんじゃない。これから最難関の中学に行って、最高峰の教育を受けるために」

「分かってるじゃない。小学生が、偉そうなこと言ってんじゃないよ。親のお金で学校や塾に通って、食べさせてもらって、年金も保険料も払ってないくせに」

玲奈の言葉にまどかが大きく息を吸った。

「あんたは、払ってんの？」

「払ってないわよ。だからあんたもあたしも、同じってこと」

まどかの口が動く。だが、言葉は出なかった。玲奈を見つめる瞳の色が、少しずつ薄くなってくる。それを見ながら、玲奈は続けた。

「何者でもないんだよ、あんたもあたしも。あたしもあんたみたいな時期があった。今は成功一直線だと思ってるんだろうけど、人生ってそんな甘いもんじゃない。上手くいかないことや失敗することが、必ずある。大人っていうのはね、そういうことを沢山乗り越えて、経験を積み上げて来てるんだよ。それを軽んじることは、あたし達には絶対許されない。頭の良いあんたなら、分かるよね？　あたしの言ってる意味」

玲奈の言葉にまどかが頷《うなず》くことは無かった。ふっと瞬《まばた》きをし、再び開いた目の色を玲奈が見る前に、踵《きびす》を返して教室へと戻って行った。

まどかに玲奈の言葉がどれだけ届いたのかは分からない。でも、あれ以上説明する必要はないと思った。何の変化も無ければ、それだけだ。

だが、翌日。

「ねえ」

夕食休憩の時間、資料をコピーする玲奈の横に弁当箱を持ったまどかが来た。見下ろすと、ブロッコリーをフォークで刺し、玲奈の口元に持ってくる。驚いていると、感情の無い目でブロッコリーを玲奈の引き結んだ唇に突きつけてきた。食べろということか……？　よく分からないままパクリ、と口に入れ咀嚼《そしやく》すると、「あたし、ブロッコリー嫌いなんだよね」と言葉を残し、まどかは教室に戻って行った。

何だ、あれは？

お喋《しやべ》りに花を咲かせる女子の中で、まどかからその輪に入るところは見たことがなかった。だがそれ以来、まどかは塾に来ると玲奈にだけは話しかけるようになった。

大した話ではない。学校に行くとき家の近くで見た猫が校門にもいてそんな瞬間移動は可能だろうかとか、給食で出たサーモンは本当に鮭《さけ》なのか実はニジマスなのだろうかとか……日常の切れ端を玲奈に分けるような、ささやかなお喋り。

他愛《たわい》もない話を重ねていったある日。塾に向かう玲奈は、偶然まどかと一緒になった。何か言うでもないが、まどかは玲奈の歩調に合わせるように並んだ。桜が散り緑の濃くなりつつある緑道を、二人でゆっくりと歩く。温《ぬく》もりを帯びた風が頬を撫《な》でる、柔らかい時間。そんないつもと違う環境のせいか、まどかがふと玲奈に問いかけた。

「ねえ。夢って、ある？」

「夢」

正直、第一志望の国立大学に落ちて砕けた夢は、一年経ってもまだ修復出来ていない。

「そうだねえ……どうだろ。今探し中かな。まどかちゃんは？」

訊《き》いて欲しかったのだろう。玲奈の問いかけに、まどかの目が輝く。

「絶対誰にも言わないって、約束してくれる？」

「うん」

「あのね……」

まどかの口から語られたその夢に、玲奈は目を丸くした。

「へえ、そうなんだ？」

「うん。……おかしい？」

思わず微笑《ほほえ》んだ玲奈を、まどかが不安そうに見つめる。こんな表情を見るのは初めてだ。子供らしい繊細さに玲奈は笑顔を潜め、首を横に振った。

「ううん、全然」

そう、とまどかが安堵《あんど》を込めた小さな溜息《ためいき》をついた。

「あたし、その夢をずっとずっと叶《かな》えたくて、そのために今、必死に頑張ってるんだ」

驚いた。まどかの洗練された高い知性は、必死に頑張るなどという泥臭い言葉から最も遠いと思っていた。

だが夢を語るまどかは、目を星のように輝かせ、頬をバラ色に染めている。

知性も将来も、生まれながらに何もかも手に入れているように見えるこの子の中に、こんなにも強い想《おも》いがあることに、玲奈は感動した。

「……あたし、絶対叶えるんだ。絶対」

本当は自信がないのだろう。だからこそ自分を勇気づけるように、言い聞かせるように口にする「絶対」は、重く、そして強かった。

——そうだ。

保護者会の片隅でまどかへ想いを馳《は》せていた玲奈は確信した。

まどかはまだ夢を叶えていない。夢に邁進《まいしん》していたまどかが、自ら死を選ぶことは絶対にありえない。

口元に手を当て、今立てられている仮定を熟考する。

転落が事故だとしたら。自宅マンションで家にリュックサックを置きもせず、非常階段で何をしていたのか。身を乗り出してリュックサックの重みでバランスを崩し、落ちたとか？　そんな幼子のようなことを、あのまどかがするはずがない。

玲奈はかぶりを振った。

そうしたら、一択だ。

殺人。

その字面《じづら》が頭に浮かぶだけで、ぞくりと冷たいものが背筋を這《は》い上がるのを感じた。

あの日、バイトの入っていなかった玲奈は、高校時代の部活仲間と食事をしていた。久々に会った友人達と無邪気に笑い合っていた時、まどかは殺人者と対峙《たいじ》していた。悲鳴を上げ、逃げまどい、非常階段に追い詰められ、突き落とされたのだ。

想像するだけで恐怖が走り、玲奈はギュッと強く目を瞑《つぶ》った。

一体、なぜ。

前日見かけたまどかには何も変わった所など無かった。いつものようにお茶の水校で最難関向け夏期講習を受けた後、普段通っている経堂校にやって来た。水色のハンディファンで首筋に風を当てながら受付を通り過ぎ、自習室に入っていった。長い髪がさらさらと流れ、汗とシャンプーの混ざった香りを残して。

いつもの光景だった。その中に、最たる非日常の「殺人」が起こるなんて。

しかも、まだ小学生の女の子に。

一体誰が、どんな理由で、まどかを……？

心臓が早鐘のように打ち付ける。恐ろしい。どうして、どうして、どうして。

「以上で、保護者会を終了致します」

声が響き、玲奈の意識が教室に戻った。心ここにあらずだったことがバレていたのか、笹塚がこちらを見ている。居住まいを正すと、笹塚は保護者達に視線を戻した。

「夏期講習もあと三分の一となりました。天王山《てんのうざん》も残り三合です。どうぞ皆様はドンと構えて、お子さん達が第一志望合格へ邁進する背中を見守ってあげて下さい。本日はお忙しい中貴重なお時間を割いていただき、ありがとうございました」

笹塚が教卓の上を整理しだした。いつもであればそれを合図に保護者達は席を立つのだが、皆固まったように座っている。声を殺したささやきが無数の虫の羽音のように空気を揺らす。

洩《も》れ聞こえる会話では、まどかの転落は殺人が既定路線になっている。誰が殺そうとしたのか。その動機は。まどかだからなのか、それとも中学受験生が狙われたのか。野次馬根性ともいえる好奇心は湧き出る泉のように涸《か》れることがなく、さざめきは止まらない。

そんな中、小さな音を立てて一人が立ち上がった。玲奈が目で追うと、それはよく知っている母親だった。保護者会に限らず、お弁当を届けに来た際など、来れば必ず講師や笹塚に相談を持ち掛け、長いこと話をしていく。

だが今日は顔色を失い、誰にも話しかけることなく急ぎ足で出口に向かうと、そっと出て行った。

Aクラスに在籍する小倉朱音《おぐらあかね》の母親、小倉千夏《ちなつ》だ。

第一章

二〇二三年　二月　新六年生①

ハア、ハア、ハア。

夕暮れ近い商店街を、小倉千夏は必死に走り続ける。しかし白い息の向こうに知った顔を見つけ、咄嗟《とっさ》に電柱の裏側に回り込んだ。ひどく古典的な身の隠し方だが、彼女は千夏に気付くことなく通り過ぎて行った。

安堵の息を吐く。娘・朱音のピアノ講師だ。幼稚園から習っていたピアノだが、中学受験のために小五でやめた。だがそれは方便で、発表会前ですら練習しないやる気のなさにレッスン代が惜しくなったという方が正しい。

それ以外は特に不義理があったわけではない。だが今、講師と顔を合わせたくないのは、あの言葉のせいだ。

『朱音ちゃん、ピアノちゃんと練習してね。ピアノが上手になると、勉強も上手くいくの。ピアノがダメだと、勉強もダメ』

レッスンに行く度に繰り返し言われた。朱音は分からないが、千夏には強く響いた。

そして今、思い出す度に抉《えぐ》られるように胸が痛む。

ピアノにすら向き合えなかった朱音は、勉強にも向いていないのではないか……。

「……と、いけない！」

何とか朱音が出かける前に帰って、宿題を全部やったか確認しないと。分からない所をちゃんと先生に質問するように言い含めないと。いよいよ本番になる受験に向けて、本気で勉強するよう、叩き込まないと。

二月の夕方は、すでに夜の帳《とばり》が降り始めていた。

あらゆるもの、全てに焦る。いくら走っても逃れられない、それどころか闇に向かって突っ込んでいくようで、恐怖に竦《すく》みそうになる。

それでも、走る。今さらもう、足を止めることは出来ない。

マンションの玄関を走り抜けた。ここグルンデルヴァルト経堂は、数百戸を擁《よう》する大型マンションだ。何人か知り合いらしい人影を見掛けたが、挨拶をする間も惜しいので、脇目も振らずエレベーターに乗る。五階に着くと同時に外廊下を駆け、解錠するのももどかしくドアを開く。

「朱音!」

叫ぶように娘の名を呼ぶ。が、返事は無い。靴を脱ぎ散らかしたまま家に上がり、リビングに向かうと、真っ暗なそこはすでに誰もいなかった。

明かりを点《つ》けると、ソファの横に投げ出されたパープルのランドセルが見えた。ダイニングのテーブルには、テレビのリモコンとせんべいやクッキーのカラが幾つも散らかっている。その光景は、小学校から帰った朱音の動きを如実に表していた。帰ってランドセルを下ろし、おやつを食べながらテレビを観《み》たのだ。学校の宿題もせずに。

入れ違いになってしまった。大きな溜息をつきながら、ベランダに出る。大きく体を乗り出して外を見ると、水色の自転車に跨《またが》った、大きなリュックサックを背負った少女の後ろ姿が目に入った。ノロノロとこぐ様子に、千夏は深い溜息をつく。

何やってんの、朱音。

薄墨が流れたような二月の空に、五時の鐘が鳴り響く。あと十五分で塾が始まる。なのに、なんでそんなノロノロこいでいるの? リュックに詰められた大量のテキストやノートが重いのは分かる。でももうすぐ塾が始まろうという時間に、どうして急ごうと思わないの？

千夏が苛立《いらだ》ちにまみれていると、不意に朱音が自転車を停《と》めた。目を凝らすと、むこうからクラスメート二人がやってくるのが見えた。遊びの帰りらしい二人も自転車を停め、何やら話しかけた。朱音が応じる。

その姿に、思わずベランダの柵を強く握りしめた。朱音たちは話が盛り上がっている様子で、なかなか別れる気配がない。友達と仲が良いのは何よりだが、今はそんなことを喜ぶ気になど到底なれない。業《ごう》を煮やした千夏は、スマホを手にした。テキストメッセージにしようかと思ったが、無視されるのは明白なので、電話をする。

スマホから呼び出し音が鳴り、すぐに言葉を発しようと息を吸った。しかし二回、三回、とコールしているのに、出ない。冗談でも言い合っているのか、友達の肩を叩いて笑う朱音への眼差《まなざ》しが、一層厳しくなる。

すると一人が着信音に気付いたのか、朱音のリュックを指差した。何十回も鳴り続けた携帯がようやく引っ張り出された。

『はい』

〈ママ〉の表示で、察したのだろう。朱音の第一声は不機嫌そのものだ。苛立ちが一層燃え上がった。

「何やってるの！　いつまでも喋ってないで、早く塾に行きなさい！　遅刻だよ、走って！」

携帯越しの怒鳴り声がクラスメート達にも聞こえたのだろう。二人はそそくさと自転車に乗り直し、朱音に手を振って去って行った。

再び自転車をこぎ出した朱音は、相変わらずゆっくりだ。きっと、いつまでも後ろ姿を睨みつけている千夏への反抗心からだろう。だが腕時計を見てさすがにまずいと思ったのか、段々速くなり、すぐに姿が見えなくなった。

ほんの少し、やっと千夏の胸に安堵が訪れた。朱音の後ろ姿が見えなくなると、改めて足元から這い上がってくる二月の冷気を感じた。身震いしながら室内に戻る。

十一畳のリビングは、膨大なプリントとテキスト、返却されたテストが山となり、あっという間に半分以上が埋め尽くされている。整頓好きな千夏が何度片付けても、この状態に戻ってしまうのは、「一度しまったら、また出すのが面倒くさい」と、朱音がテキストもノートも本棚に戻さず、床に広げっ放しにするからだ。

ピアノの練習も面倒くさい。音読も、漢字の練習も面倒くさい。テキストを本棚に戻し、プリントを科目別に収納するという片付けまで、朱音は全てが面倒くさいのだ。こうした様子を目にするたび、千夏は息が止まりそうな程苦しくなる。

女の子はコツコツ勉強できることが強みなのに、それが出来ない朱音は一体何を武器にすればいいのだ。

中学受験という戦場を、戦い抜くために。

朱音は、今年の四月に小学六年生になる。しかし進学塾では、二月から「新六年生」という名称で、最高学年扱いになっている。

中学受験は、東京・神奈川では主に二月一日、二日、三日に集中して行われる。他道府県では一月に行われるため、二月の頭を過ぎると中学受験は終わりを告げる。なので進学塾では、小六生達は入試本番に挑むため一月に「卒業」し、二月には下の学年が「進級」する。

二月八日に新六年生に進級し、もう一週間だ。そう思うと、胸に鉛が沈み込んできたかのように、重苦しい気持ちになる。

受験本番まで、あと一年を切ってしまった。

今、塾のロビーには沢山の短冊が貼られている。受験生の名前と合格した学校名が書かれたものだ。それは子供の努力の結果であるとともに、塾の実績でもある。優秀な塾生は、最難関校の名前を伴って一番目立つところに貼られる。一人でいくつもの学校名を従える者もいれば、在籍していたのに名前が見つからない者もいる。

合格と、不合格。

勝利と、敗北。

中学受験には、小学校生活六年間の半分以上が準備に充《あ》てられる。だがその結果は、ほんの数日で決まってしまう。大学受験と違い、浪人してのリベンジが出来ない。背水の陣の一発勝負、非情なまでの競争社会なのだ。不合格になどなろうものなら、大人でも心に深い傷を負う残酷な結果を、たった十二歳の子供が一身に受け止めなくてはならない。そしてそれを背負って、不本意な中高一貫校で六年間、もしくは公立中学校で三年間、生きて行かなくてはならないのだ。

千夏は深く重い溜息をついた。

来年の今頃、短冊の中に、もしも朱音の名前が無かったら……。

背中がゾワリと粟立《あわだ》ち、思わず両腕を身体《からだ》に巻き付けた。

千夏は大人だから、怖さが分かる。受験に掛けた数年間の努力が、我慢してきた全てが無駄になる。無残な夢の亡骸《なきがら》を見つめることが、どれだけ苦しいか。無念な敗北をしないために、今、死ぬほど頑張らないといけない。それを分かっているのは大きな失敗を何度もし、辛《つら》く苦しい思いにもがき、歯を食いしばって乗り越えてきた経験を持つ大人だからだ。

朱音には分からない。

何の書き込みもなく真っ白な過去しか持たない子供だから、説得しても響かないのは仕方がない。

でもあんな姿ばかり見せつけられると、心配が恐怖になり胸が潰《つぶ》れそうになるのだ。憂さを晴らすように、紙の山を思い切り蹴飛ばす。ザザザ、と音を立て、テスト用紙の雪崩《なだれ》が足元を覆い尽くした。

ますます部屋を散らかしただけの自分の行為に、心底げんなりする。

千夏は大きく息を吐き、テスト用紙をもう一度積み上げていった。

＊

朱音が中学受験専門進学塾・新光学院に通い始めたのは、小学三年生の二月からだ。朱音が生まれたタイミングで越してきたグルンデルヴァルト経堂では、殆《ほとん》どの子供達が中学受験をして私学に通っている。そんな環境に流されるように、朱音も中学受験をすることに決めた。

新光学院も他の塾と同様に、クラスは成績順だ。難関クラスがA、中堅以下はB、

C、D、Eと分けられ、各々《おのおの》のレベルに合った授業が行われる。それはすなわち志望校に直結し、最難関校を目指す者はAに在籍しないと合格は難しいとされる。

最初の入塾テストで、朱音のクラスはEだった。

まあ、こんなもんだろうと、千夏は思った。

周囲は幼稚園の頃から公文《くもん》やそろばんに通っていたが、早生まれの朱音には勉強系のお稽古事《けいこごと》は難しいと思い、情緒を育てるためのピアノや絵画教室に通わせていた。勉強は宿題と市販のドリルをするくらい、今まで受けたことのあるテストと言えば、学校で行われるぺら紙一枚の復習テストくらいだ。一方新光学院の入塾テストは全国模試を兼ねたもので、問題用紙は冊子で解答用紙と別になっている。すでに中学受験の入試問題を念頭に置いた出題形式に、朱音は手も足も出なかったが、

「全然解けなかったよ～」

一緒に入塾テストを受けた同じマンションの友達と顔を合わせ、暢気《のんき》に笑っている。

千夏も「まあ、頑張ったね。お疲れ様」と労《ねぎら》い、帰り際にみんなで駅ビルのイタリアンでお昼を食べて帰った。

数日後。郵送されてきた結果は、案の定悪かった。というか、ごく普通の学生だった千夏でも見たことのない偏差値が並んでいた。

〈国語　四十一
算数　四十
総合　四十
あなたの受講クラスはEクラスです〉
ああ、そうなのか、と千夏は思った。
そうだろうな。受験用の勉強なんて、してこなかったし。
書類をダイニングテーブルに置き、千夏は小さく溜息をついた。折りたたみ、また封筒に戻そうとして、思い直してもう一度開いた。
何よりも目立つように書かれた、太いEという文字。
一番下のクラスだ。
Eクラスという文字を見つめながら、千夏は朱音の顔を思い浮かべた。
朱音は、運動が苦手だ。本人もそれは自覚していて、運動が得意な子を無条件にリスペクトしている。自分が不得手なことが出来る他人を褒められるのは、朱音の素晴らしい長所で、母として誇りに思っている。運動が出来ない分、何か得意なものを摑《つか》もうとしているところも。ピアノや絵画がそうなることを期待していたが、朱音の興味のベクトルは全くそちらに向かない。むしろ今は勉強にやる気を出していて、宿題以外に家でしているドリルも、朱音が自ら進んで解いているのだ。おかげで学校の成績は良く、本人も勉強が出来ると思っている。中学受験は、朱音のそうした意識も強く働いた。鬼ごっこですぐ捕まったり、ドッジボールですぐ当てられたりしても、かまわない。あたしは中学受験に邁進するのだから。

邁進などという言葉を知っているかは甚《はなは》だ疑問だが、そういう思いでいるのは間違いないと思う。

それなのに、Eクラスかあ……。

朱音の落ち込む顔が目に浮かぶ。

なんて励まそう。これから頑張ればいいよ？　しょっぱなから躓《つまず》いた感半端ないのに、期待を持ってくれるかしら。取り敢《あ》えず、朱音が好きなおやつでも用意しておこう。少しでも、気持ちが上がるように。

学校から帰宅した朱音は、頬を紅潮させて駆け込んできた。

「ママ、新光学院のクラス分け通知、来たんでしょ？」

ランドセルを背負ったまま、朱音が足踏みをする。

「あれ。なんで知ってるの？」

「マンションの玄関のとこで、聡君《さとし》のママと会ったの、一階の。聡君、Aだって！

Aって、一番上のクラスなんだって！」

　朱音の目が、キラキラしている。自分も、聡君と同じクラスに入れると期待しているのだ。大きくEと書かれた朱音への通知が酷《ひど》く残酷な宣告に思えて、胸が痛む。

　でも、仕方がない。

　千夏は書類をしまうチェストを開け、通知を朱音に渡した。封筒から出すのももどかし気に、朱音がそれを開く。

　晴天に雨雲が広がるように、朱音の表情が急激に曇っていった。その様子に、千夏まで心が締め付けられる。

「大丈夫だよ、朱音」

　千夏は朱音の肩に手を置いて、通知を見つめる強張ったその顔を覗《のぞ》き込んだ。

「初めて受けたテストじゃない？　出来なくて当たり前。それに、朱音早生まれだから。四月生まれの子に比べたら、いっこ下の学年の方が近いんだよ？　朱音はまだ二年生みたいなもんなの。だから……」

　不意に朱音が千夏の手を振り払った。そして、いきなり「うわあーっ」と大声で叫んだと思うと、クッションを壁に向かって投げつけた。

「朱音!?」

なおもクッションを投げ続ける朱音を押さえようとした千夏は、ハッと手を止めた。号泣している朱音。手あたり次第クッションを、ぬいぐるみを、雑誌を、テレビのリモコンを投げつけていく。

しかし、目は悲しんでいなかった。

燃えている……ギラギラと。

心に収まりきらない激しい悔しさを、噴出させているのだ。

伸ばしかけた手を、千夏はギュッと握りしめた。

朱音が歩いた後は、まるで怪獣が通った跡のようだった。リビングをめちゃめちゃにすると、朱音は泣きながらフラフラと自分の部屋に向かった。

「朱音」

もう、泣き声は聞こえてこなかった。ベッドにうつ伏せになった小さな背中を、千夏は優しくさすった。

「どうする？　新光学院……入るの、やめてもいいよ？」

ここまでプライドをズタズタにされた塾に、行く必要はない。

朱音の痛みを同じように感じながら、千夏は背中をさすり続ける。枕に顔を押し付けていた朱音がボソリと言った。

「……テスト、またあるよね？」

「え？」

「クラス分けテスト。入塾した後の」

「ああ、うん。もう一回、春にあったはず」

「それ、受ける」

グイと頭を上げると、朱音は千夏の目を見つめた。

「もう一度受けて、絶対Aに入る」

千夏は息を呑《の》んだ。向けられた朱音の目。そこに宿るのは大きな決意を固めた、強い、揺るぎない光。

「いい？」

頷かない理由などない。千夏はまだ涙で濡《ぬ》れている朱音の頬を両手で包み、その身体をギュウッと抱きしめた。

「頑張ってね」

朱音も千夏に両手を回し、その手に力を込めた。まだまだ小さく細い身体からは想像もつかない程、強い力だった。

次のクラス分けテストは、四月だった。

朱音は、本当によく勉強した。今まで見たことも無い真剣さでドリルに向かい、繰り返し問題を解いた。そのドリルも、どんどん難度の高いものになっていった。

二か月は、あっという間に過ぎた。

そして、クラス分けテストの結果。

〈国語　六十九
　算数　六十九
　総合　七〇
　あなたの受講クラスはAクラスです〉

「やったー！」

郵送された結果を見た途端、朱音は両手を高く突き上げて叫んだ。

「やった、Aだよ！　A！」

「うん、うん」

A、A、と歌うように言いながらリビングをスキップして喜ぶ朱音を見て、千夏は体中が震え、胸が高まるのを抑えられなかった。

もちろん、新光学院で一番上のクラスに入れるのは嬉《うれ》しい。だがそれ以上に千夏を昂奮《こうふん》させているのは、朱音のポテンシャルだ。

偏差値を三〇近くも上げ、七〇なんてとんでもない成績を叩き出した。しかもたった二か月で、だ。

この二か月の朱音の集中力は、凄いものだった。燃えるような目で、のめり込むように問題を解き続けた。声を掛けるのも憚《はばか》られるほど、激しく渦巻くオーラを放っていた。親のひいき目などではなかったはずだ。その結果が、この見事な成績なのだから。

たかだか小学三年生の子供だというのに、あの悔し涙は、伊達《だて》ではなかったのだ。

千夏は胸を押さえながら、朱音の無邪気に喜ぶ笑顔を見つめた。

この子の本気は、この子の人生をどこまで高めてくれるのだろう。

今まで、みんながしているからと漠然としか考えていなかった中学受験。

しかし朱音には、わずか二か月で偏差値を三〇も上げる底力がある。

この凄《すさ》まじい力で中学受験まで駆け抜けたら、朱音はきっと凄い所に辿《たど》り着く。誰もが驚嘆し、憧れる場所に。そしてその姿を、千夏は誰よりも間近で見ることが出来るのだ。

今まで感じたことのない高揚感が身体中に満ちてくる。

朱音が、頬を真っ赤にして駆け寄ってきた。そして息を弾ませて、千夏に抱きついた。

「ママ、あたし、すごい？」

「うん、凄い。凄いよ、朱音」

「やったー！」

しがみついてきた朱音を、千夏も強く抱き返す。

生まれてきた時から、ずっとこうして抱きしめてきた。何よりも大切な、宝物。

そんな我が子が、まるで神様に選ばれたような凄い子だったなんて。

これから始まる中学受験は、朱音と千夏にとって、輝かしい未来を拓《ひら》くための薔薇《ばら》色の時間になる。千夏は幸福感に包まれながら心の底から思った。

――中学受験をすることにして、本当に良かった。


夢のような瞬間だった。

本当は、夢だったのかもしれない。

あの優秀な、神様に選ばれた娘は、夢の産物だったのだ。

白昼夢。まるで、儚《はかな》い陽炎《かげろう》のような。

リビングに広がった無数のプリントを片付ける。

きれいに揃《そろ》える気持ちになど到底なれず、放《ほう》るように積み上げていく。教科も関係なく置かれていたので、片付ける方も無造作だ。溜息交じりにプリントを摑む手が、ふと止まった。

しわくちゃになった紙の日付が目に入ったのだ。二月十五日提出、と、赤字で書かれている。

十五日って、今日じゃない。胸に鈍痛を覚えながら紙を伸ばすと、体中に満ちた失望が溜息になって放たれた。それはテストの解答用紙だった。

新光学院では、テストを受けたら間違えた箇所を振り返り、解き直すように指導される。テストを受ける意義は、自分の成績が全体のどこに位置しているかを確認することにある。そしてそれ以上に、間違えた所から自分に今どんな力が不足しているのかを知ることを重視する。中学受験は範囲がとてつもなく広いため、知識に穴があってはならない。だからテストで見つけた自分の弱点を埋めていくのが、合格への大切

*

な行程なのだ。

しかし朱音はいつもテストを受けたら受けっ放しだ。

だって、「面倒くさい」から。そして、朱音は知っているから。

自分が本気になったら、いくらでも成績を上げられるということを。

やれば出来る。

だがそれは、やらなくては出来ないのと同義だということに、朱音は気付いていない。

しかも悪いことに――いや良いことなのかもしれないが――朱音には猛烈な得意分野があった。ふつう女子は不得意と言われている算数や理科。これだけはAクラスでもトップを取ることがあり、講師からも「こんなに理系教科が出来る女の子は初めて」などと言われるものだから、調子に乗ってしまう。

だから、いくら勉強しろと言っても、朱音はやらない。それどころか、母への反発か、勉強から逃れることにばかり腐心しているようにすら見える。

疲れたから風呂に入ると言えばマンガを持ち込み、眠いと頭が働かないから早く寝ると言えば布団にファッション誌を持ち込む。

他の中学受験生はみんな必死に勉強している時に、だ。

受験が済むまで我慢しろと叱りつけ、マンガやファッション誌を取り上げる。そんな毎日に、千夏は心身ともに疲弊しきっていた。

底なし沼に心が沈んでいくのを感じながら、千夏は手にした解答用紙の皺《しわ》を丁寧に伸ばした。一応、解き直しはしてある。だが短時間で書き殴ったのが一目瞭然だ。おそらく塾に行く直前に思い出し、急いでやったのだろう。学校から帰った後、塾に行くまで一時間弱の時間があるのに、ギリギリまでおやつを食べながらテレビを観ていたせいだ。いや、テストが返却されてから二日もあった。例によって甘い時間管理で延ばし延ばしにした挙句、忘れていたのだ。

想像がつく。いや、想像ではなく、事実に違いない。

皺を伸ばした解答用紙をテキストの山に放った。塾で忘れたことに気付き、肝を冷やすといい。そしてみんなの前で怒られれば、少しは反省するだろう。

踵を返そうとするが、足を止める。

今日この宿題を採点してもらわないと、振り返りが終わらない。つまり、勉強がその分遅れてしまう。

苦々しく逡巡《しゅんじゅん》していたが、結局解答用紙を手に、千夏は玄関に向かった。

甘やかすわけじゃない。受験のためだ。

夜の帳の降りた駐輪場で自転車のライトを点け、グイとこぎ出す。それまで凪いでいた空気が一瞬で冷たい風になり、身体が刺されるようだ。手袋をしてこなかったことを後悔する。それでもペダルを踏み込み、人が行き交う商店街を急いだ。

その中には、お稽古帰りの朱音のクラスメートもいる。家で母は温かい夕食を作って待っているのだろう。好物を期待しているのか、口元に笑みが浮かんでいる。ついそうした子供に目がいってしまう。

普通の小学生が家に帰る時間に塾に行き、会社員が帰る九時過ぎに帰宅する生活を朱音にさせていることに、こういう時だけは疑問が頭をもたげる。少なくとも、自分が過ごした子供時代とは全く違うことをさせている。娘の素晴らしい人生を期待して選んだ生活が、あまりにも自分には未知過ぎて、自信が無くなる。

しかしそんな思いも、〈新光学院〉と書かれた看板が見えた途端、消えていった。ビルの窓から零《こぼ》れる白い明かりの中で、沢山の子供達が戦っている。ここは受験戦争の最前線だ。

千夏は新光学院のある二階へと階段を駆け上がった。

不審者対策のため、入り口は暗証番号を打ち込むようになっている。何度も来ているので指は勝手に動き、解錠音と共に扉が開いた。

明るいフロアは、静けさの中に講師達の声が洩れ聞こえるだけだ。声を出すのが憚られ、小さくこんにちは、と言うと、デスクで作業をしていた若いスタッフがパソコンから顔を上げた。

「こんにちは。どうされました？」

村上というチューターだ。口は悪いが話しやすいと朱音が言っていたのを思い出し、千夏は彼女に朱音の解答用紙を手渡した。

「あの、これ、娘が……Aクラスの小倉朱音なんですけど、忘れていったみたいなので」

「うわ、ヤバ。これ、次の授業ですよ。ギリ間に合いましたね！」

栗《くり》色に染めたミディアムヘアを耳に掛けながら、村上は屈託ない笑顔を見せた。薄いメイクにアーモンドのような二重《ふたえ》の目が知性を感じさせる。進学塾のバイトをするくらいなのだから、きっといい大学に通っているのだろう。

朱音の姿が重なる。今より背が高くなり、ほっそりした頰に大人びた笑みを浮かべる大学生の朱音。苛立ちでパンパンになっていた心が、スウッと軽くなるのを感じた。

よろしくお願いしますと頭を下げ、新光学院を後にする。

先ほどまで切り付けるようだった冬の夜風が、穏やかに優しい。

ホッと溜息をつく。

今日は夫の帰りが遅い。朱音にはお弁当を持たせているので夕飯は千夏一人だ。塾弁の残りだけで済ませてしまおうか……などと考えながらのんびりと自転車をこいでいると、不意に「千夏さん！」と声を掛けられた。

振り向かなくても、声の主《ぬし》はすぐに分かる。気配を感じたらすぐに避けられるように、常にセンサーを働かせているから。

高崎敦子《たかさきあつこ》センサー。

自転車のスピードを上げて逃げたい衝動に駆られたが、同じマンション、同じ小学校母の手前、そういう訳にはいかない。千夏は仕方なく自転車を停め、向き直った。

「あら。こんばんは、敦子さん」

両頬を上げ、愛想の良い作り笑いを見せると、高崎敦子もニコニコと笑いながら千夏の方に自転車を押してきた。

「聡を送りがてらね、商店街のキムラヤさんでコッペパン買って来たの。聡のお夜食用に。聡、あのコッペパンに私特製のマーマレードを挟んだのがお気に入りなのよ。甘いものが欲しくなるみたいなのよね。ほら、勉強で頭を使うと、脳が栄養を欲しがるって言うじゃない？　脳の栄養、糖分だから、たっぷり摂《と》らないと」

「そうなの、お疲れ様」

作り笑いのまま、千夏は言った。普通「お疲れ様」と言えば、会話を切り上げて欲しい合図だと気付くものだが、敦子はそうした気遣いとは無縁だ。

「ホントよぉ、疲れちゃう。ホラ、聡、ジニアに通ってるじゃない？ 成城《せいじょう》まで行かなきゃだからね〜。いくら男の子だって言っても、まだ小学生だから、塾の行き帰りも心配じゃない？ 送り迎えするのは親の役目だから〜。聡も頑張ってるから、あたしも頑張んなきゃって。並の頑張りではダメだからね、ジニアの難関クラスでやっていくのには。その点、朱音ちゃんはいいよね〜、難関っていっても、新光学院だから」

「ははは、まあね」

「そうそう、この間、新光学院から一人、ジニアに移って来たのよ。いきなり難関に。賢い子には、やっぱり新光学院では物足りないんでしょうね〜」

そう、ははは、と笑いながら、千夏はストレスで腹痛を起こしそうだった。心の底から、もう生理的に苦手なのだ、高崎敦子が。

ジニアジニアと敦子が連呼するのは、ジニアアカデミーという進学塾だ。並み居る中学受験塾のなかで、ダントツの御三家合格者数を誇っている。膨大な量の宿題と凄まじいスピードの授業で単元を進め、五年生までに履修科目全てを終わらせる。そうして六年生の一年を掛けて、受験問題に取り組ませるのだ。御三家を狙うことに特化した体制で、優秀な子供には刺激的で最高のカリキュラムだ。

そんな塾だから、誰もが期待する。ジニアに行けば、御三家に入れるに違いない、と。

そうした期待を、また打ち砕くのも、ジニアだ。優秀な子供を選出するため、その入塾テストも非常に難しい。誰もが入れる訳ではない、中学受験ファミリーにプレ御三家のように憧れられる存在、それがジニアアカデミーだ。

敦子も以前、聡に新光学院の入塾テストを受けさせた。朱音が最悪な成績を取った最初のテストの時、聡は難関のAクラスでの入塾が決まっていたのだ。

だが、敦子は新光学院を蹴った。

『こんなにあっさり難関クラスに入れる塾なんて、うちの聡を向上させられる訳ないじゃない』と、笑って。

あっさりではなかったはずだ。まだ一歳になるかならないかの聡を、せっせと幼児教室に連れて行き早期教育を受けさせていたことを、千夏は知っている。幼稚園に入る時には既に字が読め、小学校に上がる時には掛け算まで出来るように仕上げていた。

これは素直に凄いと思う。まるでコントロールのきかない朱音に右往左往している自分を考えると、聡を言う通りにする敦子の努力は並大抵のものではなかったはずだ。

　ただ苦手なのは、

「そろそろジニアでついていかれなくなって、新光学院に落ちていく子も出てくるのよね。ジニア脱落組。今まで頑張って来たのに、可哀《かわい》そうにね〜」

　こういう時の、敦子の笑顔。丸い顔の真ん中にある大きな鼻が膨らみ、短いまつ毛の小さな目が糸のように細くなる。温厚に見える筈《はず》のパーツが、何とも言えない嫌悪感を胸に湧き上がらせるのだ。

　思うように朱音を育てることが出来ていないことへの劣等感なのか、それとも優秀な聡に対する妬《ねた》みなのか。多分、両方だと思う。自分の器の小ささにも嫌気が差すのだが、感情は止められない。

　敦子からなんとか逃れるべく、千夏は愛想笑いにすまなそうな色を混ぜた。

「そうだ！　あたし、ライフで主人の下着を買わなきゃいけなかったんだ」

　ライフというスーパーは、家と逆方向にある。このまま敦子とマンションまで一緒に帰るのは拷問に近い。千夏はそそくさと自転車に乗り直した。じゃあね、と手を振ったとき、敦子が「あ、そう言えば！」と、千夏の自転車の後部座席をむんずと摑んだ。

「なあに？」

まだ自慢し足りないのか。うんざり感が滲《にじ》むのを抑えきれずに振り返ると、キラキラ輝く敦子の小さな瞳が目に入った。

「そう言えばね、ジニアの凄い子が転塾したはずなんだけど、新光学院、行ってる？」

「ジニアの凄い子？」

「そう。四年生で入った時から、ずっとトップの子。トップって、うちの校舎でじゃないのよ。全国の一位。偏差値なんて、六十五もあったのよ。ああ、ジニアは新光学院より偏差値十くらい低く出るから、新光学院の六十五と同じじゃないけど」

いちいち気に障《さわ》る。千夏は強張りそうになる顔に、なんとか笑みをキープする努力をした。

「そうなの。そんなに凄い子が、なんでジニア脱落組になったわけ？」

「ねえ。なんでかしら。やめるって言った時、相当引き留めたらしいのよ、ジニアは。当然よね。御三家合格が絶対確実な子、手放したくないわよね。噂《うわさ》だと、塾代全額免除するから残ってって言うのを蹴って、やめたって」

いつもは話半分で聞こうと心掛ける敦子の話に、思わず千夏は聞き入った。

まるでジニアアカデミーの申し子のような子が、そんなに強い引き留めにも応じずやめるなんて。天下の、誰もが憧れるジニアアカデミーを。

「ねえ、新光学院に最近入った子、いる？」

「分かんない。朱音は何も言ってなかったけど……その子やめたのって、いつ？」

「先週」

「先週か」

今日は木曜日だ。そろそろ新しい塾に来る頃だろうか。朱音が「ジニアやめた子が来たよ」と千夏に言わなかったという場合を除いて。最近は塾のことも学校のことも、あまり口にしない。

いつからこんなに、千夏と朱音の歯車は嚙《か》み合わなくなったのだろう。

でも今は、そうした母娘《ははこ》の関係よりも、ジニアアカデミーをやめた天才児の方が気になった。どんな子なのだろう。思い浮かぶのは、マスコミで取り上げられる、小学生で数検一級を取ったり、大学の研究室に招待されるような少年達だ。どう育てたらあんな凄い子になるのか、いつも気になっていた。

「朱音に訊いてみようか。その子、何て言うの？」

「青島。青島まどか」

先程までの好奇心の質感が、急にざらりとしたものに変わった。

まどか。

女の子。

朱音と同じ、女の子。

*

「朱音！　何なの、これは⁉」

思わず大声が出る。

早朝六時、近所迷惑かもしれないという思いが、一瞬頭をよぎる。しかしよそ様への配慮をする余裕などない。

その声で起こされた朱音は、目の前に突き付けられたものを見て頬を強張らせた。と同時に、きつい眼差しで千夏を睨み返す。

千夏が朱音に突き付けたのは、朱音の愛読する女子小学生向けのファッション誌だ。クラスの女子半分が読んでいるという雑誌で、内容は「学校で友達に差をつけるファッション着こなし術」や「JS（女子小学生の略だ）が今おさえておくべき可愛《かわい》いおしゃれ小物」……明らかに、受験の妨げになるものばかりだ。

欲しい、と朱音が言い出した時、それを理由に千夏は強く反対した。だが「買ってもらえたら、もっともっと成績上げるから！」という朱音の懇願に負け、偏差値六十以上を条件に購入を許した。

宣言通り好成績を出したのでしぶしぶ買い与えたが、その後は憂慮した通りだった。勉強をする振りをしては教科書の下に忍ばせ、入浴時に密閉バッグに入れてこっそり持ち込む。

その度にもう買わないと叱りつけた。だが雑誌の発売日前のテストはなぜか必ず高偏差値を取って来る。そして最新号を手に入れると勉強に手がつかなくなり、また成績が下がる。その繰り返しだ。

親は受験生を追い詰めてはいけない。

塾でも言われ、本でも読み、それは百も承知のことだ。でもこんなイタチごっこを、どうして怒らずにいられようか。

「何なの、これは」

感情がどうしようもなく昂《たか》ぶり、突き付ける手の震えが止まらない。雑誌は、寝ている朱音の枕の下から覗いていたのを、千夏が引き抜いたのだ。

「昨日、早く寝ないと頭が働かないとか言って、塾の復習もしないで十時に寝たよね。

なのに、何？　早く寝て、こんなの読んでたの？」

「……読んでないよ」

朱音が言った。怒られている人間とは思えないほど、落ち着いた声で。だが、欲しいのはそんな言葉じゃない。

「読んでない？　じゃあ、なんで枕の下なんかにあったの？」

「知らない」

答える朱音の目は、死んだ魚のように光が無い。

これは、嘘《うそ》をついている目だ。怒られることに慣れた子供は、傷つかないように心にシャッターを下ろす。だから瞳から光が消える。

「どうして、嘘ばかりつくのよ？」

裏切りに傷つく痛みは、涙に変わる。懸命に堪《こら》えながら、朱音を見つめる。

「ママ、朱音が嘘つくたびに苦しいんだよ。勉強に集中しなきゃいけない時に遊びにばかり夢中になって、こんなんで大丈夫なのって、本当に不安になるんだよ。少しはママの気持ち、分かってよ」

祈るように懇願する。だが朱音は、ただ無感情な目で見つめ返すだけだ。

自分の嘘を誤魔化すためか、母の不安すら面倒くさいと思っているのか……どちらにしても、千夏にとっては失望の上塗りでしかない。

「……早く朝ごはん食べなさい。漢字と計算ドリルする時間、無くなるわよ」

溜息まじりにそう言い置くと、部屋から出た。

叱責は朱音のためだ。だが朱音は自分を拒絶されたと感じるだけ。行き違う感情を、どうしたら修正できるのかわからない。

ダイニングに行くとすでに夫の高志《たかし》はテーブルに着き、いつもと変わらず新聞を広げてコーヒーを飲んでいた。今の千夏と朱音のやり取りは聞こえていた筈なのに、我関せずといった態度が、千夏の荒れた心を一層ささくれ立たせる。

千夏はわざと大きな溜息をついた。しかし高志は、ゆったりと新聞を捲《めく》るだけだ。

「ねえ」

千夏は尖《とが》った声を夫に向けた。本当は、尋ねて欲しいのだ。「どうしたの？」「また朱音が何かやらかしたの？」と。

「ねえったら」

「あ、これ見て。カッコいいと思わない？　いいな、新車欲しいなあ」

ニコニコしながら高志が千夏に新聞を向けた。カラー広告で、赤と青のピカピカに磨き上げられた車が林道を走っている。

「何言ってんの」

苛立ちが沸点に達し、差し出された新聞を勢いよく押し戻す。その弾みで、新型車はぐしゃりと潰れた。

「ああ、何するの」

「車なんかより、今はもっと重要なことがあるでしょう？　朱音のこと、少しはパパも考えてよ」

「また勉強のこと？」

新聞を捲りながら、高志は言った。

「勉強のことはさ、言っても無駄だよって、話したじゃない。言えば言うほど、やる気が無くなるって」

「それだけじゃないよ。また寝る前にファッション誌読んでたんだよ。早く寝るって言ってたのに、また嘘をついてたんだよ。どう思う？」

「嘘は良くないよね」

「じゃあ、あなたからも朱音にそういう話、ちゃんとしてよ」

「ママが話したんなら、いいじゃない。両親とも追い詰めたら、朱音の逃げ場が無くなるでしょ」

高志の言葉に顔が歪む。正論だ。だが正しさは、いつも人の心を責め立てる。夫の言葉は、暗に千夏がダメな母親だと詰《なじ》っているように聞こえた。

「あ、おはよう」

高志が笑みを見せた。しかしパジャマのままダイニングテーブルに着いた朱音は、高志を無視した。不貞腐《ふてくさ》れた顔で溜息をつき、片膝を立ててトーストに嚙みつく。

「朱音、パパがおはようって」

苛立ちを抑えながら、千夏が挨拶を促す。しかし朱音はノロノロとトーストを嚙みながら高志を一瞥《いちべつ》しただけで、すぐ視線をテレビへと移した。画面ではいつもお堅いニュースキャスターが珍しく冗談を言って、スタジオの笑いを取っていた。つられて朱音もフッと笑いを零す。ついに苛立ちをこらえきれなくなった千夏は、声を荒らげた。

「朱音！　テレビより、パパにおはようは⁉」

「いいよ。別に強要することじゃないじゃない」

のんびりと高志が仲裁に入る。

「よくないでしょ？　挨拶は生活の基本よ。難関校に受かる子は、挨拶がちゃんと出来る、自律した子なんだから」

千夏が言うと、朱音は小さく舌打ちをし、低い声でボソリと「おはよう」と言った。

大きな溜息をつき、箸でサラダを突《つつ》く。突くだけで一向に食べる気配を見せない。

「早く食べなさい。時間ばっかりどんどん過ぎていくでしょう。計算と漢字、やらないつもり？」

「誰もやらないなんて言ってない」

「じゃあ、早く食べてやりなさい」

刺々《とげとげ》しい千夏の声に、朱音は音を立てて立ち上がった。そして声にならない言葉を口の中で呟《つぶや》き、テーブルから離れた。

「朱音！」

「もうやめなよ」

後を追おうとした千夏に高志が言った。

「計算とか漢字とか言われたら、落ち着いて食べられないだろ。終わらせてからでいいじゃない」

言いながらも、高志は新聞から目を上げない。千夏は深く息を吐いた。その息も、新聞に撥《は》ね返される。

やっぱり、この人には分からない。

千夏が怒っているのは、朱音が食事を中断したことではない。

朱音の、口の中で呟かれた言葉。

『シネ、クソババア』

心底疲れ、千夏はダイニングの椅子《いす》に腰を下ろした。

毎日同じやり取りを繰り返す。こんなこと、もういい加減やめたいのに。

嘘ばかりつく朱音。勉強から逃げてばかりいる朱音。自分のためにならないことばかりする朱音。

千夏には、絶望的な不安しか見えない。

テレビでは深刻な国際情勢を専門家が解説している。ああこれ、入試の時事問題に出るかも……ぼんやり思いながら、朱音のサラダを眺めた。

綺麗《きれい》に盛り付けたサラダだったのに、箸で突かれるだけ突かれ、形を失ったトマトの赤い汁がレタスに流れている。皿の上にありながら、生ごみのようだ。

溜息も出ない。

ふと千夏の胸に、昨日聞いた名前が浮かんだ。

青島まどか。

秀才が集まる天下のジニアアカデミーで、常にトップを誇っていたという、天才少女。

一体どうやって、そんな子に育ったのだろう。

千夏は想いを馳せた。何一つ知らない、うろのような存在なのに、想像しようとすると不思議な温もりと充実感を覚える。落ち込んでいた気持ちが、憧れと好奇心で高揚する。

知りたい。本当に、どんな子なんだろう。

二〇二三年　八月　現在

バスを降りると、盛大な蟬時雨《せみしぐれ》が土砂降りのように降り注いできた。街路樹だけでなくあちらこちらに大きな保存樹木があるため、棲《す》み処《か》に事欠かないのだろう。間断ない鳴き声が、真夏の暑さを容赦なく倍増させる。クーラーで引いた汗がどっと噴き出し、玲奈は首筋をタオルハンカチで拭いた。

出来るだけ日陰を探しながら、病院の敷地に入る。公園のように広々したロータリーには芝生やベンチが設《しつら》えてあるが、寛《くつろ》ぐ者は誰もいない。

まどかが入院しているここは、全国の重篤な小児患者が集まる医療センターだ。

救急搬送されすぐにICUに入ったまどかは、まだ意識不明だと聞いた。面会に行っても、会えるわけではない。塾のバイトごときが見舞いに来るなど、寧《むし》ろ迷惑だろう。そうした想像がつくぐらいは常識がある。

だが、動かずにいられなかった。

あの時の、夢を語ったまどかの笑顔が、玲奈の背中を押す。

ICUは家族ですら入ることは出来ない。ナースステーションに行くと、一階の受付ロビーで待つように言われた。小さな子供が喜びそうな動物の壁画や仕掛け時計があり、大勢の乳幼児と保護者で賑《にぎ》やかだ。

可愛らしい子供達だが、基幹病院にいるということは心配な病気を抱えているのだろう。微《かす》かに切なさを覚えながら待合ソファに座っていると、寄り添いながらゆっくりとこちらに向かってくる二人の女性が見えた。今にも倒れそうな女性を、もう一人が支えている。目を眇《すが》めて見ていた玲奈は、ハッとソファから立ち上がった。

「青島さん」

駆け寄ると、一人が小さく頭を下げた。思わず息を呑む。似ている……まどかに。

「……すみません、村上さん。わざわざ来ていただいたのに、面会も出来なくて……」

支えられながらまどかの母は深々と頭を下げた。いつも清潔感のある上品な装いの彼女が、今は化粧もせず髪も乱れ、見る影もないほど老け込んでいた。娘の転落事故という心労が、ここまで憔悴《しょうすい》させているのか……胸の奥が捻《ね》じれるように痛む。

「とんでもないです。こちらこそ、こんな時にお見舞いなどと言って伺って、すみません」

「いえ……ありがとうございます。まどかを、気遣って下さって」

生気を失ったまどかの母の目に、涙が滲《にじ》む。彼女の肩を支える女性が、玲奈にもう一度頭を下げた。

「すみません。母、ちょっと体調を崩してまして……座らせていただいてもいいですか？」

「ああ、ごめんなさい、気が付かなくて。もちろんです」

玲奈は二人を広いソファに連れて行った。母を挟むように三人で並んで座ると、女性が腰を上げて玲奈に会釈をした。

「あの、自己紹介遅れてすみません。私、まどかの姉のはるかです」

そうだ、まどかには二つ上の姉がいると聞いていた。背が高いので成人かと思ったが、こうして見ると柔らかい頰の線や華奢《きゃしゃ》な身体は、まだ中学生の少女のものだ。

小ぶりな鼻や口は、まどかにそっくりだ。だがスポーツをしているのか日に焼けており、細く見えてしっかり筋肉がついているところなどは、まどかとは全く違う。

そして何より違うのは、目だ。

まるで仔馬《こうま》のように大きく潤み、慈愛と優しさに満ちている……母そっくりに。

「まどかに会っていただけなくて、本当に申し訳ありません。わざわざご足労いただいたのに……」

詫《わ》びを言うまどかの母は、はるかに身体を預けている。はるかも母を支え、心配そうに見守りながらずっとその腕をさすっている。

玲奈は小さく息を吐き、二人に向き合った。

「あの……まどかさんの具合は、いかがでしょうか？」

広い芝生に面しているロビーは、明るい日差しに満ちている。しかしまどかの母は、やつれた顔に一層暗い影を落とした。

「……あれから、ずっと意識が戻りません。先生からは、予断を許さない状態だと言われて……」

「……そうですか」

玲奈の中のまどかが振り向く。きっぱりとした光を宿した、強い瞳。その瞳が、開かれない……あれだけ追い求めていた夢を、見つめられない。

ギュッと唇を噛む。悔しい。心が千切れそうになるくらい、悔しい。

「……私の、せいなんです」

まどかの母から、言葉がポツリと零れた。

「お母さん」

はるかが窘《たしな》めるように呼び掛けるが、母はそれを打ち消すようにかぶりを振った。

「まどかが転落した日、私、はるかと部活の食事会に行っていたんです」

転落した日。玲奈は思わず身を乗り出した。

「それは、転落する前のことですか？」

「ええ。はるかの試合があって……この子は、ソフトボール部に所属しています。今二年生なんですけど、来年のキャプテンに選ばれたんです。それで、試合の後に引き継ぎの食事会があって。朝からまどかにも伝えてありました。はるかの大事なご用で帰るのが遅くなるから、閉室時間ギリギリまで新光学院の自習室にいさせてもらいなさい、それでもまだ私達が迎えに来なければ、マンションのコンシェルジュに言って、ロビーで待たせてもらいなさい、と。いつもは私も家にいますし、塾は送り迎えをするので、あの子には家の鍵を持たせていなかったんです。そうしたら……」

母は嗚咽《おえつ》が洩れそうになるのを抑えるように口元を手で押さえた。その手が微かに震える。はるかは苦しそうに眉根を寄せ、母の腕を懸命にさすり続ける。

「お母さん、違う。お母さんのせいじゃないよ」

「ううん、私のせい。私がまどかからメッセージを貰《もら》った時点で、帰れば良かったのよ」

「メッセージ……？」

聞き返す玲奈に、母が小さく頷く。

「〈お母さん、今すぐ帰って来て〉って……」

母の手の震えが激しくなる。

「いつもはそんなこと言ってこない子なんです。でも家族を振り回すことはよくあったので、姉の大事な日と分かって、我儘《わがまま》を言っているのだと思いました。だから、はるかの用事を優先させました。はるかには……この子には、いつも我慢をさせていますから……そうしたら、こんなことに……」

まどかの母ははるかの胸に倒れ込むようにもたれると、周りを憚ることなくボロボロと涙を零した。

「まどか……非常階段まで追い詰められて、どんなに怖かったか……ロビーで待たなかったのは、きっとメッセージを見た私がすぐ帰ると思ったからです。それなのに、私は無視した。あの子が突き落とされたのは、思いやりを無くした私への罰です。私の罪が、あの子をあんな目に遭わせてしまったんです……私……私のせいで……」

涙にくれる母の言葉に、玲奈は尋ねた。

「お母様……まどかちゃんは、誰かに突き落とされたとお思いなんですか？」

母は小さく頷き、しかしすぐにかぶりを振った。

「……分かりません……分かりません」

「私は、突き落とされたと思っています」

消えそうな母の言葉を、はるかの声が打ち消す。

「はるか」

「まどかは自殺なんて選ぶタイプじゃない。それに、うっかり落ちるような粗忽《そこつ》なことをするはずがない。誰かが、まどかを、突き落としたとしか考えられない。お母さん、お母さんは悪くない。悪いのは、突き落とした犯人だよ」

「はるか、いけません。何があっても、他人が悪いなどと言っては。私が帰っていれば、こんなことは起きなかったの。私が……」

「いえ、はるかさんの言う通りだと思います」

今は外野の自分などが口を挟むタイミングではない。分かっているが、割って入らずにいられなかった。どこまでも自責の念を背負い続け、まどかの母は押し寄せる後悔に溺れている。まるで生き地獄だ。

玲奈の言葉に、はるかの憔悴した目が光を宿した。

「……ありがとうございます」

「ううん、ごめんなさい。余計な事を言いました」

小さく頭を下げ、玲奈はソファから腰を上げた。

「私、まどかちゃんが塾でずっと頑張っていたのを見ていたので、こんなことになってじっとしていられなくて。こんな私情で伺って、ご迷惑だと分かっているのですが、まどかちゃんに伝えたかったんです」

「伝えたい……？」

「絶対、このままでは終わらせない」

はるかと母が目を丸くした。自分でもこの感情には驚く。だが、あの緊急保護者会の日から、胸の中でどんどん大きくなっている想いなのだ。

「中学受験生は、普通の小学生よりも早く自分の人生を考えて目標を決めます。この受験に、多かれ少なかれ自分の大切な何かを賭けているんです。まどかちゃんもそうでした。そのために邁進していた彼女の人生を、何があったのか分からないけど、こんな形で絶とうとするなんて、許せないんです。事件か事故か、警察がはっきりさせないなら、自分が動くまでです。逃げ得なんて、絶対させない」

玲奈の言葉に、まどかの母の目からまた涙が溢《あふ》れた。

「……すみません……うちの子のために、そんなに思って頂いて……」

「もう謝らないで下さい。お母様は、何も悪くないですよ。私が勝手にやるだけです」

そう言い、玲奈は暇《いとま》を告げた。これ以上いると一層疲弊させるだけだ。

「良かったら、またいらして下さい」と言う母に頭を下げ出入り口に足を向けると、はるかが小走りで追ってきた。

「あの、お見送りします」

「ああ、いいですよ。お母様の傍《そば》にいて差し上げて」

「いえ」

はるかが並ぶ。しかし玲奈の方を見る訳でもなく、思い詰めたように床を見つめるだけだ。何か話したいことがあるのだな……そう思っていると、はるかが「村上さん」と声をひそめた。

「村上さんは、塾でのまどかをご存じですよね。まどかを突き落とした人間の見当とか、ついているんですか？」

　はるかの低い声が、玲奈の胸にひやりと流れ込む。

「塾……？　どうして？」

「あの子、中学受験の……前の塾に通い始めてから、すごく変わったから……」

「変わった？」

「心が黒くなったというか……ひどく他人を蔑むようになって。自分以外は生きている価値がない、みたいなことも言い出して……」

　囁《ささや》くようだった声が、段々大きく、早口になっていく。

「人の一番弱い所を的確に傷つけるんです。もう、容赦ないほど。心をこれ以上ないくらい痛めつけて、苦しむ顔を見るのが、大好きな子なんです。あの子がいると、場が凍り付きます。何を言ってもバカにされて、罵倒されます。言い返せないことをいいことに、言いたい放題です。最終的に自分には何の価値も無いと思わされて、死んでしまいたくなるんです。だから皆に嫌われていたと思います。きっと……」

　はるかが言い淀《よど》み、足元を見つめた。

「いなくなればいい、と思った人が、いたんじゃないかって」

　玲奈は息を呑んだ。

はるかの言葉に……それ以上に、語ったはるかの、目の昏《くら》さに。

＊

夕方の四時だが、八月の空はまだ明るい。それでも経堂駅の改札口は、部活帰りの中高生や行楽帰りの家族連れでごった返していた。人混みを縫うように、玲奈は南口の短い階段を昇った。まどかの病院はバスと電車を乗り継いだ所にあるので往復するといささか疲れるが、休む時間も勿体《もったい》ない。コンビニで買ったミネラルウォーターで喉を潤しながら、農大通りを歩いた。地元の住人と学生で賑わう商店街だが、一歩路地に入ると空気が入れ替わったように静けさに包まれる。玲奈は注意深く周囲に目を配りながら、ゆっくりと歩いた。

ここを真っ直ぐ行けば、まどかのマンションだ。

ひょっとしたら、まどかを突き落とした人間も歩いたかもしれない道。そう思うと何か得体の知れない怖さを感じる。

『いなくなればいい、と思った人が、いたんじゃないかって』

緊急保護者会でもそんな噂は囁かれていた。だが家族から告げられると、重みは全く違う。

まどかがいなくなればいいと思う人間。

ひょっとしたら、はるか自身もそう思ったことがあるのではないか……不埒《ふらち》な考えに首を振る。だが彼女の目は、死の間際にいる妹を想うものとは思えなかった。まどかのことだから、姉をも侮蔑のターゲットにしたに違いない。あの目の昏さは、恨みの色だ。

玲奈は大きく溜息をついた。悲しみに暮れる家族に対してこんな風に考えてしまう自分が、心の底から嫌になる。これでは無責任な噂に盛り上がる保護者達と一緒じゃないか。

蘇《よみがえ》る笑い声に苦々しく眉根を寄せる。その時、ふっとある人影が頭をよぎった。保護者会から一人だけ、逃げるように帰って行った母親。

小倉朱音のお母さん。

中途半端に伸びた髪を一つに結んだだけの、痩せた背中を思い出す。たった一人、慌ただしく出て行った後ろ姿。

急いで帰る理由など、いくらでもある。だがなぜだろう、心の中でしっくりこない。歩きながら、思考に身を沈める。奥へ、奥へと潜っていく。リズムを取るようにパン、パン、とミネラルウォーターのボトルで頬を叩いていると、小型犬を連れた二人の女性が、すれ違いながら怪訝《けげん》な目を玲奈に向けた。

誤魔化すようにボトルを持ち直した時、通り過ぎた二人の会話が耳に入った。

「ここでしょ、小学生の女の子が転落したマンション」

ハッと見上げる。玲奈の左手に、周りを植栽で囲まれた白いタイル張りのマンションがあった。

婦人達の姿が見えなくなるのを待って、じっくりとマンションの周りを歩く。陶器のように美しい輝きを放つタイルに包まれた、威風堂々とした堅牢《けんろう》な作りだ。警備会社のステッカー、全方位をマークした防犯カメラ、常駐の管理人……住民ではない人間など簡単に入れない。むしろ内部の人間の犯行の方が、ありえそうだ。

そんなことは、とっくに警察が考えただろう。そして、既に捜査をしただろう。

それでも何も発表が無いということは、住民は皆シロだったということだ。

犯人は、外から侵入した。だが、どうやって？

ゆっくりと歩きながらマンションを注視する。オートロック内の玄関ロビーはソファも備えられたラウンジになっていて、ホテルのフロントのようなコンシェルジュの姿がある。裏側にある非常階段は、一階部分に施錠された鉄扉が付いているが、少し身体能力の高い者なら越えられそうだ。おまけに、カメラが付いていない。ここを乗り越えて各階にある非常ドアを開ければ、簡単にマンション内に入れるだろう。そう思って視線を下ろした時、玲奈の胸が大きく突かれた。

非常階段の下の、無残にひしゃげた植栽。

ここに、落ちたのか。

最上階を見上げ、ぐしゃぐしゃになった植栽に視線を戻す。低層といっても、四階はかなりの高さだ。まどかが宙を舞い、落ちてくる姿がスローモーションのように脳裏に浮かぶ。その生々しさに、玲奈は身体に震えを覚えた。

思い出す。転落するとき、まどかは「お母さん」と叫んだと。

怖かったのだ。思わず母に助けを求めるほど。

おそらくまどかは、連絡した母がすぐ帰ると思って、家の前で待っていたのだろう。だが現れたのは、殺意《む》を剥き出しにした悪魔だった。

あの賢く聡明《そうめい》なまどかが、マンションの廊下を前後の見境なく逃げまどい、非常階段という袋小路に追い詰められた。必死に逃れようとする身体を摑まれ、抗《あらが》う甲斐《かい》なく突き落とされた。

玲奈は強く唇を嚙みしめた。

一体、悪魔は誰なのだ。いつからまどかを狙っていたのだ。どうしてここで殺そうと思ったのだ。防犯カメラがないことを、知っていたのか。土地鑑のある人間なのか。
頭の中でせわしなく思考が旋回する。気持ちが昂ぶっているので、出口を探してい
るわけではなくただ回るだけだ。
自分を窘めるように小さくかぶりを振り、ミネラルウォーターを口に含む。暑さと
体温ですっかり温《ぬる》くなっているが、思考を中断するにはちょうど良かった。はあ、と
溜息をつく。冷静になれ。これは、ジグソーパズルだ。一つ一つ正しいピースを選ば
ないと、絵が見えない。
少し離れた所から見てみよう……非常階段を睨みながら歩き、マンションから離れ
た電信柱に近付くと、ガチャン、と硬いものに腰がぶつかった。
自転車だ。マンションの方を向いて停まっていたのだが、電柱に隠れていたため目
に入らなかった。自転車に跨ったままの女性が、ぶつかった衝撃に振り返った。
「あ、すみません」
腰をさすりながら玲奈が言うと、彼女は慌てたように首を振った。真ん丸な顔に団
子のような鼻、広い顔の面積のわりにシジミのように小さな目。ある意味とても印象
的な顔だが、その目が気になった。

ひどく、怯《おび》えている。

ひょっとしたら、このマンションの住人？　まどかを転落させた犯人が捕まらず、怖くて中に入れないとか？

ピースを、捜せ。

「あの、このマンションの方ですか？」

もしよかったら、ちょっとお話を……と言葉を繋《つな》げようとした。すると女性は慌てたように「ち、違います！」と叫ぶと、急いで去ってしまった。

乾燥した路面から砂ぼこりが立つようなスピードに、あっけに取られる。

ただの野次馬か……ひしゃげた植栽に視線を戻す。その時、ふと何かで読んだフレーズが心に浮かんだ。

犯人は、必ず現場に戻ってくる。

玲奈は丸顔の女性の後ろ姿をもう一度目で追った。しかし既に、彼女の姿は見えなくなっていた。

もう一度ミネラルウォーターを口に含む。温い液体を体内に入れながら言い聞かせる。

ピースを、見極めるんだ。

二〇二三年　二月　新六年生②

「新しく新光学院に転塾してきた、青島まどかちゃん？」

並んで商店街を自転車でこぎながら、花田詩織《はなだしおり》は少し首を傾《かし》げた。

「う～ん、春姫《はるひ》からは何も聞いてないわ」

「そっか」

事情通の詩織なら知っていると思ったのだが……千夏は少し落胆した。

詩織の娘・春姫も、新光学院の塾生だ。

朱音と春姫は幼稚園も小学校も同じだ。赤ちゃんの頃から一緒なので、二人はとても仲が良かった。朱音が新光学院に通うことに決めた時、春姫も「朱音ちゃんが行くから」と追随したのだ。

成長するにつれ自然と交友関係も変わり、子供同士は疎遠になってきたのだが、母同士の付き合いは十年以上続いている。

お互いそれだけ老けたのだが、詩織の少女っぽいスウィートな雰囲気は変わっていない。ゆるフワな栗色の髪を揺らして、詩織がこちらを見た。

「それにしても六年生になるこの時期に転塾なんて、何でかしらね。どこからなの？」

「ジニアアカデミー」

「ジニア⁉」

詩織の大声に、行き交う人々が振り返る。夕暮れ時、商店街は往来の多い時間だ。周囲の視線に、詩織は肩をすくめて舌を出した。そしてわざとらしく息を吐く。

「やだあ。そんな優秀なお子さんなら、春姫のクラスになんて入る訳ないじゃない。入るとしたら、朱音ちゃんのクラスでしょ」

「朱音ねえ。最近、まともに口も利かないから」

「反抗期？　やっぱり優秀なお子さんは、精神年齢も高いのねえ。ホント羨《うらや》ましい。うちの春姫なんて、朱音ちゃんと一緒に新光学院入ったのに、Eから全然上がれないんだもの。この間のテストもまた悪くって、席一番後ろよ」

「うちも下がったよ。めっちゃ偏差値下げてた。勉強しないから、ホント困るよ」

「勉強しなくてもAクラスだもん。凄いわよ、やっぱり」

ああ、嫌なループにはまってしまった。こうなると、何を言っても詩織は「でも出来るんだから、朱音ちゃんは凄い」に話を持って行くのだ。

千夏は話題を変えた。

「それより、詩織さんは偉いよね。毎日こうして作りたてのお弁当を塾まで届けてあげてるんでしょう？」

今、二人は新光学院に向かっている。詩織に合わせて千夏も出てきた。朱音の塾弁は、昨日のカレーを持たせてあるので、このサイクリングは詩織と会うのが目的だ。

詩織は誰とでも気安く話せる性格のためか、様々な情報に通じている。ジニアから転塾したという天才少女の話を誰かから聞いているのではないかと期待したのだが、空振りだった。

詩織は自転車のかごに入ったピンクのランチバッグを見て、フフッと笑った。

「ええ。春姫が頑張ってるんだから、せめてお弁当は出来立てを食べさせてあげたくて。私にできることなんて、これくらいしかないから」

「ホント偉いな～。うちなんて最近いつもバトルだから、そんな風に出来ないな」

「ああ、それでだったのね」

「何が？」

「この間、春姫に聞いたの。朱音ちゃんが泣きながら塾に来てたって。またママに怒られたのかな、可哀そうにって」

詩織はフワフワとした口調で言った。しかしその言葉は、千夏の心を凍り付かせた。

可哀そう……？

詩織は千夏の心になど気付くことなく、おっとりと話を続ける。

「だからね、私言ったのよ。それぞれのおうちに、色々なご事情があるのよって。そうねって、春姫言ってた。春姫は成績悪いけど、お友達を思い遣《や》れる優しい子に育ってくれて、本当に良かったわ」

「……そうね」

言葉が喉の奥に引っ掛かる。

そこにいくのか。つまり朱音は、極悪な家庭で鬼母から勉強ばかりに追い込まれる可哀そうな子供だと。私の必死な子育ては、地獄のようなものでしかないと。

苦しい想いが重い鎖になって、千夏を嫌悪の闇に縛り付ける。

商店街を外れて緑道に入る。人影がぐっと少なくなり、木陰の向こうに新光学院の明るい看板が見えてきた。

いつものように電子キーで暗証番号を押す。中に入ると同時に、授業が終わったらしい子供達が教室から飛び出してきた。Eクラスの塾生達だ。

「ホラ！　まだ他のクラスが授業中だから、静かに‼」

チューターの村上が迫力のある声で怒鳴る。だが子供達は「玲奈っち、こえ～」とふざけて笑うだけだ。大声で喋り、走り回る子供もいる。千夏は思わず眉をひそめた。

他のクラスも授業が終わったらしい。しかし朱音のいるAクラスはまだ講師の声が聞こえるだけで、シンと静まり返っていた。張りつめた空気が、染み出てくるようだ。一方で、学校の休み時間同様に大騒ぎしまくる子供達。

どんな生徒でも塾としては受け入れなくてはならないのだろうが、まだ授業を行っているクラスの邪魔をするのはやめて欲しい。きつく睨みつけてやりたいのは山々だが、朱音と同じ小学校の友達も沢山いるので、それも出来ない。

怒りを抑えつつ作り笑いを浮かべていると、子供達の中に春姫の姿が見えた。笑っていても泣いているような、いかにも気の弱そうな顔。そのせいか、友人数人といても、何とも所在なげだ。

「春ちゃま!」

詩織が笑顔で呼び掛ける。その声に春姫が破顔して、駆け寄ってきた。

「ママ、お腹空《なかす》いた~」

「はいはい、今日は春ちゃまの大好きなオムライスよ。それより朱音ちゃんのママにご挨拶は?」

詩織に促され、春姫ははにかみながら千夏に小さく会釈した。千夏も「こんにちは」と笑みを返す。春姫はそれに応えることなく、「ママ、デザートは何入れてくれたの？」と、詩織にまとわりついた。こんなに素直に母の言うことを聞き、接するなんて。反抗期真っ盛りの朱音を見慣れている千夏には、信じられない光景だ。正直、心の底から羨ましい。

微笑む口元が醜く歪むのが自分でも分かった。その時。

「では、これからよろしくお願いします」

女性の声と共に、面談室のドアが開いた。

出てきたのは室長の笹塚。それに続くように、新光学院の書類封筒を胸元に抱えた女性が現れた。大きなクリップでセミロングの髪をまとめ、仕立ての良さそうなグレーのワンピースに身を包んでいる。派手ではないが上品な空気を纏《まと》うその女性に、不意に胸が高鳴った。

この人、ひょっとしたら。

目が離せないでいると、千夏の視線に気付いたのか、女性もこちらを向いた。不躾《ぶしつけ》に見つめていたにも拘《かか》わらず、彼女は千夏に微笑むと、小さく会釈をした。

その瞬間、温かな春のようなきらめきが千夏の体中に満ちた。

塾に来る保護者は顔見知りには愛想よく挨拶をするが、そうでなければ無視を決め込むのが普通だ。ママ友を作るための場ではないし、ひょっとしたらライバルかもしれないのだから。

だが彼女は、そんな普通の受験母とは違う。千夏に向けた微笑みの優しさ、温かさが輝きとなって、心まで明るく包み込んでくれるようだ。

なんて綺麗なのだろう。千夏の頭には、朱音が通っていたミッション系幼稚園の聖堂に置かれたマリア像が思い浮かんだ。

「こんにちは」

聖母マリアが千夏に話しかけた。雰囲気そのままの優しく穏やかな声に千夏はさらに胸を高鳴らせ、慌てて笑顔を作った。

「こんにちは」

隣にいる詩織は、まだ春姫と話している。休憩に入ったクラスの子供達が騒然としている中、母一人でいる千夏を見て、察したのだろう。

「お子さん、Aクラスですか?」

「ええ、そうです」

千夏の答えを聞き、聖母マリアは笑みに安堵を滲ませた。

「そうですか。良かった。うちの子転塾して、今日からAクラスに入れていただいたんです。うちは……」

「ママ、何してんの」

聖母マリアの声に、朱音の声が被《かぶ》さった。見ると、Aクラスの教室から生徒達が出てくるところだった。千夏を見つけて目を丸くしている朱音の隣に、初めて見る少女が立っている。思わず目を奪われた。

際立って美しいわけではない。背も朱音と変わらない。未熟な体を紺色のワンピースに包み、長い髪を一つに結んでいる。明るい色彩の服が多い小学生女子のなかでは、目立たない方だ。だが、白く小さな顔に輝く澄み切った目の、なんと聡明そうなことか。

それだけで、十分だった。彼女が、きっと……。

「まどか」

聖母マリアが優しい声を掛けると、少女は小さく微笑み、千夏にも視線を向けた。

「朱音ちゃんのお母さんですか？」

話しかけられるとは思わなかった。全国トップの頭脳を誇る天才少女。その肩書からは意外なほど可憐《かれん》な声だ。千夏は驚きを覚えつつ、頷いた。

「ああ……ええ」

「今日、朱音ちゃんの隣に座らせてもらったんです。色々教えてもらっています。ありがとうございます」

まどかの言葉に、聖母マリアは千夏と朱音を見て、嬉しそうに言った。

「あら、そうなの？　まあ、奇遇だわ。ありがとうございます。青島です。娘は、まどかといいます」

知っています。すごく気になっていたし、会いたかったんです。

青島母娘と同じように頭を下げる千夏のときめきが止まらない。

こんな礼儀正しい小学生、初めて見た。何と言っても、物怖《ものお》じすることなく大人に向き合い、きちんと話すことが出来るなんて。それも、親に促されることなしに、だ。

勉強だけじゃない。この聡明さは、本物だ。

千夏は一瞬にしてまどかに心を奪われた。

「何しに来たの？　まだ帰る時間じゃないし、お弁当は持って来てるよ」

朱音。いつもと変わらない、不機嫌極まりない物言い。千夏は見たくない現実に目を向ける。

「あたし達、トイレ行ったらすぐお弁当食べるから。何？」

「あなたに用じゃないわ」

全く同じ不機嫌さで低く言い返すと、朱音は「あっそ」と吐き捨てるように言い、まどかの手を取ってトイレの方に向かった。

「転塾早々仲良くしていただいて、ありがとうございます」

二人の背中を見送っていると、青島が深々と頭を下げた。慌てて両手を振る。

「いえいえ。うちの娘はご挨拶もせず、申し訳ないです。本当に、躾が行き届いていなくて、お恥ずかしい」

「そんなこと！　進学塾で仲良くしていただけるなんて思っていなかったので、お嬢さんがいらして本当に良かった。皆さん仲が良さそうですし。素晴らしい環境ですね」

「うちは『受験は団体戦』がモットーですから。隣の席は蹴落とすべき敵ではなく、一緒に合格する仲間です」

母二人の話を聞いていた室長の笹塚が笑顔で言う。青島も頷いた。

子供達は教室に戻り、いつの間にかオープンスペースには大人だけが残されている。千夏と青島のやりとりを聞いていたのだろう。詩織は娘を教室に送ると、好奇心で目を輝かせながらこちらにやって来た。

「あの、ひょっとして、ジニアから転塾してきた……？」

「はい。青島まどかの母です」

まあっと、素《す》っ頓狂《とんきょう》な声を上げ、詩織は両手で口を覆った。

「あ、ごめんなさい。噂で聞いてたから。お嬢さん、ジニアでトップだったんでしょう？　なんで新光学院なんかに？」

一ミリも悪意のない、素直な疑問なのは分かる。だが、ここでその質問をするか？　恐る恐る笹塚を見ると、案の定目の奥が気分を害した色をしている。それに気付かないのか、詩織は邪気も無く青島を見つめている。詩織の鈍感さには唖然《あぜん》とさせられることが多いのだが、今の千夏にはありがたかった。正直、非常に興味のある所だったのだ。

天才少女・青島まどかが、天下のジニアアカデミーを足蹴《あしげ》にした理由。

しかしまどかの母は、笑顔に困惑を滲ませた。

「新光学院なんか、じゃないですよ。こちらが素敵な環境だと思ったから、決めさせていただいたんです」

詩織の失言をフォローした答えだ。笹塚が、また晴れやかな笑顔に戻る。しかし詩織の素朴な疑問は解決しなかったらしく、歯がゆそうにパタパタと両手を振った。

「え〜、勿体ない！　新光学院でも当然トップでしょうけど、ジニアトップの方が絶対凄いのに！　だって、あのジニアでしょ⁉　言ってみれば日本一じゃないですか！　ねえ⁉」

　いきなり詩織が千夏に話を振った。同意を求められても困る。笹塚を窺《うかが》いながら、あいまいな笑みを浮かべて「う〜ん」と言葉を濁すことにとどめた。

　勿体ない勿体ない、と一人で興奮する詩織に、青島は静かに言った。

「それが、嫌なんです」

「え？」

「ジニアのトップということで、まどかが勘違いしてしまっているのが、嫌なんです」

　青島の穏やかな瞳が影を帯びる。

「勘違い……？」

　笹塚もこの話は初めて耳にしたのだろう。聞き返すと、青島は小さく頷いた。

「ええ。自分は誰よりも優れている。つまり、誰よりも偉い、といったふうな。ジニアは御三家合格が本来の目的なので、それが確実視されているトップクラスの子が優遇され、特別扱いされます。専用の特別講習が幾つも組まれ、質問も優先的に受けて貰える、といったように。そういうやり方で、子供の心を鼓舞するんです。このクラスに入りたかったら、隣に座っている子よりもいい成績を取れ。他人を蹴落として、這い上がって来い、と。まだ小学生なのに、他人は蹴落とすべき存在と教え込むんですよ。恐ろしいと思いませんか」

青島の言葉は苦悩に満ちていた。千夏にとっては思いもしないものだったが、何故《なぜ》だか強く心に響いてくる。

「うちには、もう一人女の子がいるんです。一昨年《おととし》ジニアから、敬陽女子学園に進学しました」

「まあ、すごい！」

詩織の感嘆に、千夏も頷いた。敬陽女子学園は、日本有数の伝統女子校だ。歴史が古く偏差値も高い難関校だが、最難関である女子御三家の受け皿という色が濃いのも事実だ。

ありがとうございます、と小さく微笑んで、青島は続けた。

「上の子の時は、ジニアのそんなカラーは全然気が付かなかったんです。上の子はおっとりとしていて、コツコツと目の前のことをきちんとこなすタイプだったので、他の子の話などしたことがなかったんです。でもまどかは、違っていて」

青島の頬に、緊張が走るのが分かった。言葉を切り、俯《うつむ》いたまま唇を噛む。親しい仲であれば「それで？」と促すのだが、今初めて会った相手には憚られた。さすがの詩織も、黙って続きを待っているだけだ。唯一こんな状況に慣れているらしい笹塚だけが、「まあ」と明るい声を掛けた。

「お子さんそれぞれ、個性がありますから。お姉さんにはお姉さん、まどかさんにはまどかさんの良さがある」

「そう……本当に、そうです。でも」

顔を上げた青島に、千夏はハッとした。その眼差しには、まるで溺れる者が助けを求めるような、切迫感があった。

「まどかは、何と言うか、なんでも一瞬で理解してしまうんです。テキストを一度見ただけで、覚えてしまう。そしてその知識を派生させて応用することも、教わる前から出来てしまう」

「……天才ですね」

「使いたくない言葉です」

笹塚が思わず零した言葉に、青島は首を振った。

「そういう言葉が、あの子をダメにしてしまった。成果主義のジニアで常にトップを走り、皆から天才ともてはやされ、先生達からも特別扱いを受けて……そのせいで、他人を見下す人間になってしまったんです。ある時、こんなことを口走って」

引き攣《つ》るように、青島が息を吸った。

「自分以外は、皆下らない。優秀じゃない人間は、生きている価値がない」

「……うわ」

春姫を思い浮かべたのだろう。詩織の呻《うめ》き声は、暗く重かった。青島は小さく頭を下げた。

「酷いでしょう? 私は、ずっと娘達に、思いやりを持つように言ってきたつもりでした。他人様《ひとさま》に支えていただいて生きているのだから、私達も他人様を支えていくように。もし高い知性があるのなら、それは他人様のために使えるように、そう言い聞かせてきました。上の子は、優しい子に育ちました。将来の夢は、海外の貧困を無くすために尽力することなんです。でもまどかは、それを、『バカじゃないの。外国の政治を根本的に変えないと無理なこと、あんたがどうやるって言うのよ』って嗤《わら》うんですよ。それは確かに、間違っていません。でも、あまりに人間味が無い……どうして、こんなことを言うようになってしまったのか……」

青島の目に、うっすらと涙が滲む。

「優しさのない知性は、凶器になります。このままでは、まどかは恐ろしい人間になってしまう。一刻も早くジニアから出なくてはいけない。そう、思いました。いっそのこと中学受験自体をやめることも考えたんです。そうしたら、受験は絶対やめないと、まどかが部屋に閉じこもって食事も摂《と》らなくなってしまって。そこでとにかく、他の塾を探して」

青島が笹塚を見上げる。信頼に満ちたその瞳に応えるように、笹塚は笑顔で頷いた。

「先程申し上げた通り、新光学院では隣の席に座っているのは敵ではなく、一緒に受験に向かう仲間です」

「よろしくお願いします」

青島は笹塚に、そして千夏と詩織に、深々と頭《こうべ》を垂れた。

「敵ではなく、どうぞまどかの友達になってやって下さい。まどかに、他人というのは思いやりを持ち、助け合うものなのだと、教えてやって下さい。どうぞ、どうぞよろしくお願いします」

「分かりました。みんなで、まどかさんを育てましょう」

ここからが仕切り直し、と言わんばかりに、笹塚は強い力を込めて言った。それは思いがけず大きな声で、話に引き込まれていた千夏と詩織はハッと我に返った。

そしてずっと頭を下げている青島に、「こちらこそ、よろしく」と声をかけた。その言葉に青島が顔を上げる。今までずっと一人で苦しんできたのだろう。やっと全てを吐露し、その上で受け入れて貰えたと感じたのか、青島は元の穏やかな表情に戻っていた。

何と、素晴らしい人なのだろう。

清らかな青島の笑顔を見ながら、千夏の胸は震えた。

中学受験を成功させるために、朱音に勉強させることしか考えていなかった。青島の語る理想は、まどかやその姉が優秀だから抱けるものだろう。だが中学受験の向こうに人格形成まで見据えている視野の広さは、青島自身の聡明さを物語っている。

「あの、青島さん、下のお名前は何ておっしゃるの?」

詩織が明るく訊いた。彼女としても、「思いやりのある優しい子に育てたい」という教育方針に、共感を覚えたのだろう。青島も嬉しそうに答えた。

「季実子《きみこ》です。青島季実子」

「季実子さん。これから、お名前でお呼びしてもいい?　私は花田詩織です」

「私は小倉千夏です」

千夏も慌てて名乗った。仲良くなりたい気持ちは、同じだ。

友達になりたい。青島季実子の人柄に、千夏は惹《ひ》きつけられていた。

そして朱音にもまどかと仲良くなって欲しいと思った。優秀なまどかに触発されて、入塾テストの時のようにやる気に火が付くことを、心から願った。

「詩織さんと千夏さん。よろしくお願いしますね。ああ、こちらに転塾して、本当に良かった」

明るい笑顔だ。千夏も詩織も、同じように大きな笑顔を返した。

こんなふうに何の屈託もなく笑顔を作ったのは久しぶりだった。

＊

六年生の授業が終わるのは、午後九時だ。星の冴《さ》え冴《ざ》えと輝く下、新光学院の周りには、一台、二台、と車が集まってくる。子供を迎えに来た保護者達だ。縦列駐車が路肩に何十メートルも延びる。そのため、響き続けるエンジン音や目障りなハザードによる苦情が、周辺の住宅から多々寄せられる。ホームページや保護者会でどれだけアナウンスし、車でのお迎え自粛をお願いしたところで、なくならない光景だ。夜遅くまで塾で勉強させていることへの自責の念と少しでも子供に楽をさせてやりたいという親心が、モラルを凌駕《りようが》する。

そんな車の列を縫うように、季実子とまどかは道を渡り、駅の方に向かった。

二人の家は、駅を挟んで逆方向にあるマンションだ。歩いて十五分、車なら数分の距離だが、車での送迎の自粛を求められていることを知った季実子は、時間よりもモラルを選んだ。

「楽しかった？」

小田急《おだきゆう》線の高架をくぐり大型スーパーを通り過ぎて、ひと気が無くなったところで、季実子はまどかに優しく尋ねた。

「う～ん、楽」

まどかの返事は歌うようだ。

季実子の胸に、虚《むな》しさが過《よぎ》る。

軽やかな空気を纏うまどかは、ご機嫌に見える。その優秀さも物を言い、感情の波が安定していると認識されることが多い。

しかし季実子には、違う面が透けて見える。

まどかの心には、こちらの言葉が届いていない。だから、まどかの返事には心が無い。口にするのは彼女にとってどうでもいい言葉なので、歌うような軽い口調になる。

誰の言葉も、まどかには「聞く価値のないもの」だから。

いつからこんなふうになってしまったのか。

小さい頃、少なくとも小学校の低学年までは、全く違っていた。学校から帰ってくると、その日にあったことを夢中になって話す子供だった。後から後から湧き出てくる気持ちを、目をキラキラさせながら季実子に聞かせてくれたのだ。なのに。

「そう」

苦々しい気持ちを抑え、幼いまどかに見せたのと同じ笑みを季実子は返す。まどかも笑みを見せる。だがもう幼い頃と同じではない。その変化が、苦しいほど悲しい。

「おかえりなさい」

家に入ると、長女のはるかが自分の部屋から出て来て笑顔を見せた。

今この家は、季実子とまどか、はるかの三人暮らしだ。商社勤めの夫は、昨年から中東に単身赴任している。季実子としては家族はどんな時でも一緒に暮らすべきだと思うのだが、現地の情勢があまりに不穏なので、夫だけが行くことになったのだ。

父がいなくても、子供達に寂しい思いをさせないよう、季実子は常に気を配っている。

「ごめんね、遅くなって」

パンプスを脱ぎながら季実子が言うと、はるかは笑いながら手を振った。

「いやいや。六年生の塾の終わる時間が遅いのは、よく分かってるから。新しい塾、新光学院だっけ、どうだった？　まどか」

はるかはスニーカーを脱いでいるまどかに笑顔を向けた。小さな顔に小ぶりな鼻と口がとてもよく似た姉妹だが、その目と笑顔はふんわりと優しい。しかしまどかは無言で通り過ぎると、はるかの部屋の隣のドアを開けた。

まるで姉など見えていないかのように。

「まどか。はるかが訊いているでしょう？」

ドアを開けようとしたまどかの手が止まる。いつも穏やかな母の中の、うっすらと波立った感情に気付いたのだろう。瞬間、空気がひやりと凍り付く。

「いい！　いいの、お母さん！」

はるかがより明るい声で言い、まどかの肩をポンポンと叩いた。

「まどか、疲れてるんだよね。六年生で転塾したんだもん。ただでさえ内容も難しくなってるし、初めての場所で気が張ってたんだよね」

まどかがゆっくりと振り返る。そしてはるかを見る目を少し眇め、口元を歪めた。

一見笑顔に見えるが、出てきた言葉は違っていた。

「だろうね、はるかなら」

眇めた目が、怪しい光を帯びる。残酷なほど暗い、闇のような光。

「こんな程度でも疲れ果てるんだろうね。だから第一志望に落ちたんだよ。あんな生き恥を晒《さら》すような学校に平気で通えるなんて、まあ、その鈍感さは羨ましいかな」

季実子に背中を向けているはるかの肩がピクリと引き攣った。まどかの目が、一層生き生きと強い輝きを放つ。

楽しんでいる。まどかは自分の言葉がはるかの心にどう作用するかを熟知して、その反応を嬉しそうに眺めているのだ。

「まどか」

見かねた季実子が二人の間に入った。思った通り、はるかの顔から色が失われている。が、すぐに笑みを母に向けた。

「やだ、お母さん。どうしたの?」

「はるか」

季実子がはるかの蒼《あお》ざめた頬に手を当てる。するとまどかの目の光が、汚いものでも見るような、侮蔑の色に変わった。小さく鼻を鳴らすと、自分の部屋に入って行った。

ドアの閉まる音を聞き、はるかは小さく溜息をついた。

「はるか」

「あたしも、宿題の続きしよう。また沢山出ちゃって、大変」

心配そうに見つめる季実子に大きな笑顔を見せ、はるかもドアノブに手を掛けた。

その手に、季実子が掌《てのひら》を重ねる。

「なあに、お母さん」

はるかが季実子に向き直った。その明るい表情に、胸が大きく疼《うず》く。

この子の笑顔は、心の傷が深ければ深いほど、輝くのだ。

まどかの二つ上の姉はるかは、まどかと正反対だ。見るからに聡明で隙《すき》の無いまどかと違い、穏やかで温かい空気に包まれている。

美しい魂のもと慈愛の心で思いやりを皆に与え続ける、ノブレス・オブリージュが、季実子の一番大切にしているものだ。

情が深く心優しいはるかは、そんな季実子の理想そのものに育ってくれた。

季実子は娘の頬に触れ、微笑んだ。

「……宿題、頑張ってね。カフェオレ、作るわ」

「うん。ありがと」

笑顔がドアの向こうに消える。閉じられたドアを見つめて、季実子は溜息をついた。

まどかは、はるかをバカにしている。それが如実に顕われたのは、はるかが中学受験をして、第一志望校に落ちた時からだ。

『落ちたんだ？　あんなに勉強したのに？』

そう言って、まどかは笑った。不合格を目にして蒼白《そうはく》になっているはるかの前で、それはそれは面白そうに。

さすがの季実子も、まどかのその態度を叱責した。しかしはるかは、そんな季実子を止めて言ったのだ。

『そうだね。あんなに勉強したのにね。あたし、ホントに、あんなに勉強したのにね』

抑えきれない涙を零しながら、はるかは笑っていた。

その言葉に、季実子も涙を堪え切れなかった。ずっと見てきたのだ。はるかはジニアアカデミーに入った小学四年生から、まじめに勉強に取り組んできた。テストで間違えた所は徹底的に解き直し、運動会の後だろうと修学旅行があろうと、決められた課題をこなし、絶対に塾を休まなかった。入試本番の前は季実子に止められても、過去問を中心にした演習を徹夜で解いていた。出来る努力は、全てした結果だった。

全力を尽くしての不合格は、どれだけ悔しかっただろう。悲しかっただろう。世界に否定されたに等しい絶望の中、まどかの言葉はどれだけ屈辱だっただろう。

あの時のはるかの笑顔を思い出すと、今でも季実子は鈍い刃物で抉《えぐ》られるような痛みを覚える。周囲の空気に敏《さと》く、我慢強い子供に育てたのは季実子だ。他人の役に立つ、優しい人になって欲しい。その想いをいつも心に抱きながら、子供達を育ててきた。

なのに、なぜだ。

一人は季実子の願った通りに育ち、もう一人はそれを嘲笑《あざわら》う人間に育ってしまった。

キッチンの電気を点け、手を洗う。季実子は流れる水をぼんやりと見つめた。

まどかが、怖い。

自分もはるかも、何かを習得するのには努力が必要なことを知っている。努力は人を耕し、優しい知性を育ててくれる。

しかし、まどかは違う。

努力をせずとも、なんでもすぐに成し遂げてしまう。まるで未知の生き物だ。

私はまどかを、一体どのように育てればいいのだろう。

手を濡らす水は、ザーザーと排水口に流れ込む。暗い穴に、ただ吸い込まれていく。

季実子は大きく息を吐くと、水を止めて手を拭いた。棚からコーヒー豆の入ったキャニスターと、はるかとまどかのマグカップを取り出す。

お揃いの、ウェッジウッドのワイルドストロベリー。

食器だけじゃない。洋服も、持ち物も、二人の物は全てお揃いだ。

はるかと同じように、まどかも愛している。

今迄《いままで》も、これからも、深く、深く。

そう、しなくてはいけないのだ。

季実子は目を閉じ、額を押さえた。

二〇二三年　八月　現在

夏の強い日差しが別世界のように、新光学院の中は静けさに包まれていた。

講師の声や、時折起こる子供達の笑い声を除けば、プリントをコピーする静かな機械音だけが響いている。

粛々と吐き出される算数の問題をぼんやりと眺めながら、玲奈の頭の中はフル活動していた。

保護者会で見た朱音の母と、昨日まどかのマンションで見かけた女性が気になって仕方がない。

彼女達がまどかの転落に関わっている確証などない。ただ玲奈の心に引っ掛かったというだけだ。今まで事件らしい事件など身の回りで起こったことのない、平凡な人間の感覚。だがジグソーパズルでも、勘で嵌《は》めてみると意外と当たったりするものだ。

朱音の母。

そう言えば、小倉朱音はずっと休んでいる。まどかの転落翌日に休んだ塾生は多かったが、次第に出てくるようになった。だが朱音だけはいまだに顔を見せない。あれだけ教育熱心な母親が、天王山たる小六の夏期講習を休み続けるのを許しているのが、気になる。

朱音の母はまどかの母と接点があった。確かまどかが入塾した日に、初対面ながら親しそうに話をしていた。あの時、クラスは違うが花田春姫の母親もいた。笹塚も含めて、何やら盛り上がっていた。

彼女はまどか母子に対してかなり好印象を抱いているように見えた。まどかの転落に関わっているという想像は、全くしっくりこない。

となると、昨日の丸顔の女はどうだろう。新光学院の塾生の保護者ではない。だがあの逃げるような去り方は、近所の野次馬とは思えない。

「村上さん」

不意に聞こえた笹塚の声に、玲奈の身体は電流が流れたように反応した。

「は、はい？」

慌てて顔を上げると、笹塚がいつの間にか止まっているコピー機を覗き込んでいる。

「どうした？　随分怖い顔して。コピー機、壊れた？」

「あ、いえ」

プリントの束を取りながら、指で眉間をさする。玲奈の様子を見て、笹塚は小さく笑った。

「村上さん、それ、Aクラスのプリントだよね。休んでる子の分、取っておいてね。まどかちゃんの分も」

「……はい」

まどかがいつ目を覚まして、いつここに戻って来ても、大丈夫なようにしておく。

これだけは絶対忘れてはいけないのだ。

プリントを仕分けしていると、授業の終わったクラスからどんどん子供達が出てくる。人懐っこい女の子達が玲奈の周りにワラワラと寄ってきた。

「玲奈っち、それなあに？」

「Aの算数のプリントだよ」

「わあ、天才向けだあ」

「天才じゃないよ、みんな努力してんだよ」

「でも、青島は天才だよね。学校でもダントツだもん」

学校？

「ミカちゃん、まどかちゃんと同じ学校？」

少女が、目を大きく見開いた。

「うん。めっちゃ嫌われてる」

第一声がこれか。心の中で苦虫を嚙み潰し、玲奈はミカの顔を覗き込んだ。

「あのさ、まどかちゃん、学校で誰かと揉《も》めたことあった？　その、親が出て来るくらいな、何か……」

「村上さん」

いつになく厳しい笹塚の声に、玲奈はドキリとした。

「ほらほら、お喋りしてないで早くトイレ済ませないと、休み時間終わっちゃうよ。次の授業の準備、出来てるかな？」

子供達に柔らかい声で言った後、玲奈に向き直った笹塚は、険しい眼差しを向けた。

「村上さん。子供達に、ああいうことを訊かないように。まだ不安定な子も、休んでいる子もいるんだよ。センシティブな問題なのだから、軽々に問いかけたりしてはいけない。分かりましたか？」

「……すみません」

他の人から言われたらうっせえ、と毒づくところだ。だが笹塚は、玲奈が中学受験生としてここに通っている頃からの室長だ。心が大きく揺れるとき、不安に根っこから寄り添い、支えてくれた。反抗期で親と対立していた玲奈が、どれだけ笹塚に救われたか……彼の言葉には、素直に頷かざるを得ない。

気を付けます、と頭を下げ、玲奈はプリントの仕分けを再開した。笹塚がふざけている男子達に注意をしにトイレの方に向かう。それを見計らったかのように、長い髪をピンクのシュシュで結んだ女子が玲奈の横にピタッとついた。

「春姫ちゃん。そろそろ授業始まるよ。トイレ、行った？」

花田春姫は中学受験をする小六にしては、ひどく幼い。毎日弁当を持ってくる母を見つけた時の様子は、飼い主にしっぽを振って駆け寄っていく子犬のようだ。反抗期が始まり、親が来るのを嫌がる年頃だろうに、従順な子供という印象がある。友達関係も同じような感じで、いつも誰かとつるんでいるが、まるでカメレオンのようにグループの色に染まって、存在感が無い。

そんな春姫が今、びっくりするほど大人びた目で玲奈を見上げて、笑顔を見せた。

「玲奈っち、あたし、知ってるよ」

「何を？」

「まどかちゃんが揉めてたの、朱音ちゃん」

春姫の言葉に、玲奈は息を呑んだ。

鼓動が早まる。

「……それって……」

「朱音ちゃんのママ、ずっとまどかちゃんに付いて回ってたんだって。その話をまどかちゃんから聞いたら、朱音ちゃんめっちゃ怒って。だから、まどかちゃんを突き落としたの、朱音ちゃんじゃないかって」

まるで「昨日ディズニーランド行って来たんだ」と話すように、春姫の目が楽し気に輝いている。

「それ、いつの話？」

「まどかちゃんが突き落とされた日。玲奈っち、休みだったよね。すごかったんだよ、朱音ちゃんめっちゃ泣いて。めちゃめちゃ怒ってまどかちゃんを殴ろうとしたから、みんなで止めたんだよ。あんなに怒ってたから、殺したくなっちゃったんだよ、きっと。もう、マジですごかったあ～。マジ……」

「やめなさい！」

ご機嫌に話していた春姫の頬に怯えが走る。抑えきれない怒りを滲ませた笹塚が大股で近づいてくる。

「そんなことを言ってはいけない！　人の生死が関わることを、面白おかしく話すなんて、人として絶対してはいけないことだ！」

恐らく、大人の本気の怒りに触れたことなどなかったのだろう。春姫の目にみるみる涙が膨れ上がる。口の中で「ママ……」と呟き、春姫は涙を拭きながら教室に戻って行った。

「もう、まどかちゃんのことをここで話すのは禁止！　二度としないように！」

笹塚が怒鳴るのを初めて聞いた。親に怒られ慣れている玲奈ですら、重量感のある迫力に縮み上がった。忠告を受けたそばから破ったことに、もう首を垂れるしかない。

自分が感情的になったことに気付いたのだろう。笹塚はすぐにいつもの穏やかな声で「頼みます」と言ったが、玲奈に向けた背中にはまだ怒りが残っていた。

たとえバイトだとしても、子供達の精神状態を蔑《ないがし》ろにするような行為は、厳禁だ。心に刻み込みながらも、春姫に言われたことがこびり付いて拭うことが出来ない。

険悪だった、まどかと朱音。

まどかに執着し、保護者会から逃げるように帰って行った、朱音の母。

バサバサ、と手にしていた算数のプリントが足元に落ちていく。拾い集めようとして初めて、手がガクガクと震えていることに気が付いた。

震えを抑えようと両手を握り合わせる。

春姫の言葉をそのまま犯人に結び付けるのは浅はかだと分かっている。だが苛烈な競争で疲弊しきっている小学生の未熟な精神は、あっけない程簡単に憎悪に燃え上がることがある。

例えば、勉強を強《し》いてくる親。例えば、煽《あお》ってくる講師。

例えば、抜くことのできないライバル……。

両手に力を込める。

だからといって、それが殺意に変わるなんてことは、考えられない。
でも。
でも……。

第二章

二〇二三年　三月　春期講習

「ああ〜」

パソコンの前で、千夏は頭を抱えた。

何度計算しても、偏差値が足りない。

六年生になってから既に二回行われた公開模試で、朱音の平均偏差値は、五十七だった。

今日から春期講習が始まる。講習明けからは、いよいよ「日受」……日曜受験講習という、受験に特化した講習に入る。難関校を対象にした「日受A」に参加するためには、公開模試の平均偏差値六十以上が基準とされている。日受Aに参加出来ないということは、難関校を受験するための能力がないと断じられるに等しい――。

頭を抱えながら、千夏は波立つ心が穏やかになる可能性を捻《ひね》り出そうとした。

そうだ。春期講習後の模試で平均偏差値六十三が取れれば、朱音はギリギリ日受Aに参加出来る。

良い考えだ、と思う一方で、それが取れないと受験は絶望的という事実に、千夏は大きく身震いした。

その時、リビングのドアが開いた。

「お弁当は？」

パソコンの前に座ったままいつまでも立ち上がる気配のない千夏に、朱音が不機嫌を隠すことなく眉を顰《ひそ》めている。

「出来てる。もう玄関に置いてある」

朱音は仏頂面のままドアから離れた。玄関に向かう娘を追いながら、千夏が言い足す。

「ねえ。ちゃんと講習、真剣に受けて来るのよ。今まで習ったことしっかり復習して、公開模試で偏差値六十三以上出せるようにするのよ」

「うん」

「分かってる？　今度の公開模試で六十三取らないと、日受Aに入れないんだからね。ちゃんと授業聴いて、分かんないところは先生にしっかり質問してくるのよ。日受Aに入れなかったら、意味ないんだからね」

「うんってば。しつこい」

朱音は忌々《いまいま》し気に言い捨てると、玄関に置かれたランチバッグをリュックサックに押し込み、スニーカーに足を入れた。

「待って。もう行くの？　まだ早いんじゃない？」

「自習するんだよ」

リュックサックを背負いながら朱音が振り返る。ぐっと千夏の目を見つめ、はっきりした口調だ。

「そう」

千夏は頷くと、靴箱から自分のスニーカーを出した。

「何」

「ママも行くよ」

「何で」

「お豆腐買い忘れたの。一緒に行こう」

千夏をいかにも疎《うと》ましそうに一瞥すると、朱音は小さく鼻を鳴らしてドアを開けた。母の本心が買い物などではなく、自分を見張るためだと気付いているのだ。

「朱音、そろそろ本気になりなさいよ」

外廊下に出た途端、待ち構えていたように早春の風が吹きつけてきた。その冷たさが、千夏の焦りを掻《か》き立てる。エレベーターホールへ歩く朱音の耳にしっかり届くように、大きな声で言う。

「ホントに分かってる？　御三家受かる子は、五年生の秋には親に言われなくても自分で計画立てて勉強してるんだよ。今が何月か分かってる？　もうそろそろ、ホントに本気にならないと、来年の今頃どうなってると思うの？」

エレベーターに乗り込むと同時に、追い詰める言葉が溢れて止まらない。塾の保護者会で、耳にタコができるほど「やってはいけない」と言われていることだ。でも、止められない。

「少しはやる気を見せてよ。もうママ虚しくて仕方ないよ。全然やる気がない子のために、毎日塾弁作って。塾はあんたの道楽なの？　道楽のために、毎月何万も出してる訳？　親をバカにするのも、いい加減にしなさいよ」

朱音が堪《たま》り兼ねたように耳を塞《ふさ》ぐ。

「あか……」

言い掛けた時エレベーターが止まり、千夏は思わず言葉を切った。ドアが開くとそこに、敦子と聡が立っていた。

「こんにちは」

「あ……こんにちは」

何というタイミングの悪さ。ひょっとしたら朱音への小言を聞かれたかもしれないと思うと、酷く苦々しい気持ちになる。それを押し隠し、千夏は聡に笑みを向けた。

「聡君も、これから塾？」

わざと敦子には尋ねなかったのだが、息子命の母親がその答えをもぎ取る。

「ええ、そう。もう塾始まってる時間なんだけど、聡が急にお腹痛いって言い出して。ほら、ジニアって休み時間が無いから、トイレは家で済ませて行かないと、大変なのよ。凄いのよ、五時間ぶっ続けで授業するの、ジニアは。それでもみんな付いて行くんだから、難関校受験する子達って、ホント集中力半端ないわよね。大人だって、そんなに長時間集中出来ないじゃない？　ジニアに通う子達って、さすがよね」

自慢話に興じる敦子はこの上なく楽しそうだが、聞かされる方は苦痛以外の何ものでもない。

白けた気持ちで自動ドアを抜ける。そんな母の横で、朱音が聡に話しかけた。

「お腹、大丈夫？」

俯いていた聡が朱音に顔を向ける。口を開くが、また敦子が息子の言葉を刈り取った。

「大丈夫よ。トイレに行ったら治ったの。ね、聡？」

ニコニコと答える敦子に、聡は、またうな垂れるように首を下げた。

マンションの駐輪場に向かい、各々自転車を出しながら、敦子が大声で話し続ける。

「やっぱり大事よね、体調管理。細心の注意を払ってたつもりだったのよ、身体を冷やさないようにって家の中でもヒートテック着て、勉強するときもひざ掛けしてね。風邪には気を付けてたんだけど、お腹はねえ。考えてもなかったから」

「ストレスじゃないの」

言ってから、自分の言葉にぎくりとした。嫌味にしてもストレート過ぎなかったか。敦子は苦手だが、関係を悪化させるつもりなど露ほども無い。同じ分譲マンションに住む以上、一生の付き合いになるのは覚悟の上なのだ。

しかしありがたいことに、千夏の悪意までは届いていなかった。敦子は自転車に乗りながら、「いやあ、まさかあ」と笑って退けた。

「ストレスなんて、そこまで勉強漬けじゃないのよ。本番はまだまだ先なんだから、今からフルスロットルで勉強なんかして、受験直前に燃え尽きたりしたら大変じゃない。ねえ、聡？」

後ろから付いてくる聡は、無言で自転車をこいでいる。

敦子はああ言ったが、千夏には聡の顔色が健康そうにはとても見えなかった。ややぽっちゃりめな体形の聡は、元来青みのかかった色白ではあった。しかし今は、その青さが際立っている。そして何より、目に生気が無い。

心配が胸に這い上がって来るが、敦子とこれ以上突っ込んだ話もしたくない。駅も見えてきたので、千夏は後ろを走る朱音に声を掛けた。

「朱音、曲がるよ。じゃあね、敦子さ……」

「あ、まどかちゃん！」

朱音はそう言うと、大きく手を振った。

まどか……？

心臓が鳴った。千夏を追い越して駅の方に向かう朱音の後ろ姿を見ながら、その高鳴りはどんどん大きくなっていく。あっという間に小さくなった朱音の向こう側には、駅の反対側から姿を現したまどかと季実子の姿があった。

「何？　新光学院のお友達？」

敦子の声に、若干の蔑みが滲んでいる。

そうだ。初めてまどかのことを教えてくれたのは、敦子だった。天才と謳《うた》われた少女がジニアアカデミーから抜けた、と。新光学院に移ったのかと、訊かれたのだ。

思い知らせてやるチャンスじゃない。ジニアなんて、彼女達に見限られた塾なのよ。

「そうよ」

駅に向かう自転車のスピードを上げながら、千夏は言った。

「あれが、青島さん」

「青島」

敦子の目が、ハッと見開かれた。

「え、まさか、あの……」

「こんにちは、千夏さん」

相変わらず美しい季実子が、優しく声を掛ける。自転車から降り、「こんにちは」と千夏も笑顔を見せた。隣では敦子が、まるで宇宙人にでも遭遇したような目で、千夏と季実子を交互に見ている。

「こんにちは」

礼儀正しくまどかが頭を下げる。シジミのように小さな敦子の目が零れ落ちそうになった。あれだけ饒舌《じょうぜつ》な敦子から、言葉が出ない。ざまあみろ、と千夏は内心鼻で笑った。これが、天下の天才母娘だ。彼女達は中学受験で一番大事な六年生の一年間を過ごす場所にあんたが誇り散らかしているジニアアカデミーなんかではなく、新光学院を選んだのだ。

「いってきます」とまどかが言い、自転車を押す朱音と並んで新光学院に向かって行った。駅ビルの駐輪場に自転車を入れた聡も、改札に足を向けた。しかし敦子は、息子を改札まで見送ることも忘れたのか、季実子を食い入るように見つめ続けた。

「……あの、青島さん……ジニアアカデミーに通ってた、青島まどかさんですか？」

絞り出すようなかすれ声で敦子が尋ねると、季実子は穏やかに微笑んだ。

「ええ。娘は五年生まで、お世話になっておりました」

敦子の緊張は興奮に変わった。丸い顔をトマトのように真っ赤にして、前のめりに唾を飛ばす。

「あの、う、うちの子もジニアなんですよ！　お嬢さんいつもトップで、もう全国的有名人じゃないですか！　何でやめちゃったんですか⁉　新光学院なんて都落ちみたいなとこ、なんで……」

「敦子さん！」

千夏は思わず口を挟んだ。しかし季実子は優しい笑みを湛《たた》えたまま答えた。

「身に余るお言葉、ありがとうございます。でも、買い被り過ぎですよ。そんな大した娘じゃありません」

「そんな、ご謙遜を」

「いいえ。それよりお坊ちゃん、しっかりしていらっしゃいますね。ちゃんと一人で電車に乗って。うちは通っていた時、まどかも上の子も、いつも車で送り迎えしていましたよ」

「上？　お兄ちゃんですか？　どこに通ってるんですか？」

「いえ、姉です。敬陽女子学園の二年生です」

敦子の瞳が、一層キラキラと輝きを増した。

「あの、ジニアの時って、宿題どうこなしてました？　すごい量じゃないですか。特に算数なんて、練習プリントが毎回十枚以上出るだけじゃなくて、計算ドリルもあるし。しかも提出するときに、間違えた問題は絶対解き直さなきゃいけないしね。テストの復習も必ずやるように言われてるでしょ？　それだけでもマジ凄い量なのに、それ以外に漢字や四字熟語や、理科や社会も覚えなきゃいけないし。もう、いくら時間があってもアップアップって感じ。計算と漢字は朝学校行く前にやらせてるんだけど、それも終わり切らないことが多くって、夜寝る時間削っても足りなくて寝ぼけて集中出来なくて結局悪循環って、マジで最悪なパターン。青島さんとこは、何を優先させてどんなふうに回してました？」

しょうもない質問に千夏は内心舌打ちをしたが、季実子は口元に手を当てて申し訳なさそうに言った。

「どうだったかしら……ごめんなさい。全部娘に任せてあるから、私には全然分からなくて」

「あ、ああ、ですよね〜。ジニアでは子供の自律のために、自分で予定組ませるように言われてますもんね〜」

興奮で礼を失していた敦子が、慌てて丁寧な言葉遣いになる。

先程敦子は無理などさせていないと言っていたが、やはり聡は睡眠時間を削って勉強している。いや、させられている。

千夏が呆《あき》れかえっているのにも気付かず、敦子はおべっか笑いを浮かべながら続けた。

「そう言えば、体育！　どうしてます？　もう六年生だし、そろそろ球技とかは見学させた方がいいのかしら？」

「え、何で？」

千夏が問いかけると、敦子は鼻で笑ってみせた。

「あらあ、知らないの？　ドッジボールやポートボールなんて、受験生の天敵よ」

「ウソ。ドッジボールがNGなんて、休み時間に何して遊ぶの？」

「ちょっと、千夏さん、本気で中学受験考えてるぅ？　ドッジボールなんて、論外なの、常識じゃない。もし突き指なんてして、鉛筆持てなくて勉強に支障が出たらどうするのよ？　この時期、休み時間どころか体育でドッジボールをやるときも見学させてるおうちもあるのよ。親だったら、そのくらいの気配りは当たり前よ」

心底驚いた。ピアニストかバイオリニスト志望の子供の話で聞いたことがあったが、受験生も休ませるのか。敦子の勝ち誇ったような顔は悔しいが、千夏には思いも至らないことだった。

「ねえ、青島さん」

言葉を失った千夏から視線を外し、敦子が季実子に笑顔を向けた。明らかにこの話題で盛り上がることを期待している。

しかし、季実子の浮かべた表情は、正反対のものだった。

「う～ん……、そういうお話、聞いたことはあるけれど」

目が困惑を隠し切れない。

「中学受験をすると言っても、子供達の本業は小学生だと思うから。体育も休み時間のドッジボールも、大切な学校での時間でしょう？　そういうことを犠牲にするのは、何と言うか……本末転倒な感じがするわ」

「本末……転倒……？」

「ええ。中学受験って特別なイベントみたいだけど、結局中学生になるためのものでしょう。それに何と言っても、うちの娘体育も大好きだから。受験のために休みなさいなんて言ったら、絶対嫌がるわ。勉強漬けの時こそ、好きなことさせてあげたいし」

去年の運動会前なんて、リレーの練習のせいで塾に何度も遅刻しかけて、先生から『そんなに足が速いなら、塾にも全力疾走でいらっしゃい』なんて言われたのよ、と、季実子はさも可笑《おか》しそうに、笑って見せた。

しかし、敦子の笑顔は凍り付いていた。両拳に強く力を込めたのが分かる。

季実子の話は、敦子が今まで参考にしてきた受験テクニックとはかけ離れているのだろう。まるで違う文化圏の住人と話をしているように、理解できないに違いない。

敦子は、分かっていない。

青島まどかは、中学受験生の親が必死に子供に押し付けるテクニックなど、必要としない。息をするように勉強し、微塵《みじん》の努力も無く知識を吸収する。

格が違う、正真正銘の天才。

戦慄《せんりつ》している敦子に、溜飲《りゆういん》が下がる。この素晴らしい子供は、私達のものなのだ。

もしこの天才児が、私の娘だったら。

ふと、蜜のように甘い妄想がよぎる。

全国の俊英を押しのけて成績トップを保つ優秀さに加え、運動神経も抜群な娘。

成績をチェックするといつも目に入る〈全国一位〉の文字。

溌溂《はつらつ》と発言をして授業を引っ張り、運動会ではリレーの選手として大声援を受け、勝利に貢献する。

『やっぱりすごいわね、小倉さんのお嬢さん』

『さすがよね』

みんなから褒め称《たた》えられる子を育てるのは、どんなに楽しいだろう。きっと家で怒ることなどひとつもない、いつも上機嫌で優しい母でいられるはずだ。毎日の食事の支度も洗濯も掃除も、ちっとも苦にならないに違いない。それどころか、娘を支える為《ため》なら、むしろ喜んで自分の時間全てをなげうつ。

妄想に深く浸りながら、千夏は現実に想いを馳せた。

朱音。憧れで膨らんだ胸が、急激に萎《しぼ》む。

二人が歩いて行った方向に目を向ける。とっくに姿は無かったが、千夏はまたそこにうっすらと夢を描いた。

朱音が、まどかのようになってくれたら、どれだけ幸せだろう。

朱音が、まどかのようになってくれたら。

*

数日後。

春期講習中、二回行われる講習テストの、一回目の結果が出た。

四教科平均偏差値　五十二
偏差値五十二は、並中の並だ。難関校受験のAクラスに在籍しながら、こんな点を見せつけられるなんて。千夏はパソコンの前で突っ伏した。

朱音はソファで寝ころんだまま社会のテキストを漫然と眺めている。恐らく頭に入れる努力などしていないだろう。

「いつまでゴロゴロしてるの。もう塾に行く時間でしょ」

「ああ」

朱音がだるそうにソファから立ち上がる。六年女子の中でも小柄で華奢な方なのに、仕草は太った中年女性のようだ。

「なんでそんなノロノロしてんの。行きたくないの？」

「誰もそんなこと言ってない」

「なら、早くしなさい」

千夏の苛《いら》ついた声に、朱音は面倒くさそうに溜息をついた。そして嫌がらせのようにゆっくりとリビングから出て行った。

全ての行動に、生気が感じられない。六年生の春期講習に入った今、受験へのカウントダウンは刻々と進んでいるというのに、朱音はいつまでたっても足踏み状態だ。

玄関の閉まる音が聞こえた。見ると、置いておいた塾弁が無い。行ってきますも言わずに、朱音は出かけたのだ。

千夏は壁にもたれながら、ズルズルとその場に座り込んだ。子供のように体育座りをし、両膝に顔を埋《うず》める。

なんで、ちゃんとやらないの。

これが千夏本人の問題であれば、どれだけ気が楽か。改善するためにがむしゃらに、必死に、ひたすら努力をする。

だが苦境に立たされているのは、朱音だ。千夏は、ただ外野から大声で叫び続けるしか出来ない。あらゆる経験をしてきた大人には、分かるのだ。受験まであと一年を切ったこと。そんな時間など、あっという間に過ぎてしまうこと。そして過ぎてしまったら、いくら後悔しても遅いこと。

一生懸命サポートした。塾がある日はお弁当を作った。志望校の説明会があれば、受付開始時間をカウントダウンし、時報と共に予約を取った。どんなに朝早くても、通勤ラッシュにもまれながら参加した。塾代のために、好きな雑誌を買うのをやめ、美容院に行くのもやめた。国語の長文問題に頻出する小説を揃えてやり、偏差値がアップすると言われる問題集は幾らでも買ってやった。

自分のことは全て後回しにして、いつでも朱音の受験を優先した。どうしたら成績を上げられるのか、母として何が出来るのかだけを、考え続けていた。

全て、無駄だったのか。

その時、静まり返った廊下に、電話のベルが響き渡った。

ハッと顔を上げる。潤んだ目をこすりながら立ち上がり、リビングへと急ぐ。親しい人間、例えば夫や実家、友人達とは、ＬＩＮＥで連絡している。家の電話にかかってくるとしたら、セールスか学校、それか……。

『もしもし、新光学院の村上です』

受話器の向こうから聞こえてきたのは、大学生チューターの声だ。

『あの、朱音ちゃんなんですけど。すごく熱が高いんです。お迎えに来ていただけますか？』

＊

「インフルエンザですね」

連れて行った小児科で、医師は穏やかに言った。

「インフルエンザ……？」

「ええ。もう下火になってはいますけどね。まだ流行が終わったわけではないから。それにしても、こんなに熱が上がってから来るなんて、朱音ちゃんしんどかったの、我慢しちゃったかな？」

このクリニックには、朱音が赤ちゃんの頃からお世話になっている。医師は親戚よりも身近に朱音の成長を見ているせいか、口調には医者というよりも近所のおじさんのような優しさが滲む。

朱音が熱で赤くなった顔に弱い笑みを浮かべた。親には不愛想だが、外面《そとづら》は甘く、柔らかい表情を見せる。

医師も微笑みを返す。

「朱音ちゃん、確か受験するんだったね。疲れが溜まっているのかもしれないな。ちょっとゆっくりして、沢山寝るようにね。とにかく、身体が資本だからね」

千夏は朱音の横で神妙に医師の説明を聞いていたが、腹の中は煮えくり返っていた。インフルエンザ……この大切な時期に。

調剤薬局で薬を待つ間、朱音は椅子に浅く腰掛けて身体を背もたれに預けていた。眉をひそめた顔は熱で紅潮し、息も荒い。もっと楽な姿勢を求めるように、隣に座る千夏にもたれかかってきた。

反射的に、千夏は朱音の身体を避けた。

「小倉さーん。小倉朱音さーん」

薬剤師に呼ばれ、千夏は「はい」と立ち上がった。そして、朱音の頭が触れた肩をゴシゴシと拭った。

　ひどく汚れたような気がして、気持ちが悪かった。

　インフルエンザに罹《かか》るほど身体が弱っているとしても、それは隠れてファッション誌やマンガを読み耽《ふけ》った夜更かしのせいだ。勉強もしないで怠惰に時間を潰しているだけのくせして、どの口が疲れたというのだ。

　千夏の昏い腹の内など気付くことなく、綺麗にメイクを施した女性薬剤師は、可愛らしい声で薬の説明をする。

「こちらが、リレンザです。一回二ブリスターずつ、吸入して下さい。それと熱が高くて苦しいときは、こちらの解熱剤を服用して下さい。お嬢さん、随分苦しそうだから、解熱剤は帰ってすぐに飲んでもらっていいと思います」

　半分横たわるように座る朱音を見て、薬剤師は心配そうに言った。医療関係者には気懸りな状態なのだろう。だが千夏は、「分かりました」と言いつつも朱音に対して全く思いを寄せられない。

　むしろ焦りが募る。解熱後二日は塾に行くのを禁じられている。そんなに休んだら、すぐに二回目の講習テストだ。講習が終わった週末には、運命の公開模試が待っているのに。

このまま春期講習に行けなくて、模試で偏差値を上げられなかったら……。

「行くよ」

声を掛けると、いかにも苦しそうにしていた朱音がうっすらと目を開いた。早く、と、顎《あご》で催促する。ゆっくりと立ち上がる朱音にイライラする。

娘を待たずに薬局から出る。薬剤師が「お大事に」と声を掛けてくれたが、返事をする気になどなれなかった。

きっと千夏達が帰った後、「何、あの親」と話題にするだろう。「子供がインフルエンザなのに、冷たいね」「本当の親かな」などと言われるかもしれない。

そんなこと、もう構うものか。

心の底から湧き上がる絶望の前では、何もかも、もうどうでも良かった。

*

家に戻ると同時に、千夏は朱音にリレンザと解熱剤を服用させた。

「パジャマに着替えて、早く寝なさい。リビングのソファじゃないよ、ちゃんとベッドで寝るんだよ。じゃないと、治らないからね」

千夏は朱音にパジャマを渡すと、もう一度ジャケットに腕を通した。

「ちょっとママ、塾に行ってくるから」

「何で」

「あなたが休む間の勉強、どうしたらいいのか訊いてくるの。最悪、講習テストまで休まなきゃならないかもしれないんだから」

「そんなことしなくて大丈夫だよ」

「そういうのは、偏差値六十五以上を普通に取れてる人だけが言える言葉」

朱音があからさまに嫌な顔をしたが、無視して玄関を出た。春にしては冷たい風が頬に当たり、身震いする。駐輪場から自転車を引っ張り出しながら、大きく息を吐いた。

疲れた。

新光学院に迎えに行き、病院に行き、また新光学院に行く……本当なら、家でソファに身を沈めてコーヒーを飲み、テレビでも見ながらゆっくり時間を過ごしたい。しかしこうしてしんどいことを少しでも多く積み上げたら、見返りとして朱音の偏差値も上がるのではないか。あり得ない、くだらないと分かっていながらも、そんな思いが千夏を動かす。

＊

「朱音ちゃん、インフルエンザでしたか」

　事情を話すと、チューターの村上が気の毒そうに言った。発熱の連絡をくれた彼女は、春期講習で使う各教科の演習プリントを用意してくれると言う。予《あらかじ》め笹塚には了承済みだそうだ。彼女もこの新光学院から最難関中に進学したので、今何が必要なのか、よく分かっているのだろう。千夏は村上に深々と頭を下げた。

「すみません。熱があるなんて、本人も何も言わなかったから、気が付かなくて……他のお子さんにうつっていないといいんですけど」

「大丈夫だと思いますよ。それより朱音ちゃん、早く治るといいですねー。本当に、苦しそうだったから」

　村上はプリントの束を書類封筒に入れながら、心底心配そうな目を千夏に向けた。

　新光学院経堂校は、AからEの五クラスしかない。大規模校と言われる校舎は一学年二十クラス以上擁するところもあるというから、かなり小規模だ。講師以外に子供達の相談相手になる大学生チューターが数名おり、進学塾でありながらアットホームな雰囲気を醸し出している。これは「受験を通して子供を育てる」という新光学院のポリシーそのもので、だから村上も朱音のことを気にかけてくれるのだろう。

ひょっとしたら、母の千夏以上に。

「これ、持ってきたらいつでも添削してもらえるよう、先生方には連絡しておきますから。インフルエンザで受験失敗したなんて子はいないから、ゆっくり休んでねと、朱音ちゃんに伝えて下さい。ガッツだぜ！　って」

パンパンに膨らんだ書類封筒を手渡しながら、村上は力こぶを作るポーズで笑顔を見せた。笑みを返すが、その明るさは、逆に千夏を苦い気持ちにさせた。

不意に、静まり返っていた室内がざわめき立つ。

「ああ、休み時間ですね」

村上が言った途端、教室のドアが開き、子供達が溢れ出てきた。

「玲奈っち、絆創膏《ばんそうこう》ちょーだい！」

「何、どうした？」

「テキストで指切った！」

「マジか」

「ねーねー玲奈っち！」

「玲奈っちー！」

ざっくばらんな村上は人気があるのだろう、あっという間に囲まれた。次々に教室のドアが開く。トイレに行く子、冷水器で水を飲む子、先生に質問に行く子、本棚に向かう子……どこにいても自分は邪魔になる。帰ったほうがいい。

そう思うのだが、千夏はドアに向かえないでいた。

見たい。

いる筈なのだから、この中に。

騒ぐ子供達の中に、一人の少女の顔を捜す。

ほっそりとした、見るからに利発そうな子。知的な瞳が印象的な、稀代《きたい》の天才少女。

思い浮かべるだけで、胸が高鳴る。しかし視界に入るのは、有象無象の子供達だけだ。無神経な嬌声《きようせい》が、邪魔で仕方がない。

ふと、群れの一角が光り輝いた。千夏の目が吸い寄せられる。

「まどかちゃん！」

無意識に出た自分の声に驚いていると、少女がすぐに振り返った。

「朱音ちゃんの」

「こんにちは。授業が終わったのね」

動き回る子供達を掻き分けるように、まどかに近付く。歩を進める毎《ごと》に、胸の鼓動と共に緊張感が強くなっていく。何だろう、この感じは。久しぶりの、遥《はる》か昔に感じた……ときめき。そう、まるでときめきだ。

高鳴る心臓を抱えながらまどかに辿り着く。そんな千夏に、まどかは穏やかな微笑みを向けた。

「こんにちは。朱音ちゃん、熱あったそうですが、大丈夫ですか？」

「ありがとう。大丈夫って言いたいんだけど、インフルエンザだったの」

「インフルエンザですか」

驚いたように目を見開くまどかに、千夏は慌てて言った。

「ごめんね、ウイルスまき散らしてるかも。まどかちゃんにうつったりしてないといいんだけど」

「ああ、大丈夫です。今は朱音ちゃんと席離れてるから」

新光学院は成績で席順が決まる。当然一番前はまどかの定位置だろう。そして朱音は、まどかにインフルエンザがうつる筈もない程、離れた席に座っているのだ。ふと心が重くなるのを感じながら、千夏はお友達のお母さんらしい、優しい笑みを作った。

「なら、良かった。でもまどかちゃんも気を付けてね。夜遅くまで勉強して寝不足になると、免疫力下がって病気になりやすくなるから」

「ご心配ありがとうございます。大丈夫です。私、眠くなると頭が動かなくなっちゃうから、八時間以上の睡眠時間は確保してるんです」

「……そう。じゃあ、大丈夫ね」

ほら、休み時間終わりーっ！　と村上がパンパンと手を叩くと、子供達は教室に戻っていく。まどかも千夏に一礼すると、Aクラスの教室に入って行った。

ロビーはスタッフだけになり、静けさに背を押されるように、千夏は新光学院を出た。

自転車の前かごにプリントを入れる。鍵を差し、スタンドを上げ、サドルに腰掛ける。その動作中、ずっと千夏の頭にあるのは、まどかだった。

今すべきことを完璧に理解し、すべてにおいて自律出来ている。

なんて素晴らしいのだろう。

ゆっくりとペダルを踏み込みながら、頭の中のまどかをなぞる。一体どんな風に育てたら、あんな聡明で秀でた娘に育つのだろう。

想像するだけで幸福感に満ち、千夏は束《つか》の間《ま》の夢心地を味わった。

「ホラ、プリント貰って来たわよ」

家に戻り、プリントを手に朱音の部屋に入る。すると、ガサガサという音と共に、ベッドで布団が動いた。

目にした途端、考える前に身体が反応した。

布団を引き剝がす。

顕わになったのは、朱音の強張った顔。そしてその身体の下にある、何冊ものファッション誌とマンガ本。

体中が震え、呼吸が上手く出来ない。千夏は無言で手にした布団を床に叩きつけた。

分かっていた。朱音はこういう娘だと。

それでも心の底では、潜在する優秀さを信じていた。だから今まで、湧き上がる苛立ちが爆発するのを、ずっと抑えてきた。

だが、ベッドから千夏を見つめる朱音の反抗と憎しみに満ちた目。

結局、この絶望が真実なのだ。

必死に、懸命に頑張ってきた千夏の全ては、ただ無駄な足掻《あが》きにすぎなかった。

叫びたい。大声で、朽ち果てた希望を嘆き悲しみたい。だが、口を開けても声が出ない。

立ち尽くす母を見つめる朱音の目の色が変わった。怯えるような目が向けられた先にあるのは、その拳だ。

震える拳から、血が、流れていた。

開くと、深く爪が食い込んだ掌が血にまみれている。

痛みを覚えない。心が麻痺《まひ》して何も感じない。

黙って部屋を出る。ゴミ袋を手に戻り、朱音の身体の下から雑誌を引き抜き、その中に突っ込んでいく。

朱音がうろのような目で見つめている。ファッション誌が、マンガ本が、ゴミ袋に詰め込まれていくところを。これらは、朱音の宝物だ。だから、捨てる。

本をゴミ捨て場に持って行き、千夏はすぐに戻った。

改めて嫌悪が増す。

出したものを元に戻さない。服を出したタンスも、引き出しも開けっぱなしだ。飲み切ってほったらかしのペットボトル、空になったポテトチップスやおせんべいの袋……なんて、汚い部屋。

部屋は頭の中と一緒と言われている。部屋を常に整理整頓している子は頭の中も整理され、散らかしっぱなしの子は頭の中も取っ散らかっている。

まさに、この部屋は朱音だ。

ふと、まどかの声が頭に蘇った。

『眠くなると頭が働かなくなっちゃうから、八時間以上の睡眠は確保してるんです』

まどかは、ちゃんと分かっている。今すべきことは、勉強。そのために優先順位を付け整理し、実行する。

千夏は座り込んだままの朱音に、大量のプリントを叩きつけた。

「雑誌なんか読めるくらい熱が下がったなら、プリントやりなさい！　あんたがあんな下らないものにうつつを抜かしている間も、みんな勉強してるんだよ！」

もう抑えることなどない。配慮など、必要ない。

「何やってるの、早くやりなさい！」

怒鳴りつけると、やっと朱音は身体を動かした。だがその動きは、石で出来ているのかと思うくらい重々しい。一層千夏の心が波立つ。

「早くしなさいって、言ってるでしょう！　早く！」

怒鳴るごとに感情が高まる。沸き立つ怒りが手に負えなくなっていく。

「病気なら早く治るように努力しようとか、思わないの？　しめしめ、これでゆっくり休めるわとでも思ってるの⁉」

「……違う」

「どこが違うのよ⁉　あんたがやってることは、そういうことじゃない！　そんなんだから、あんたの成績はどんどん下がってるんだよ！　こんなんじゃ、あんたどこも受かんないよ！」

愚かだ。朱音だけじゃない、自分もだ。ずっと裏切られ続け、絶望しかないのに、期待を捨てきれない。無駄だと分かっているのに、願ってしまう。「ごめんなさい」と言ってくれればいい。プリントを手にしてくれればいい。「ママ、シャーペン取って」と言ったら、すぐにでも取ってやる。

どうして、望みが捨てきれない。

なんでこんなに、愚かなんだ。

「何やってんのよ！　あんた本当のバカなんじゃないの⁉　バカ‼　バカ‼　バカ‼」

暴発する激情に今にも手を上げそうになる。だが朱音は、うずくまったままだ。

見下ろす千夏には、もう吐くべき言葉がなかった。

残っているのは、虚しさだけだ。

絶望的な溜息をついて、部屋を出る。動く力もなく、廊下の壁にぐったりと身体を預けた。

千夏の目の前は茫漠《ぼうばく》たる砂漠のようだ。行けども行けども果てが見えない、全ての希望の墓場。

　ふと、掌に痛みを覚えた。

　食い込んだ爪で出来た傷。流れ出た血が掌にまだらに広がっている。見ると、ドアノブに血がついていた。千夏が触ったファッション誌やプリントも、この血で汚れただろう。

　プリント、提出出来ないな。

　脈打つように痛む傷を見ながらふと思った。だがすぐにかぶりを振った。

　そんな心配、いらない。提出なんてどうせしない。

　だってあの子は、勉強なんてしないから。

　傷と一緒に胸が痛む。

　なんで、こんな子なんだろう。

　将来大きくなって恥ずかしい思いをしないですむように、ずっと力を尽くしてきた。あれだけ苦労して、努力して育ててきたというのに。

　まどかだったら。

　プリントを貰ってきたら、高熱に潤んだ目をキラキラさせて「ありがとう」と言うだろう。「これで勉強が遅れないですむわ。ママ大好き」と、千夏の手を握るだろう。

そんな子だったら、どんなに良かったか。

自分を高める努力を惜しまない子。そして、手助けする千夏の協力を、感謝と共に素直に受け入れてくれる子。

そんな子だったら、声を荒らげることもない。今だって、「頑張り過ぎよ。少しゆっくり休みなさい」と、熱い額に手を当てて労《いた》わってやれるのに。

目に涙が溢れてくる。

おおらかで満ち足りた、子供の心にいつでも寄り添っているお母さん。

子供が朱音じゃなければ、そんなお母さんでいられたのに。

子供が、まどかだったら。

何でうちの子は、朱音なのか。

何で、まどかではないのか。

二〇二三年　八月　現在

小倉朱音。

パソコンに名前を入力すると、鮮やかに色分けされた成績データが現れた。

小学三年生の入塾時以来、激しく変動する波を描きながら、下降を続けている。

落ち着け、落ち着け……動揺する心を宥めながら、玲奈は折れ線グラフをなぞった。

深く息を吸い、ゆっくりと思考の海に潜っていく。

玲奈の知る限り、朱音はそう複雑な子ではない。パッとしなかった入塾テストの後、二度目のクラス分けテストでは爆発的に成績を上げた様子を見ると、地頭《じあたま》は確かなものので、集中力さえ持続できれば下降一直線から抜けることも可能だろう。だが、それが出来ない。朱音の思考は至極単純、今、やりたくないというだけ。

そういう単純さが、朱音の良いところだ。正義感が強く、優しく面倒見がいい。この真っ直ぐさは親に愛されて丁寧に育てられたことを感じさせる。だから笹塚室長は、まどかが入塾した初日、迷うことなく朱音の隣に座らせたのだ。

期待通り、朱音は甲斐甲斐しくまどかの面倒をみていた。教室案内、勉強のシステム、授業について、家庭学習の進め方、しまいには講師やスタッフの噂話……あることないことまで言っていたので、笹塚が慌てて止めていた。

そうしたら、笑っていたのだ。二人で、仲良く、とても楽しそうに。

玲奈は食い入るように画面を見つめた。そこに居る筈もない二人の姿を捜す。

いつだろう、仲の良い二人を最後に見たのは。思い出そうとするが、沢山の子供達の笑い声に、二人の姿は掻き消されてしまう。

何があったのか、分からない。あの年頃の女の子は、こと友人関係に関しては、もう大人に本当の気持ちを見せないから。

キーになるピースは、朱音の母だ。

朱音は小六女子にありがちな反抗期真っ最中で、母に対する態度は冷淡だ。

玲奈にも覚えがある。その反発は、自分の世界を侵されたくない気持ちと、親に対する甘えという相反《あいはん》する感情からなる。来塾するたび笹塚に相談する朱音の母の深刻な顔を思い出すに、家では相当なバトルをしているのだろう。いつも怒られている子は、どんなに反抗しても自分は愛されているのだという確信を、渇望している。

玲奈は息を吐いた。

自分の中学受験の時はまるで分からなかった。だが今、受験生と保護者を見ていると、よく分かる。

教育熱心な親ほど、自分の子供を見ていない。

自分の中で理想の子供を育て上げている。

朱音の母にとっては、優秀な子こそ理想なのだろう。

優秀な子……まどか。稀代の天才少女。

そうだ。以前、朱音の母とまどかが親し気に話をしていたことがあった。……何だっけ、ああ、インフルエンザだ。春期講習中、朱音がインフルエンザになって、母が課題を取りに来た時。

プリントを渡しても、なかなか帰らなかった。誰かを捜しているようだった。そこへ出てきたのが、まどかだった。

娘の友達と話をしたかっただけかもしれない。

だが、春姫は言っていた。朱音の母はまどかを付け回していたと。

まどかが、朱音の母にとって理想の娘だとしたら。

もしも、最愛の母が、他人の娘を自分よりも愛していたら。

『あんな子、いなくなればいい』

声が脳内に響き、玲奈は激しくかぶりを振った。

パチン、パチンとピースがはまり、ジグソーパズルが恐ろしい絵を作り上げようとする。全身に震えが走り、玲奈は自分の身体を抱きしめた。

朱音は今も塾を休み続けている。あの教育熱心な母が夏期講習を欠席するのを許しているのだ。

まさか、本当に……。

「村上さん」

不意に名を呼ばれ、玲奈は驚いて椅子から転げ落ちそうになった。

「やだ、ごめんなさいね。驚かすつもりは無かったんだけど……大丈夫？　なんか、すごく深刻な顔してるけど」

スタッフの落合《おちあい》が心配そうに覗き込む。大学生の息子と高校生の娘がいるそうで、玲奈のこともよく気にかけてくれる。玲奈は荒ぶる心臓を押さえながら、無理に笑顔を作った。

「マジですか？　ヤバいな、あたし」

「そろそろ上がる時間でしょ？　少し早いけど、具合悪いならもう帰っていいわよ」

ねえ、笹塚さん、と、落合が声を掛ける。「そうだね、そうするといいよ」と言う笹塚の目が何となく冷たく感じるのは、まだまどかのことを詮索《せんさく》している呵責《かしゃく》のせいだろうか。

ここは、言われた通りにしたほうが良さそうだ……そう思い、玲奈は「ありがとうございます、じゃあ」とロッカー室に足を向けた。

その時、インターフォンが鳴った。落合が腰を上げかけたが、ちょうど立っていた玲奈がドアに向かう。保護者なら勝手に入ってくるし、今日は来客の予定などない。

誰だろう、と思いながらドアロックを解除すると、スーツ姿の男性が二人立っていた。玲奈の父親くらいの男と、三十代くらいと思われる男。

「世田谷中央署です」

年配の男が、手帳を広げてみせた。現れた記章に思わず息を吞む。スーツに警察手帳とくれば、彼らは刑事だろう。テレビドラマで馴染《なじ》んでいる分、本物の現実味の無さに驚く。

「……あの……」

「私がここの責任者ですが」

戸惑う玲奈に代わるように、笹塚の声が背後から聞こえた。振り返ると、刑事と変わらぬ厳しい目をして「君はいいよ」と玲奈に頷いてみせた。

玲奈から笹塚に視線を移した世田谷中央署は、「お忙しいところ、申し訳ありません」と小さく会釈をした。

「青島まどかさんの転落の件でお話を伺いたいのですが」

ドキンと大きく心臓が鳴る。

これは事情聴取というやつか？　いや、聞き込みか？　何にしても、警察が動いている。しかもこの訊き方は、まどかを突き落とした犯人を捜すものに違いない。

玲奈は激しく打ち付ける鼓動を持て余しながら震える両手を握りしめた。

笹塚も奥歯を嚙み締めたのが分かったが、すぐに平常通りの声色で返した。

「子供達が動揺するので、こちらでは困ります。私が警察に伺うのでは駄目でしょうか」

笹塚の返事が思いがけなかったのか、一瞬二人は顔を見合わせた。

「いや、先生方だけではなく、お子さん方にも話を伺いたいんです。特にまどかさんと同じクラスのお子さん達に、個別に話を聞かせていただきたい」

「それはお受けできかねます」

「え？」

「ご存じだと思いますが、ここは中学受験塾です。今行われている夏期講習は天王山と言われ、子供達はただでさえ神経質になっています。青島まどかさんのことで不安を抱えたり怖がったりしていた子供達も、ようやく落ち着きを取り戻したところです。このまま静かに受験勉強に集中させてやるのが、私どもの務めです。どうぞご遠慮願いたい」

「それは、捜査に協力出来ないということですか？」

容赦ない目で若い刑事が笹塚を睨みつける。電流のような緊張感が走るが、笹塚はひるまなかった。

「そうです」

「分かりました」

何か言いたそうな若い刑事を目で制し、年配のほうが小さく会釈をした。

「無理にと申すつもりはありませんので。後日先生にはご足労願うことがあるかもしれませんが、その節はよろしくお願い致します」

礼節を弁《わきま》えた物言いに、玲奈は驚いた。ドラマの刑事はもっと食い下がったり、暑苦しく説得したりするが、リアルはこんな感じなのか。

そして彼らは、「では」と礼儀正しく一礼すると、ドアの向こうに姿を消した。

え、ちょっと待って。

笹塚の言う通り、ここは警察が無遠慮に立ち入る場所ではない、教育のサンクチュアリだ。だが、警察がまどかの転落をどう捉え、何を把握しているのか、知りたい。あっさりと帰られては困る。

「あの、じゃ、あたし、失礼します！」

急いでトートバッグを手にすると、出口に向かった。

「玲奈ちゃん！」

思わず足を止める。それは、玲奈が中学受験生だった時の呼び方だ。振り返ると、笹塚がじっと玲奈を見つめている。いや、厳しい目で睨みつけている。

行くなと言われているのだ。

玲奈は一礼すると、踵を返し新光学院から駆け出した。

笹塚が苦々しく天井を見上げる姿が想像できたが、気にしない。思った時に実行しないと、何も進展しない。

階段を駆け下りると、緑道を歩く刑事二人の後ろ姿が見えた。真夏の暑さに背広を脱いで肩に掛けている。ワイシャツの背中の汗染みも分かる距離だ。声を掛けようかと思うが、思い留《とど》まる。バイトのチューターごときが何か訊いても、答えて貰える筈がない。玲奈は後をつけることにした。彼らがまどかの行動範囲で、何に注目するのか、次は何処《どこ》に足を向けるのか、追うのだ。

距離を保ちつつ、玲奈は慎重に二人の後を付いて行く。緑道から西福寺《さいふくじ》通りを渡り、山下西《やましたにし》公園の脇を歩く。そこまで行き、ふと気付いた。

方向が違う。

まどかの家は、駅を挟んで新光学院と反対側にある。こちら側は学区外だから友達がいるはずもないし、習い事の教室があると聞いたこともない。

一体、どこに行くのだ。

もうすぐ夕方になるというのに、強い日差しが満ちている。住宅街には人の気配はないが、耳を塞ぎたくなるほどの蟬時雨のせいで二人の会話は全く聞こえない。もっと近くに……と思うが、もし振り向かれたら、どう対処すればいいのか分からない。体中を流れ続ける汗に体力を奪われ、突き刺すような日光に頭がクラクラしてくる。

一方刑事二人は、淡々と歩を進めていく。何くそ、負けてたまるか、と、何に対してか分からない勝負を二人の背中に叩きつけるように付いて行く。

やがて、汗染みの広がったワイシャツの背中が立ち止まった。玲奈も少し離れた電柱に身を隠す。

〈グルンデルヴァルト経堂〉と書かれた建物は、かなりの大型マンションだ。エントランスの奥はちょっとした広場になっているようで、生い茂る緑が見えた。マンション脇は居住者用の駐車場で、外車と国産車が並んでいる。ファミリー向けの大型車が多く、比較的所得水準の高い層が住んでいるのだろう。うちの生徒もいるかもしれない……思い至った途端、玲奈は息を吞んだ。

そうだ。〈グルンデルヴァルト経堂〉、小倉朱音の住所だ。

心臓が乱れ打つ。冷静になれ、と自分に言い聞かせていると、刑事達がオートロックの中に入って行くのが見えた。

ヤバイ！　咄嗟に駆け寄るが、すんでのところで自動ドアは閉まってしまった。ここまで来たのに……刑事達の背中を目で追うと、エレベーターホールを通り過ぎて一階の外廊下を歩いていく姿が見えた。これなら駐車場から見える。玲奈はエントランスを走り出た。つい先ほど見た朱音のデータを思い出す。桐ヶ丘小学校在籍、住所はグルンデルヴァルト経堂……何号室だった？　一階だったか？

車の隙間から外廊下を歩く刑事達が見えた。荒い息が彼らの耳に届かないよう、呼吸を整えながら同じ歩調でついていく。端に近い部屋の前で彼らは立ち止まった。どのドアもリースを飾ったり可愛らしいプレートを掲げたりと生活を楽しんでいる様子が窺えるのに、刑事達が立ち止まった部屋だけは表札すら出ていない。

チャイムの音が玲奈の耳にも入る。それと呼応するように、玲奈の鼓動も身体が揺れるほど激しくなる。

ドアの向こうを思う。伸びっ放しの髪を無造作に縛った蒼い顔の朱音の母が出て来る。その後ろには、朱音。夏の薄暗い室内で、朱音はどんな顔で刑事達を見るのだろう。蝉時雨と共に聞こえる刑事達の話を、どのように聞くのだろう。

緊張に強張る朱音の顔が目に浮かぶ。玲奈は胸を押さえ唇を噛んだ。

「はい」

ドアを開けたその姿に、玲奈は目を見開いた。

朱音の母ではない。

知らない……違う。

知っている。

名前も身元も知らないが、忘れようもない。

まどかのマンションだ。転落の衝撃でぐしゃぐしゃになった植栽。声を掛けた玲奈から逃げるように自転車で去って行った、丸い顔丸い鼻にシジミのような目。

刑事を前にし、真っ青な頬が微かに震えているのが、こちらからも分かった。ひどく緊張し怯えているのか、左右に目が動き続けている。

「高崎敦子さんですね？」

尋ねられ、無言のまま首を揺らすように何度も頷く。

「青島まどかさんのことで、お伺いしたいことがあるのですが……」

高崎敦子、と呼ばれた女性は、「ああっ」と小さく叫ぶと両手で顔を覆い、かぶりを振った。肩が上下するほど息が荒い。だがすぐに顔を上げると、二人を急《せ》かすように部屋の中に招き入れた。そうして恐怖で強張った顔で周りを見回し、ドアを閉めた。

閉ざされたドアは、何事もなかったかのような顔をしている。

玲奈は茫然と立ち尽くした。

二〇二三年　ゴールデンウィーク

「ねえ、新光学院ではゴールデンウィーク、特別講習あるの？」

学校の階段を降りていると、不意に声をかけられた。その途端、千夏はげんなりするのを禁じえなかった。今一番聞きたくない声。会いたくない相手だった。

高崎敦子。


今日は小学校の学校公開日だ。年度始めの公開日は沢山の保護者で溢れ返るが、殆どが一年生の母親だ。幼稚園は毎日の送り迎えで園での様子を知ることが出来たが、小学校ではそうはいかない。学校生活を知る唯一のチャンスに勇んで参加する。

学年が上がるにつれて、参観者は減ってゆく。子供は親が学校に来るのを嫌がる年齢になり、親も見慣れた学校への足が遠のく。六年生の教室は一人もいないところもあり、来ている保護者は悪目立ちする。

千夏も来るつもりはなかった。母の姿を見て朱音があからさまに嫌な顔をするのも、不愉快だった。だが遠足の写真の申し込み締め切りが明日に迫っている。写真を選んだら、すぐに帰るつもりだった。

敦子が来ているに決まっているから。

自慢の息子を見守るために、敦子は学校公開の期間毎日、朝の会からずっといるという話だ。他の保護者が誰もいない教室の中、たった一人で、聡を見つめ続ける。給食の時間は廊下で持参した弁当を食べ、帰りの会が終わったら息子と手を繋いで帰る。廊下で食事を摂ろうと、帰りの会が終わってすぐに教室に入ろうと、違反行為ではない。だが担任教師は、他の児童はそれを見てどう思うか。

一日中、息子だけを凝視する母の姿を。

ゾッとする。

相手が自分の息子でなかったら、完全にストーカーではないか。そうした敦子の行動にも嫌悪感しかなく、関わりたくなかった。

廊下の壁数メートルにわたって貼られた模造紙に、L判の写真が並ぶ。リュックサックを背負ってバスに乗り込む姿や野原に座ってお弁当を食べる姿が、喧騒や笑い声まで聞こえてきそうなくらい生き生きと写し出されている。無数の笑顔の中でも自分の娘はスポットライトが当たっているかと思うくらい、すぐに見つけることが出来た。

朱音の写っている番号をメモしていく。どの写真も、友達と一緒に楽しそうにしている。親には全く見せなくなった笑顔が、惜し気もなく振りまかれていた。千夏はじっと見つめ、写真の中の朱音をそっと撫でた。

虚しく枯れ果てた胸に、朱音が幼い頃抱いていた想いが流れ込む。すっかり失っていたその温もりが、鋭い痛みを呼び起こした。

ひどい暴言を叩きつけ、愛《いと》しい娘を、自分はいったいどれだけ傷つけたのか。

千夏はギュッと目を閉じ、足早にその場を去った。六年生の教室の前も通ったが、朱音の姿は敢えて見ないようにした。

階段に辿り着き、どうにか責めから逃げおおせた気がして、ホッと息をつく。鼓動を抑えながら、千夏はゆっくりと階段を降りた。

その時、敦子が声を掛けてきたのだ。


ああ、最悪。

落胆の溜息を呑み込み千夏が振り向くと、敦子の肉の詰まった顔が、おそらく笑顔であろう形に歪んだ。それに合わせて千夏も笑顔の形に頬を歪ませる。

か。

「特別講習？」


こんにちは、とか、今日もいい天気ね、とかいった挨拶もなしに、いきなり塾の話
常識に欠けるところにも嫌悪感を覚えつつ、千夏は聞き返した。しかし敦子は千夏の心中などお構いなしに、目を輝かせながら、並んできた。

「そう。ジニアアカデミーではゴールデンウィーク全部潰して、難関校向けのゴールデンウィーク特訓があるのよ。志望校別で、聡は西日暮里《にしにっぽり》クラスなの。テキスト見たんだけど、もう難しくて、あたしにはチンプンカンプン」

西日暮里とは、東京御三家でも最難関とされている私立男子校がある場所だ。

塾で最難関のクラスになったからって、その学校に合格したわけじゃないでしょ、と言ってやりたい気持ちに駆られるが、良識が抑え込む。唇の両端を吊《つ》り上げ続けているせいで頬が強張ってくるが、そんな苦労を知らずに敦子はご機嫌に喋り続ける。

「朱音ちゃんも、大変でしょ？　ゴールデンウィーク特訓」

「うーん、まあ、ねえ」

「新光学院も、志望校別なの？　朱音ちゃんは、どこ？　水道橋《すいどうばし》？　四ッ谷《よや》？」

水道橋は女子御三家の最難関、四ッ谷は残り二校のある場所だ。想いを馳せるだけ

で、重い塊が胸の中で大きくなっていくのを感じる。それを喉に詰まらせながら、言葉を押し出す。

「行かないのよ、朱音」

「え、どうして？」

「お呼びがかからなくて、ね」

冗談めかして笑った。笑うしかなかった。通常クラスでは何とかAクラスに留まっているが、日受とゴールデンウィーク特訓の難関クラスからは落ちてしまったのだ。

千夏の言葉を聞いて、敦子はシジミのような目を限界ギリギリまで開いた。

心の中で舌打ちをする。本当は言いたくなかった。特に、敦子なんかには。しかし訊かれたからには本当のことを話さないと、後でどんな噂を広められるか分からない。

「ええ？　ねえ、大丈夫なの、朱音ちゃん？」

「ねえ。どうするんだろ」

「本当よお。この時期に難関クラスに入れないなんて、え、マジでヤバくない？　出来る子は今から本気になっていくのよ？　朱音ちゃん、せっかくAクラスからスタートしたのに、このままじゃ後から伸びてくる出来る子達に振り落とされちゃうわよ？　どうするの？」

ねえ、と相槌を打つ千夏の心が、敦子の言葉でズタズタに切り裂かれていく。ずっと笑顔を貼り付け続けている頬が痛い。

「……ごめん、ちょっと用事あるから。先、帰るね」

「そう？　じゃ、ね」

今度ゆっくりランチでもしようね～、と言う敦子を振り切るように、千夏は階段を駆け下りた。

心の傷口から血が流れ出る。なんでこんな思いをしなくてはならないのだ。こんな苦しい、いや、悔しい、情けない思いを。

朱音のせいだ。朱音がちゃんと勉強をしないから、これほどまでに屈辱的な思いをさせられるのだ。

通用門を走り抜けた所でスリッパが足からすっぽ抜けた。ストッキングの足がアスファルトに触れる。ざらりとした硬さに、千夏は自分が靴を履き替えていないことに気が付いた。

「これ」

スリッパを、見知らぬ若い母親が持って来てくれた。その胸には赤ん坊が抱かれている。きょとんとした赤ん坊の真ん丸な目が、真っ直ぐに千夏を見つめる。ぎこちなく微笑み、お礼を言って受け取った。母親は「いいえ」と笑みを見せ、軽く会釈をするとゆっくりと歩き出した。胸に抱いた赤ん坊の小さな手をポンポンと掌で弾ませ、小さく童謡を歌ってやりながら。

あんな時が、自分にもあった。朱音の未来は真っ白で、色んな色で鮮やかに、華やかに彩られていくことを、当たり前のように思い描いていた自分。

あの頃の赤ん坊から、まさかこんな、スリッパで外に飛び出すくらい恥ずかしい思いをさせられるなんて、夢にも思っていなかった。

フラットシューズに履き替える。家に足を向けようと思ったが、こんな気持ちのまま帰りたくなかった。

壁一面に貼られた日本地図や歴史年表、大量の問題集と参考書、何種類もの学習漫画が詰め込まれた本棚……朱音の勉強スペースとしてカスタマイズされたリビング。

生活全てを受験勉強に捧《ささ》げているというのに、全くやる気を示さない娘。

もう、考えるだけで虚しさしか覚えない。そんな家に、帰りたくない。

商店街を歩く。街頭の時計が二時半を指している。千夏は、ふと思い立った。

この時間なら、誰かいるかもしれない。

心が決まり、千夏の歩調が速くなった。早足が、次第に小走りになる。早く、早くと気が急く。

早く行こう。そして、相談しよう。

新光学院に。

＊

勉強に、一向に身が入らないんです。

勉強するふりをして、マンガやファッション誌ばかり読んで。

偏差値も、Ａクラスにいるのも危ないくらい落ちてきて、現にゴールデンウィーク特訓や日受で難関クラスにも入れなかったし。

なのに、本人、ケロッとしてるんですよ。

本当にもう、これでうちの子、大丈夫なんでしょうか？

新光学院には運よく室長の笹塚がいた。穏やかなその顔を見た途端、千夏の口から今まで胸に溜《た》め続けてきた不安や心配が、一気に溢れ出した。笹塚は、千夏の目を真っ直ぐ見ながら、真摯《しんし》に耳を傾ける。

「もう、どうしたらいいか分からないんです。先生、どうしたらあの子、やる気が出ますか？　このままじゃどんどん落ちて行って、どこにも受からないんじゃないかって、心配で心配で……」

思わず涙が零れそうになる。すみません、とハンカチで目を押さえると、笹塚はふっと表情を綻《ほころ》ばせた。

「お母さんの気持ちは、よく分かります」

優しい眼差しに、千夏は胸が熱くなるのを感じた。嬉しかった。やっと、分かってくれる人がいた。長年中学受験に携わってきた笹塚は、ちゃんと理解してくれるのだ。

藁《わら》にも縋《すが》るように、千夏は訴えた。

「教えて下さい。朱音をどうしたらいいのか。いや、朱音に言ってもらえませんか？　お母さんを苦しめてはいけないって。早く本気にならないと、どこにも合格出来ないぞって。先生、お願いします！　先生……」

「いやいや、お母さん。ちょっと落ち着いて」

しがみつかんばかりに言い募る千夏を押し留めるように、笹塚は笑みを浮かべた。

「お母さん。今はまだ、そういう時期じゃないです。みんな、朱音ちゃんと一緒ですよ」

「え」

聞き返した千夏に笹塚は笑顔のまま頷いた。しかし目は笑っていない。むしろ千夏を諫《いさ》めるようにまっすぐ見据えて、笹塚は続けた。

「大人と子供は、時間の感覚が違うんです。大人にしてみれば、もうゴールデンウィーク、それが終わったらすぐに夏休み、二学期になったらあっという間に冬が来て受験に突入、と先がハッキリ見えている。でも子供にとってはね、まだ六年生になったばかりで、学校でも責任のある最高学年がスタートしたばかりなんです。これから運動会があったり、修学旅行や学習発表会があったり。小学校最後の行事が目白押しだ。そんな子達にとっては、受験どころか夏休みだって、まだまだ先のことなんですよ」

「でも」

「焦らないで、お母さん。心配は分かるけど、朱音ちゃんは普通ですよ。まだ全部の単元が終わった訳じゃないし、得意不得意で点数に差が出るのは、この時期みんな一緒です。大丈夫。今大事なのはテストの点数じゃなくて、間違えた所を徹底的に解き直して、次に間違えないようにしていくことです。寧ろ何が苦手なのか把握できるから、間違えたほうがいいくらいなんですよ」

「でも、そうしたら、偏差値が下がりますよね。クラスだって落ちてしまう。現に日愛やゴールデンウィーク特訓のクラスが……」

「お母さん。そうやって、朱音ちゃんを追い詰めないで下さい」

千夏の言葉を遮る笹塚の口調は、今までと違う厳しいものだった。

「家は安らげる場所にしてあげて下さい。これから受験に向けて、勉強もハードになってきます。子供達も、嫌でも受験を意識せざるを得なくなって、緊張で心が擦り減ってくるんです。お母さん、そんな時に必要なのは、お母さんの愛情たっぷりのお弁当と、よく頑張ってるねという労いの温かい笑顔なんですよ」

笹塚はまた笑みを浮かべた。

「とにかく、勉強に関しては、塾にお任せ下さい。入試に向けて学力をタフに蓄えていくために、色々仕掛けていきますから。お母さんは新光学院と朱音ちゃんを信じて、ドンと構えていて下さい。ニコニコ笑顔でね」

自分の言葉を体現するように、笹塚は大きく破顔した。

ありがとうございました、と頭を下げ、新光学院を後にする。

階段を一段一段降りる。踊り場に貼られている男子校のポスターが目に入った。

〈自分に誇れる自分たれ!〉

思わず目を逸《そ》らし、俯いた。足元の影に、吸い込まれそうになる。

千夏は目を閉じ、苦しい息を吐いた。

子供を追い詰めるな。母親は、子供を笑顔で見守るだけでいい。

百も承知だ。

そんなやり方で勉強に向かえるような子供なら、わざわざ塾に足を運んだりしない。教えて欲しい。追い詰めないと勉強しない子には、どうしたらいいのか。親の目を盗んでサボっているのに、どうやって労いの笑顔を向ければいいのか。

追い詰められているのは、私の方だ。

毎日、毎時、毎分毎秒、苛立ちと怒りに晒され続け、絶望に押し潰されそうになっているのは朱音ではない。

私だ。

頬に涙が零れ落ちる。

子供が苦しい？　子供が追い詰められる？　子供が押し潰される？

親だって、苦しい。追い詰められている。押し潰されそうになっている。

一生懸命、もう自分の人生もなげうつほど、子供のことだけを思っているのに。

足から力が失《う》せ、千夏は階段に座り込んだ。背中を丸め、両手で顔を覆う。その指の隙間から、涙が溢れた。後から後から流れ出て、止まらない。

心の底から、ありったけの大声で叫びたい。

誰か、助けて。

嗚咽が込み上げる。千夏は壁に体を預け、声が漏れないように口を押さえた。

初夏の昼下がり、近所の公園で遊ぶ子供達の笑い声が聞こえてくる。薄暗いビルの中、千夏は外の明るさから隠れるように、泣き続けた。

助けて。

このままでは、私は壊れてしまう。

*

明るい日差しの中、駅前は沢山の家族連れで賑わっていた。今日から、いよいよゴールデンウィークがスタートしたのだ。

そんな中、敦子は一人必死に自転車をこぎ続ける。午前のパートが長引いてしまったので、急いで帰らなくてはならない。

夫は休日出勤だ。大手企業の孫請けに勤めている夫は、呼び出されれば世間が遊んでいる時でも仕事に行かなくてはならない。夫の収入だけでは暮らすのに精いっぱいで、中学受験など到底出来ない。特に六年生になると通常の授業に加え特別講習やテストが増え、塾代はゆうに百万以上かかる。

夫は最初から中学受験には反対だった。受験だけでもお金がかかるのに、私立に入れたら、六年生の塾代とほぼ同じ金額を六年間払い続けることになる。中学も高校も公立でいい、という夫を、学費は自分が稼ぐと言い切って承諾させたのだ。

敦子のパート先は、二駅離れた梅丘《うめがおか》のスーパーだ。近所なら通勤時間が減らせるが、ママ友達に知られたくなかった。梅丘から経堂のマンションへ続く赤堤《あかつつみ》通りは、起伏が激しく電動アシストのない自転車では猛烈に体力を消耗する。いつもは歯を食いしばりペダルを踏むのだが、今日は瞼の裏の千夏のお陰でその苦しみも感じない。

あいつの娘、難関校受験のためのゴールデンウィーク特訓から洩れたんだって。

もう御三家は絶望でしょうね。あんなに必死なのに、子供の出来が悪いのなら仕方がないわよね。いつもあたしを軽蔑した目で見てるけど、聡の頭の良さには嫉妬しかないでしょう？

お気の毒ね。

マンションが見えてくる。茶色の外壁にベランダがずらりと並ぶ、百世帯以上の住む大型マンション。道も平坦《へいたん》になり、敦子はペダルをこぐ足の力を抜いた。

今日から、ゴールデンウィーク特訓が始まる。

講習が始まるのは二時だ。成城学園前駅にある塾まで、ドアツードアで三十分ほどかかる。今はもう一時なので、急いで帰らなくては。食材で膨らんだエコバッグが前かごで大きく揺れ、弾みで落ちてきそうな林檎《りんご》を押さえながら急ぐ。

聡は優秀な子。私は優秀な子供を育てている。

確信している。

でも。

たった今まで胸を支配していた千夏への優越感が、風船が萎むように抜けていく。玄関を開けたら、聡が「あ、ママ、おかえり」と笑ってくれればいいのに。そして、「僕、これから塾行くね。冷蔵庫のチョコ、食べちゃったけど良かった？　勉強すると、お腹が空くんだ」と、舌を出してくれればいいのに。

いいよ、チョコなんて。聡が欲しいだけ買っておいてあげる。高級な方が頭が働くというなら、ゴディバのチョコだって常備してあげるよ。

なのに。

駐輪場に自転車を入れ、急いで自宅へと向かう。これから塾に行くらしいよその子供達を横目で見ながら、玄関を開けた。

「ただいま」

言った途端、敦子は落胆した。

半畳ほどの狭く薄暗い玄関に、聡のスニーカーが乱暴に脱ぎ散らかされている。願いが呆気《あっけ》なく砕け散り、敦子はがっくりと肩を落として深く溜息をついた。

シンと静まり返った家の中は、人の気配がない。

ダイニングテーブルに用意しておいた昼食のおにぎりもお菓子も手付かずで、リビングの勉強スペースも、計算と漢字のドリルが広げられたままだ。

「聡」

食材で膨らんだエコバッグをキッチンに置くと、聡の部屋のドアを開けた。カーテンが閉められ薄闇に包まれている中、ベッドの布団が人形《ひとがた》に膨らんでいるのが見てとれた。敦子の胸に、強く押されたような痛みが走る。

「聡。もう、塾に行く時間よ」

痛みから滲み出て来る怒りを抑えながら、布団の膨らみに声を掛けた。

「準備、出来てるの？」

部屋に足を踏み入れる。すると布団から、こもった唸《うな》り声が聞こえてきた。

「お母さん、頭痛い」

敦子は目を閉じた。

頭が痛いのは、こっちだ。

昨日は、お腹が痛いだった。一昨日《おととい》は足が痛い。その前は……。

「塾に行ったら、治るよ」

出来るだけ優しく言った。答えは、もう分かっている。喉元に苦いものが込み上げてくる。そして聡は、敦子が思った通りの言葉を口にした。

「塾、行きたくない」

ふざけんな、バカ！

毎日毎日同じことばかり言って、あたしを困らせるのもいい加減にしろ‼

舌先まで出かかった言葉を、力ずくで呑み込む。言葉は硬く、喉に痛みが走ったが、こらえて聡の傍らに座る。そして布団の膨らみを優しく撫でた。

「何言ってるの？　そんなわけ、いかないでしょう？　ほら、早く支度して。塾行こう」

「勉強、難しい。分かんない」

「分かんないから、行くんでしょう」

そう言うと、布団を引き剝がした。いきなり明かりに晒されたせいか、丸くなった聡は両手で目を押さえた。そしてゆっくりと指の隙間から、敦子を見上げた。その目を見て、敦子は自分の中の苛立ちが一層大きくなるのを感じた。

小動物を思わせる、いかにも気の弱そうな目。

敦子は聡を見下ろしながら、小さく息を吐いた。

「大丈夫。前はあんなに成績が良かったんだから。周りのみんなもやり始めたから追いつかれただけで、聡もまたすぐ追い越せるわよ」

ニッコリと笑ってみせる。

布団を剝がされた聡は、ノロノロとベッドから這い出ると、大きな溜息をついてリュックサックにテキストを詰め始めた。

「お昼、食べてないんでしょ？　こっち持ってくる？　食べて行かないと、授業中にお腹空いて集中出来なくなっちゃうよ。グ～なんて、お腹が鳴ったら大変！」

楽しそうに茶化してみせたが、聡は表情のない顔で小さく頷くだけだった。小学生とは思えない程、目に生気が無い。でも塾に行く気になっただけ安心出来た。敦子はおにぎりを取りに小走りでダイニングへと戻った。

六年生になってから、聡の成績は下がり続けている。

小さい頃から中学受験を見据えて育ててきた。

楽器は脳の発達に良いと聞いて、三歳になる前からバイオリンを習わせた。三歳未満の幼子にバイオリンを教える教室は少なく、東京中を探しまわった。やっと見つけた教室は電車を乗り継いで片道一時間かかったが、敦子は幼い聡を連れて通った。英才教育の幼児教室にも通わせた。幼稚園に入る頃には小学生向けのドリルをやらせ、公文にも通わせた。小学生になると理科の実験教室と算数教室、英会話、そして東大生の多くがやっていたと聞いて、スイミングスクールにも通わせた。毎日お稽古事があり、放課後に友達と遊ぶことなど一度もなかったが、それは仕方がないことだ。聡に、最高の人生を歩ませるためなのだから。

敦子は小さい頃から勉強が苦手だった。

覚えること、考えることが嫌いだった。だから学業から逃げてまわり、高校も底辺一歩手前くらいのレベルに滑り込んだ。卒業後はすぐ働く気になれず、取り敢えずビジネス系の専門学校に入り、小さな食品会社に一般職で就職した。そして合コンで今の夫と知り合い、三十手前で結婚した。

平々凡々な、普通の人生だと思っていた。

〈グルンデルヴァルト経堂〉に、入るまでは。

この家は会社から社宅として宛《あて》がわれている、いわば賃貸だ。

ここには、今まで自分がいたのとは全く違う、想像もしていなかった世界が広がっていた。

知り合うママ友全てが大卒。その夫は皆一流大卒で、誰もが知る有名上場企業に勤めている。分譲の部屋を高額のローンで購入している、勝ち組だ。そんな彼らに、自分の部屋は社宅だなどと、死んでも言えない。敦子は必死に隠し続けている。

だが、ただの井戸端会議でも、レベルの違いを実感させられた。例えば、浪人は絶対ダメと言われて大学受験で猛勉強した話。就活のとき、外資系企業に内定がもらえたが親に反対されて大手ゼネコンにした話。夫のペルー駐在に付いて行って、やることが無かったからピアノで現地の音大を受けて合格した話。

みんなにとっては、ただの四方山《よもやま》話なのだ。楽しく和やかに過ごすための他愛ない話。

一緒に頷きながらも、敦子は常に目に見えない壁を感じていた。本当は受験の苦労も分からないし、大企業への就職や海外赴任に音大など、想像もつかない。

マウンティングをされているわけではなかったとは思う。しかし敦子が言ったことに笑いが起こった時、胸に湧き上がる疑惑を抑えることが出来なかった。

みんな、大学を出ていない自分を、バカにしているのではないか。

表に出さないだけで、心の底では自分を笑っているのではないか。

そんな思いが、敦子の心を蝕《むしば》んでいった。

同じマンションに住む以上、同じ年代の子供を持つママ友グループから抜けるのは不可能だ。否《いや》が応でも顔を合わさざるを得ず、その度に劣等感が屈辱的に膨れ上がる。

その気持ちが憎しみに変わるのも、時間の問題だった。

敦子が持たないものをひけらかして楽しそうに笑っているママ友達が、許せなかった。

絶対、見返してやる。

いつかあたしもあんた達の手が届かないほど上に行って、見下してやる。

敦子には磨き上げられる知性も、伸びしろのある特技も、未来を広げる人脈も無い。

しかし、たった一つの希望があった。

聡。

マンションのママ達を繋げる同じ年頃の子供達。その中で、聡を、一番優秀に育て上げてみせる。

誰もが羨む学校に通い、超一流企業に就職し、ここの住人なんか足元にも及ばないような人生を歩ませる。そして、みんなに言わせるのだ。

〈敦子さん、凄い〉と。

そのために決めた、中学受験だった。


「さあ、行こう！」

敦子は聡の腕を引っ張るようにして、マンションを出た。しかし聡の足取りは重い。

「ほら、急がないと間に合わないよ」

「……授業、分かんないんだってば」

聡が消え入りそうなほど小さい声で言った。

「難関、難しいよ。無理だよ、僕には」

「何言ってるの！　大丈夫だよ、聡は頭が良いんだから！　何たって、四年生の時、ジニアにトップで入ったんだよ？　忘れちゃダメだよ、自分は凄いってこと！」

元気づけようと敦子は笑顔で言ったが、聡の顔は曇ったままだ。

ジニアアカデミーの難関クラスは、御三家と国立を受験するトップクラスの子供だけが集められる。新四年生で入塾した時から、聡はこのクラスに在籍していた。しかし、学年が上がるにつれてジリジリと成績が下がり、今は難関クラスに籍を置くのに必要な偏差値に届かなくなっている。

クラス落ちが決定した時、敦子は塾に駆け込んだ。そしてすさまじい剣幕で直談判《じかだんぱん》したのだ。

『難関クラスから下げないで下さい！　うちの聡は、出来る子に揉まれて伸びるタイプなんです！　下のクラスなんかに移ったら、どんどん落ちて行ってしまうじゃないですか！　ジニアは、うちの聡を志望校に受からせないつもりなんですか⁉』

決まりだから、子供の学力に合ったクラスで勉強するのが一番いいから、と、塾側は懸命に説得した。だがそんな教育理念など敦子には全く関係ない。何よりも大事なのは、聡がジニアアカデミーで、一番上のクラスにいる〈凄い子〉であることなのだ。

頑としてクラス落ちを受け付けない敦子の剣幕に、ついに塾側が折れた。聡の将来性に賭けるということで、難関クラスに在籍することを認めさせたのだ。

このことは誰にも、聡にも言っていない。

また元通りのトップに戻ればいいだけなのだから。

「聡、ちゃんと覚えておいて。あなたは、頭が良い子なんだよ」

ノロノロと歩くせいで、このままでは遅刻しそうだ。ほんの少しでも、授業を聞き逃させたくない。一人ではいつ塾に着くか不安なので、成城学園前駅まで敦子も付いて行くことにした。

ゴールデンウィークのせいか、普段なら空いている時間帯の小田急線がひどく混んでいる。騒がしい車内で、聡と並び立ち、敦子はこんこんと語り続けた。

「聡は、やれば出来る子なんだから。今勉強が難しく感じるのは理解出来ないからじゃなくて、勉強の方法を摑めていないだけなんだよ。ちゃんと摑めたら、また出来るようになるよ。こういうの、スランプって言うの。聞いたことあるでしょ？　そのスランプ抜けて、またトップになれたら、御三家合格間違いなしだよ。そうなるための、ただの準備期間な訳、今は。分かった？　聡は凄い子なんだから。苦しいのは、今だけ。すぐ楽になるから」

熱く語る言葉の節々で、聡は何度も小さく頷いた。それは機械的にも見えたが、敦子はやっと安心出来た。

「ね、頑張ろう！　ママに出来ることがあったら、どんなことでもするから！」

電車は地下に入り、間もなく明るいホームに滑り込んだ。乗降客でごった返す中を
ノロノロと歩くわけにいかず、聡も敦子と同じ歩調で改札を出て、ジニアアカデミー

へ向かった。

「あっ」

敦子は思わず声を上げた。

ジニアアカデミーのビルに、続々と子供達が入って行く。その中に、一組の母娘を見つけたのだ。いかにも利発そうな子供達の中でも、崇高さすら感じるほど研ぎ澄まされた輝きを放つ少女と、包み込むような笑顔の母親……青島まどかと、母の季実子。

「あら」

声に気付いてこちらを見た季実子が、敦子の姿を見て目を丸くした。そして、旧知の友と会ったかのように温かい笑みを見せた。

「こんにちは。そうだ、お子さん、ジニアの難関クラスでしたね」

「ええ……あの、え？　またジニアに戻られたんですか？」

敦子の戸惑いに気付いたのか、季実子はちょっと気まずそうに肩をすくめた。

「新光学院にお通いの方に、仰らないで下さいね。ゴールデンウィーク特訓だけは、新光学院じゃなくて、こちらにお世話になることになったんです」

「え？」

「新光学院のゴールデンウィーク特訓は、別校舎で行われるんですよ。ちょっと遠方なので参加しようか迷っていたら、こちらからお誘いをいただいて」

　思わず息を呑んだ。

　天下のジニアアカデミーが、退塾した元塾生に、声を掛けた。

　それはつまり、ジニアアカデミーの未練だ。優秀な塾生が大勢いるにも拘わらず、特別講習だけでも在籍して欲しいほどの、桁外《けたはず》れの頭脳なのだ。

　この、青島まどかは。

「いえ、でも、お断りしたんですよ。もう、新光学院の塾生だからって」

　敦子の沈黙を、他塾の特別講習に通うことへの非難と受け取ったのか、季実子は言い訳をするように慌てて言った。

「あり得ない」

　隣で母の話を聞いていたまどかが、不意に口を開いた。母と逆の考えを主張しようとする、凛《りん》とした姿に敦子は目を奪われた。まどかは強い眼差し同様の口調で、はっきりと言葉を継いだ。

「私は勉強がしたいの。少しの時間でも、無駄に過ごしたくないのよ。どうして優秀になることを邪魔されなくてはならないの？」

「こう言って、怒られちゃって」

季実子が苦笑する。応えようと、敦子も笑顔を作ろうとした。

その頬が硬く強張る。

ずるい。聡は難関クラスに在籍させてもらうために必死に頼み込んで、やっともらえた条件付きのOKだったというのに。

敦子の胸の中に、グルグルと黒い塊が回りながら膨れ上がってくる。

同じだ、こいつらも。

友達ぶった顔をしながら、私を見下して嘲笑っていた憎いあいつらと。

怒りに震えそうになる手を、グッと強く握りしめた。

敦子は強張った頬をグイッと無理やり持ち上げ、歯を見せた。

「……そうよね。参加しないのは、勿体ないもの。ジニアのゴールデンウィーク特訓は、御三家を受けるのに絶対必要だものね。すごく難しいらしいけど、うちの聡は楽しみにしていたのよ」

息子の名前を出すと、強張っていた敦子の口が、オイルを差したかのように滑らかになった。

「聡はジニアの入塾テスト受けた時、トップ合格だったの。幼稚園の時にはもう小学一年生のドリルなんて簡単に解けててね、周りの人達からは神童なんて言われてたのよ。あんまり出来が良いから、みんなから小学校受験しないの、なんて言われてたんだけど、まだ小学生のうちから遠くの学校に行かせるの、可哀そうじゃない？　お受験は、あり得ないかなって」

本当は、小学校受験も考えたのだ。だが夫から、「経済的に無理」と一蹴され、諦めた。小学校受験は諦めやすかったのだ。何故なら、中学受験があったから。

「小学校までは公立でもいいけど、さすがに中学校はね。やっぱりうちの聡に相応《ふさわ》しい所に通わせてあげたくて。せっかく優秀な子なんだもの。国立か御三家に入れて、同じくらい優秀な子達と切磋琢磨《せっさたくま》して欲しいのよね。ジニアにいれたのも、そのため。新光学院みたいなレベルの塾では、聡がもったいなくて。青島さんのところがこの特訓だけでもジニアに戻ったのは、大正解だと思う。新光学院なんて、御三家の合格者数、どんどん下がってるじゃない？　やっぱりダメなのよ、ジニアくらい優秀な塾じゃないと。うちの聡、難しい問題ほどやりがいを感じるタイプだから。解けた時の達成感が堪らないらしいのよ。考えるのが大好きなの。好奇心も強くて、勉強していないときは図鑑を眺めてたり、池上彰《いけがみあきら》さんのニュース解説番組なんてやってたら、目を皿のようにして見てるのよ」

敦子の口が止まらない。溢れてくる聡は、敦子の理想の息子像だ。本当の聡は、放っておいたらゲームばかりしようとする。それ以外は興味が無く、せっかく揃えた図鑑は一度も開かれないまま本棚で埃《ほこり》を被っている。ニュースの解説番組など、つけていても一瞥すらしない。考えることも苦手なのか、暗記もので点数を取れているだけで、記述問題は一文字もかけずに大きなバツを貰うこともある。御三家の入試問題は様々な単元を組み合わせた出題が多く、圧倒的な思考力と記述力を求められる。成績が下がってきているのは、そういう問題が増えてきているせいかもしれない。でも、嘘なんかついていない。聡はもうすぐ、ちゃんと今言ったような優秀な子供になるのだから。

「優秀な息子さんね」

柔らかい目元のまま、季実子が言った。その言葉に、敦子は自慢げに胸をそらした。天才児の母に褒められるのは、大きな喜びだった。

しかし、冷たい眼差しで聡を見つめていたまどかが、ポツリともらした。

「分かんない。そんなに優秀なら、なんでジニアなんかに拘《こだわ》るのか」

「え」

「中学受験なんて、入試問題が解ければいいだけでしょう。その程度のことなんだから、どこの塾に通ってたって同じじゃない」

そう言って、ふと笑う。

「優秀なら、ね」

それは確かに聡に向けられた言葉だった。しかし寧ろ、敦子の方に鋭く突き刺さった。一瞬、息が出来なくなる。季実子が宥めるようにまどかの肩に手を置いた。

「まどか、聡君は優秀なのよ。ジニアアカデミーをお選びになっているのは、聡君のおうちのご判断なの」

「ええ、そうね。あ、もう時間。じゃあ、いってきます」

まどかがステップを踏むように階段を昇っていく。それを見て、聡が敦子を見上げる。自信の無い、そしてどこか恨めし気な目が、まどかと比べてあまりにみすぼらしく、腹立たしさすら覚えた。しかし顔には満面の笑みを浮かべ、芝居じみた優しい声色で、「あなたもいってらっしゃい」と背中を押した。聡は未練がましく振り返りながら、ノロノロとまどかの後を追った。

「じゃあ、私達も帰りましょうか」

季実子が朗らかな笑顔を敦子に向けた。

「すみません、まどかが余計なことを……ジニアアカデミーも、素晴らしい塾ですよ。聡君くらい優秀なお子さんなら、こちらの学習法は合っていると思います」

駅に向かう並木道を歩きながら、申し訳なさそうに季実子が言った。はあ、と答えながらも、敦子の耳には届いていない。周りを歩く人々の喋り声も、車の音や街の喧騒も、耳に入らない。

敦子の頭は、まどかの言葉で一杯だった。

『なんでジニアなんかに拘るのか』

『どこの塾に通ってたって同じじゃない』

『優秀なら』

心の中で反芻《はんすう》する。

かつては優秀だった聡。いつかまた、優秀に戻るはずの聡。

では、今の聡は？

＊

玄関のドアを開けると、自宅の匂いが敦子を出迎えた。醬油とトマトソースと芳香剤が混ざった何とも言えない匂いだが、いつもであればそれに安堵を覚える。

しかし今日は、何も感じないまま靴を脱ぎ、リビングに直行した。手を洗う気にもならない。部屋着に着替える気にもならない。夕食の献立を考えなくてはならないのに、頭が拒絶している。敦子は倒れ込むようにソファに身体を預けると、目を閉じた。

何も、考えたくない。

そう思っているのに、聡の顔が浮かんでくる。

敦子と話している時の困惑した顔。『行きたくない』と言って敦子から目を逸らす顔。『お腹が痛い』『頭が痛い』と、苦しそうな表情を浮かべる顔。

ソファに寝ころんだまま、ローテーブルに置かれたタブレットに手を伸ばす。このタブレットは受験のために買った。事典や辞書として使う一方で、テスト結果と偏差値を記録している。

折れ線グラフは、聡が三年生の二月にジニアアカデミーに入ったときからの成績だ。赤い線は公開模試、青い線はクラス決めを兼ねた月例テストを示している。どちらの線も、ジグザグと小さな上下を繰り返しながら、ゆっくりと下がり続けていた。

タブレットの放つ青白い光が、敦子の顔に、くっきりとした陰影を作る。

ジニアは他の塾に比べて学習スピードがかなり速い。新光学院などは夏期講習をじっくりと演習に充て、全ての暗記物の知識が熟したことを前提に、秋が更けてからやっと過去問を解くことが許されると聞いた。頭の悪い子はそのくらい丁寧にやってもらわないとダメなのだと、鼻で笑っていた。

今の聡は、まさにそのレベルなのでは……。

無意識のうちに浮かびあがったその考えに、敦子は撃ち抜かれたような衝撃を受けた。弾《はじ》かれたようにタブレットを消し、ソファに座り直す。嫌な高まりをする心臓を押さえながら、強くかぶりを振る。

外から笑い声が聞こえてくる。マンションの中庭で、子供が遊んでいるのだ。無邪気に笑う声、大きな声で友人を呼ぶ声、母親があやすのに、一向に泣き止《や》まない赤ん坊の泣き声。

思わず耳を塞ぐ。外の音を完全に遮断しようと強く、強く耳に手を押し付けるが、僅《わず》かな隙間をすり抜けて聞こえてきてしまう。

うるさい……うるさい、うるさい！

聡以外の子供は、躾の行き届いていない、野蛮で疎ましい生き物にしか見えない。

私は聡をきちんとした子供に育てている。

聡を負け組になんて……そこらへんに溢れているどうでもいいような子供になんて、絶対にしない。

立ち上がり、敦子は聡の部屋に入った。

ゴールデンウィーク特訓には、普段使っている教材は持って行かない。

今まで塾からは「家で勉強は絶対教えないで下さい。塾と教え方が違うと、子供が混乱します。分からないことは、塾で質問することで解決させて下さい」と言われていた。だがおとなしい聡は、分からない所を講師に質問することが出来ないに違いない。だから弱点を克服出来ないまま、来てしまったのだ。

その考えは、敦子の胸にうっすらと安堵を広げた。

聡にするように、きちんと片付いた勉強机を優しく撫でる。

大丈夫よ、聡。これからは、分からない所はママがしっかり教えてあげる。

いつも敦子が片付けているので、聡の部屋のどこに何があるのかは全て把握している。本棚から、先《ま》ず社会のテキストと別冊になった解説を抜き出した。勉強は苦手だったが、社会くらいなら何とかなるに違いない。敦子は机に解説の冊子を開き、隣にテキストを開いた。

その時、バラバラと小さな紙片が、足元に散らばった。

何、これ……?

指でつまみ上げる。それほど小さな紙片だ。だが、白い紙が一面黒く見えるほど、びっしり何か書き込まれている。判読しようと、目を眇めて凝らす。

ドン、と心臓に衝撃が走った。

落ちている何十枚もの紙片を拾い上げる。目に入るのは、書き込まれている年号、地名、人名……。

わななく手から、紙片が落ち葉のように舞い散る。震える手で口元を覆った。

そうでもしないと悲鳴が出そうだった。

カンニングペーパー。

まさか。あの子は、暗記だけは得意だったはず。暗記問題だけは、確実に点数を取っていた。

……これが、あったから……？

茫然と、敦子は顔を上げた。

整然と片付いた机が目に入る。

聡が気持ちよく勉強出来るようにと、いつも敦子が片付けてきた机。

毎日聡はこれに向かい、勉強していた。

おやつを、夜食を持ってくる度に見た、丸めた背中。カリカリと絶え間なく動いていた鉛筆。その様子に、敦子は安心し、そして確信を持てたのだ。

今は駄目でも、聡は絶対また伸びる。だって、こんなに勉強しているのだから、と。
だが、違っていたのだ。
カンニングペーパーを、作っていたのだ。
足元に落ちた無数の紙片に目を落とす。
全身の震えが止まらない。

第三章

二〇二三年　八月　現在

新光学院に限らず、進学塾はどこも窓から外が見えないようになっている。ポスターを貼ったり、ブラインドを閉めたり……塾生の気が散らない工夫なのかもしれないが、いつも室内は暗く、明るい照明が必須だ。日差しも入らないので冬は寒いが、夏はクーラーが効きやすく、あらゆるものがひんやりしている。

ノースリーブのブラウスに薄いカーディガンを羽織り、玲奈は冷え切ったパソコンのキーを叩いた。塾生の名簿ページが開く。

順に見て行き、頷く。

やはり、小倉朱音の住所はグルンデルヴァルト経堂……五〇六号室。

昨日の刑事達は、数十分敦子の家に滞在した後、マンションを後にした。つまり、朱音の家は訪れなかった。

ひょっとしたら、違う日に来たのかもしれない。誰かから、まどかと仲が悪いと聞いて……いや、その誰かとは誰だ？　刑事達は子供に話を聞きたいと言っていた。ということは、塾での話はまだ耳に入っていないのではないか？

「う〜ん、分からん」

大きく息を吐き、画面をスクロールする。すると、名簿内に何人もグルンデルヴァルト経堂の住所があることに気付いた。やはり中学受験を目指す層が多いマンションか……その時、ふと目に付いた、〈花田春姫〉の名。

あの子も、同じマンション……そういえば、朱音の母は春姫の母と一緒にいるのを見掛ける。クラスが違うのにと思っていたが、同じマンションのママ友だったのか。

ということは、春姫は高崎敦子を知っているかもしれない。

背中がソワソワし始める。

周囲を見渡す。いるのは、次の授業の準備をしている講師数人と落合だけだ。

「あのう、落合さん」

足を忍ばせるように近づき、パソコン作業をしている落合の耳元に話しかける。

「笹塚室長は、まだいらしてないですか?」

「ああ、今日は本部に行くとかで、いらっしゃらないですよ」

そう答え、落合はフフッと笑った。

「昨日の笹塚さん、怖かったわね。でも、夏からは子供達にとって一番大事な時に入るの、村上さんも分かるでしょ?」

「はい。笹塚室長は簡単に怒る方じゃないのも、分かってます」

「私も、あなたが軽々しいことをする子じゃないこと、分かってるわよ」

落合が玲奈の腕を優しくポンポンと叩く。参った。そんなことを言われたら、笹塚の言うことを遵守《じゅんしゅ》せざるを得なくなる。

ここは中学受験の最前線。子供達を合格させるため、最大限尽力すべき進学塾。

百も承知だ。だが。

必死に叶えたかった夢があることも知らず、あの子をマンションから突き落とすような蛮行に出た犯人を、見逃すわけにはいかない。

「……ごめんなさい」

玲奈の呟きに落合が笑みを見せた。分かればいいの、という大人の笑みだったが、玲奈の真意はそうではない。

また軽々しいこと、します。言うこと聞かないで、ごめんなさい。

休み時間になり、教室から子供達が溢れ出て来る。「玲奈っち、テープ貸して!!」だの「玲奈っち、ノート買いたい！」だのと、あっという間に取り巻かれる。「はい、ちゃんと返してよ！」「百十円ね、何色がいい？」と相手をしながら、入り乱れる子供達の向こう側を捜す。

いた。

トイレに向かう女の子の集団のおしりに、大きなピンクのバレッタでハーフアップにした後ろ姿がある。話題に懸命に相槌を打っているようだが、妙にずれている。

「春姫ちゃん」

玲奈が声を掛けると、こちらを向いた顔に、明らかに自信が漲《みなぎ》った。

「なあに？　玲奈っち」

友達を捨て置いて嬉々《きき》として駆け寄ってきた。春姫を落合の目の届かない書架の陰に呼び寄せる。

「あのね、ちょっと訊きたいことがあるんだけど、いい？　トイレ、大丈夫かな？」

「うん、全然。あたし、別に行きたいわけじゃなかったから。あの子達が行こうって言うから、仕方なく付き合っただけ」

先程まで一緒にいた友達の方にチラリと目をやる。その目が妙に大人っぽい冷たさを帯び、女子の人間関係の薄暗さを感じさせた。玲奈は「ありがとう、ちょっとだけ」と言って、先を続けた。

「あのね、春姫ちゃんのマンション、グルンデルヴァルト経堂でしょ？　そこの、高崎さんって、知ってる？」

「高崎さん？　高崎聡君？」

春姫の細い目が少し見開かれる。心当たりがあるのだろう。

「聡君って？　高崎さんの子供？」

「うん。あたし達と同じ学年。赤ちゃんの頃から、知ってる。同じ小学校だけど、塾は違うんだ。聡君はジニアアカデミー」

ジニアアカデミー。まどかが以前通っていた塾ではないか。玲奈の中のジグソーパズルが、またピースを捜し始める。

「あの、聡君のお母さんは、知ってる？」

「うん。ママが仲良し。あ、仲良しじゃないかな。ママ嫌いみたいだから。聡君のママ」

「嫌い？　どうして？」

「うん、あのね、聡君のママ、毒親？　だって。聡君が塾に行きたくないって言ったら、駅の中なのにすっごい怒鳴りつけて、叩いて、凄かったんだって。うちのママが見たんだよ」

全く目立たないおとなしい子、それが春姫の印象だった。だが今、高崎敦子の母の悪い評判を口にする彼女の目の輝きは、なんなのだ。

呆気にとられる玲奈の様子などお構いなしに、春姫は楽し気に続ける。

「聡君、ジニアで一番上のクラスにいて、いつもそれ自慢してたのに、ホントはウソだったみたいなんだよ。頭良いなんてウソついたって、どっかで絶対バレるのに、見《み》栄《え》っ張りでみっともないって、ママが言ってた。なんか、聡君のママもパパも、あんまいい学校出てなくて、コンプレックスがすっごい強いんだって。聡君の自慢話以外は嫌味と意地悪しか言わないから、一緒にいるとしんどいけど、ママがいないとぼっちになっちゃって可哀そうだから友達でいてあげるって言ってた」

玲奈は言葉を失った。

いくら嫌いなママ友だとしても、小学生の娘にここまで赤裸々に悪口を吹き込むものなのか。娘とよく似た目を弓形に細めて微笑む春姫の母を思い出し、その裏の冷たさに背筋が凍った。

「はい、授業の時間ですよ〜」

落合の声が聞こえたので、まだ話したそうな春姫を教室へ促し、自分の席に戻った。

室内に、ひんやりとした静寂が戻る。

机には算数の講師が作成した問題用紙が置かれており、「これをBクラスの人数分コピーして分けて下さい」と付箋《ふせん》があった。

すぐにコピー機に向かい、問題用紙をセットしスタートボタンを押す。リズミカルな音を聞きながら、春姫の話の整理にかかる。

整理と言っても、敦子とまどかの間には、ジニアアカデミーという共通点しかない。

新たに手にしたピースは、一体どこに当てはまるのだろうか。

二〇二三年　夏期講習①

ダメだ。

千夏は目を閉じて、大きな溜息をついた。

開け放したベランダから聞こえてくる蝉の声が、重苦しい熱気を更に暑く感じさせる。パソコンのキーボードがヌルヌルするのも、じっとりかいた汗のせいだ。エンターキーを強く叩き、千夏はパソコンの電源を落とした。

見なかったことにしたい。朱音の、公開模試の結果。

千夏はキーボードに突っ伏した。身体を支える力も消え失せた。

絶望だ。

これで朱音の夏期講習は、日受同様、上位校講習になる。

また、難関クラスに入れなかったのだ。

ここ二回くらいの公開模試はそこそこ良かった。偏差値五十九、六十と上がっていて、この波に乗って今回六十二を取ることが出来れば、平均偏差値六十以上という難関クラスの条件に食い込める。

しかし、五十六と大きく下げてしまった。

手を強く握りしめる。掌の汗がジワリと流れ落ちる。

こんな娘、見放せたらどれだけ楽だろう。

だがどんなに嫌悪を感じても、親である以上育てる手を離すわけにはいかない。

また溜息が出る。何度息を吐いても、込み上げてくる虚しさは消えない。

まどかは、ゴールデンウィーク特訓のためにジニアに行ったという。自分から受けたいと言ったらしい。自分を高めるため、もっと優秀になるために、勉強したいと。

まどかは今回の模試でも、当然のように全国トップだ。夏期講習も、最難関のクラスだろう。

ゆっくりと体を起こし、パソコンデスクから立ち上がった。

そろそろ朱音が塾から帰る時間だ。もっと気を引き締めるよう、きつく言い聞かせないと。

夏休みは、受験の天王山なのだ。

インターフォンが鳴った。モニター画面に映る朱音を確認してオートロックを解除し、千夏は玄関のドアを開けて待った。

言うべきことを、順序立てて考える。母親の言葉を素直に聞くことなど期待できない。それでも、なんとか届く言い方をしなくては。

つらつらと考えているうちに、朱音がエレベーターから降りてきた。気を引き締めて、向き合う。「朱音」と怖めの声を出しかけて、それを呑み込んだ。

朱音の顔が強張っている。

唇を嚙んだまま、千夏の前を通り過ぎ玄関に入る。

「朱音?」

声を掛けると同時に、朱音の目からポロポロと涙が零れ落ちた。

「……頑張った、つもりだったのに」

絞り出すような朱音の言葉に、千夏は驚いた。

「え？」

「公開模試……今度こそ絶対、難関クラスに入りたかった」

思いもしなかった言葉に、胸が高鳴る。

難関クラスに、入りたかった……？

「だから、頑張ったのに……頑張ったのに、まどかが……」

「まどかちゃんが？」

「……頑張らないと、難関クラスに入れないのって……」

終わりの方は、嗚咽で掻き消された。優秀なまどかだ、何でもない気持ちで言い放っただけだろう。しかしそれは、朱音のプライドを傷つけるには十分過ぎるほど鋭利な刃《やいば》だった。

「あたし、絶対難関に上がる」

朱音が拳で涙を拭いた。真っ赤に泣き腫《は》らした目に、強い光が宿っている。

「まだクラス替えのチャンスがあるって、先生が言ってた。あたし、絶対クラスアップしてみせる。絶対難関、ううん、その中でもトップの最難関に入ってやる。そして、まどかを抜いてやる」

大きく息をついて、朱音ははっきりと言い切った。

「まどかなんかに、負けてたまるか」

「朱音」

千夏の呼び掛けに応えることなく、朱音はさっさと奥に向かった。後を追うと、朱音はすでにダイニングテーブルでテキストを開いていた。いつもであれば、帰宅したら「お腹空いた」と言って、真っ先にお菓子を貪《むさぼ》り食べるのに。どんなに成績が悪くても、千夏がしつこく急かさない限り勉強に向き合うことなどなかったのに。

今の朱音は、まるでゴールを見つめるアスリートのように、緊張感のある眼差しで勉強に取り組んでいる。

入塾するときのテストで、下のクラスに振り分けられた悔しさから、猛勉強を始めた時と、同じ瞳。

胸が熱くなる。

長かった……ずっと、ずっとこの姿を待っていた。

そして、気付いた。

「まどかなんかに、負けない」という言葉を、ずっと聞きたかったのだ。

朱音に背を向け、千夏はキッチンに立った。冷蔵庫からアイスカフェオレとプリンを出す。

こうなれば、千夏に出来ることは応援しかない。

ずっと、憧れていた。夢見ていたと言ってもいい。

懸命に勉強する娘をひたすら支える、受験生の母に。

感慨深さに、涙が込み上げてくる。目尻を拭いながらおやつを運び、朱音の邪魔にならないように気を付けて置いた。

集中しているのか、無言でテキストを睨む横顔を見ながら、千夏は思った。

負けるな、誰にも。

朱音が誰にも負けない努力をするなら、ママは何でもする。

朱音の勉強のためなら、ママはどんなこともするからね。

*

群青《ぐんじょう》色の空に、真っ白な入道雲が大きく膨れ上がる。夏休みが始まった。

小学校のプールからはしゃぎ声が商店街まで響く中、教材ではち切れそうなリュックサックを背負った子供達が、自転車で通り過ぎていく。

塾の夏期講習に、向かっているのだ。

六年生の講習は午後からだが、下の学年の講習は午前中に行われるので、塾は朝から開いている。六年生の中には、朝から塾に行って、空き教室で自習する子もいる。そうするのは共働きの家の子供が多いのだが、朱音も朝から行くと言い出した。

「塾で勉強した方が、分からない所をすぐ質問出来るから、いいんだよ」

そう言って、細い背中に大きく膨らんだリュックサックを背負って出かけて行った。

夏期講習は本格的な受験勉強の幕開けに相応しく、今までとは比べ物にならない量の宿題が出る。講習内容は全教科の今まで習った範囲で、その予習もしてくるように言われている。すでに習ったことを家と塾で何重にも繰り返し学習することで、深く理解を根付かせるのだ。

夏を制する者が受験を制する、というのは、有名な話だ。御三家を第一志望にしてはいるが、講習は上位クラス。まだ憧れとしか言えないのが現状だが、朱音のモチベーションはそこに留まるつもりはない。

朱音の目標は、まどかを越えること。

つまり、全国一位を狙うということ。

「さあ、こうしてはいられない！」

朱音の小さな後ろ姿が、陽炎《かげろう》の向こう側に消えてゆく。ベランダで手を振り続けていた千夏は、大きく伸びをしてキッチンに戻った。スマホの料理アプリを開く。

「何にしようかな。お昼に冷やしうどんを入れたから、夜はお肉とかがいいよね」

講習は夕食を挟む。この時期、朝作ったお弁当を夜食べるのはあまりに危険なので、夕食分はお弁当休みに合わせて届けることにしている。

メニューはメンチカツとマカロニサラダにした。必要な食材をメモしながら、千夏は自分が鼻歌を歌っていることに気付いた。浮かれ方があまりにも分かりやすく、思わず照れ笑いをする。

今までずっと辛かった。悲しくて、怒ってばかりいた頃が、嘘のようだ。

洗濯物を干し終わったら、スーパーに買い物に行こう。千夏は誰か知り合いがいることを期待した。誰でもいいから、今の喜びを話したくて仕方がなかった。そして、言いたかった。

中学受験、楽しいわよ！　と。

＊

弁当箱の蓋を開けながら、敦子は重い溜息をついた。

もう何もやる気が起きない。本当は、弁当作りもしたくない。

この夏期講習で、聡はついに難関クラスから落ちてしまったのだ。

今迄にも、何度もクラス落ちの宣告はあった。だがその度に敦子が頼み込んで、なんとか難関クラスに留まらせていた。だから今回もジニアアカデミーに足を運び、直談判したのだ。

しかし室長は首を縦に振らなかった。眉間に皺を寄せ、厳しい表情で敦子に告げた。

「難関クラスのスピードに、聡君はついてこられていないんですよ。このままだと十分な力を蓄えられないまま、受験を迎えることになるんです」

「でも、難関クラスにいないと、御三家に受からないじゃないですか！　御三家を受けられなかったら、どうしてくれるんですか⁉」

部屋の外に聞こえるくらいの大声で敦子は言った。いつもであればジニアアカデミー側がうろたえ、仕方なしにこちらの言い分を受け入れるのだ。しかし今回は、違っていた。室長は表情一つ動かさず、冷たく言い放った。

「お母さん、どうしてお気付きにならないんですか？　理解できないまま難関の授業を受け続けているから、聡君は伸び悩んでいるんですよ。もう、限界です。我々は、聡君を潰したくない。レベルに合うクラスで勉強することで、やっと力を伸ばせるんです。最難関クラスは、聡君のために諦めて下さい」

室長の言葉は、敦子を打ちのめした。

つまり、聡は御三家など無理だ、と。

下のクラスで、勉強し直せ、と。

お前の子供は、バカなのだから、と。

そう、言われたのだ。

ジニアでのやり取りを思い出し、指先に力が入った。菜箸でつまんでいた卵焼きが二つに千切れ、テーブルに落ちる。手を押さえ、敦子は唇を噛んだ。

聡が優秀じゃないなんて、そんなことあり得ない。

敦子は激しくかぶりを振った。そして、宙を睨みつけた。そこにジニアアカデミーの室長がいるかのように、強く滾《たぎ》る瞳で。

あんなことを言ったジニアの奴《やつ》らを、来年の二月には見返してやる。

ギュッと、手にした菜箸を握りしめる。

「お母さん」

カタン、とキッチンの戸口で音がし、聡が半分だけ顔を見せた。蒼白い顔を苦し気にしかめている。

「なんか、しんどい」

虚しい脱力感に、思わず目を閉じる。

しんどいのは、こっちだ。

大量のカンニングペーパーを見つけて以来、敦子は聡の勉強につきっきりになった。解説を片手に、聡に教える。しかし聡の手はなかなか動かず、説明しても質問しても、「う〜ん」という手応えの無い言葉しか返って来ない。

幼い頃から、字が読めるようになったのも数を数えられるようになったのも、誰よりも早かった。周りからは、神童と呼ばれていたのだ。他人より優れていることは聡にとって当たり前で、だからその流れのままジニアアカデミーに入り、御三家に進むと思っていた。

『優秀なら、ね』

笑いながら言った、まどかの言葉。

敦子の耳の奥に貼り付いて離れず、事あるごとに蘇ってくる。

聡の力への信頼を、根底から揺るがした言葉だ。

思い出したくない。敦子はいつまでも残る嫌な余韻をかき消すように、大きな声で言った。

「しんどいのなんて、塾に行けば治る！」

自分の言葉で、何かが切り替わった。

切れていたのだ、スイッチが。聡は絶対御三家に受かる。なぜなら、優秀な子なのだから。そう信じるスイッチが。

それが、今また入った。

敦子は聡に向き直り、続けた。

「お母さんが付いて行ってあげるから、支度しなさい」

卵焼きの欠片《かけら》を口に入れ、敦子は再び弁当を詰め始めた。その耳に、聡の溜息が入った。

このまま落ちこぼれるなんて、絶対許さない。

聡は、私のプライドなのだから。

＊

「おかえり、朱音」

「ただいま」

帰宅した朱音は、ダイニングに直行しテーブルにテキストを広げた。帰ってすぐ復習に取り掛かるのは、もう習慣になっている。

夏期講習が始まり、一週間が経った。

「今日、どうだった？」

「うん。まどかが来てた」

何気なく訊いた問いに思いがけない答えが返り、千夏は驚いた。

「まどかちゃんが？　最難関クラスの夏期講習は、お茶の水校でしょ？　どうして？」

「最難関クラスは、午前から夕方までなんだよ。今日はお母さんとお姉ちゃんが出かけてるから、帰ってくるまで経堂校で自習するって言ってた」

ゴールデンウィーク特訓同様に、最難関クラスの夏期講習は、各教室から選び抜かれた塾生達が一つの校舎に集められる。午前から夕方までということは、通勤ラッシュに揉まれているということだ。あの大きく重たいリュックサックを背負って、まだ小学生の細い身体で。

「朝からなんて、最難関クラスは大変だね」

「あたしもその大変さ、味わってみせる」

演習問題を解きながら、朱音が呟いた。

小声ながらも込められた力強さに、心に温かいものが広がる。優しい眼差しで娘を見つめ、その頭を柔らかく撫でた。

「頑張ってね」

「うん」

一心に問題に向かう朱音の横には、大量のテキストが積まれている。課題は演習がメインになり、算数などは宿題に五百題も出されている。国語は漢字と四字熟語の暗記と、記述の課題が毎日出る。さらに、今までは後回しでいいと言われていた理社にも、いよいよ力を入れることになる。理科は復習を完璧にし、社会は一日最低二時間、白地図への書き込み、歴史の年表制作を勧められている。

夏期講習で帰宅は毎日八時過ぎになる上、塾で言われた家庭学習をしていると毎日就寝は零時を越えるのだが、朱音は文句ひとつ言わず、黙々とこなしている。

その姿は、まるで修行に打ち込む僧侶のようだ。その神々しいまでの姿に、千夏は胸を打たれた。まだたった小学六年生の子供が、ここまで頑張れる。

朱音の背中に、改めて誓う。

ママは、全身全霊をかけて、朱音の力になる。

＊

真っ白な駅ビルが、夏の強い日差しを受けて光り輝いている。眩《まぶ》しさに目を細めながら、千夏は駐輪場に自転車を停めた。夏の自転車は、こいでいる時は風を切って涼しいが、降りた途端汗が噴き出す。流れ落ちる汗をタオルハンカチで拭いながら急いでエスカレーターに乗り、二階の書店に向かった。

ひんやりした空気に、書店特有の紙とインクの匂いが漂う。この雰囲気、整然とした書架、そして低く流れるクラシック音楽……アカデミックな空間に心酔する。朱音にはこういうものを大切に、数多く与えていきたい。

周囲では、多くの人が立ち読みをしたり本を物色したりしている。間を縫うようにして、千夏は中学受験コーナーに足を運んだ。良い参考書や問題集がないか探すのが、ここに来た時のルーティンだ。

色とりどりの書籍が、隙間なく詰め込まれている。「最難関」と謳われた問題集をつらつら見ていくと、赤い冊子が並んだ棚に行き当たった。

私立中学校の入試過去問集だ。

塾からは、全ての復習が終了する秋まで、過去問には取り掛からないように言われている。

しかし、つい手が伸びる。

「桜蔭中学校」

「女子学院中学校」

「雙葉中学校」

憧れの、御三家。

今、朱音は猛勉強をしている。まどかを抜くべく。すなわち、全国トップを狙うべく。

ということは、この御三家のどれかが、朱音の進学先になるのだ。

胸が熱くなる。伸ばした指先が震えるのは、武者震いか。先走り過ぎ、と、照れ笑いが洩れる。

千夏の隣に、一人の女性が立った。

「あ、すみません」

少しずれて場所を譲る。ほぼ同世代とみられる女性は千夏に軽く会釈を返すと、赤一色の棚から数冊の過去問を手に取った。

いずれも、女子の中堅校のものだ。女性はそのうちの一冊を開き、熱心に読み始めた。

千夏の胸にジワリと優越感が広がる。

お宅のお子さん、そこが第一志望？　うちの朱音なら、きっと満点でトップ合格出来るけど。

千夏は桜蔭と女子学院、そして豊島岡《としまがおか》女子学園の過去問集を手に取った。そして隣の女性の視線を期待しながら、パラパラとページを繰った。

女性は、きっと千夏を見ているだろう。

朱音は千夏の、いや、全国の親が抱く理想通りに育っている。その誇らしさに大きく胸を張りたくて堪らない。

心の中で含み笑いをしながら、千夏は過去問を繰り続けた。

「さあ、じゃあ見るよ」

気合を入れるように独《ひと》り言《ご》ちると、千夏はパソコンを開いた。

新光学院の個人情報ページに入り、最新成績情報のボタンをクリックする。一瞬目を閉じて再び画面を見た時思わず小さな叫び声が洩れた。

国語　九。　算数　九。　社会　十。　理科　九。

「朱音、すごい……！」

心臓が激しく高鳴り、それを押さえる両手が震えてくる。

これを、ずっと見たかった。もう見ることはないのかと、断ち難い未練を引きずりながら諦めようとしていた。

それが、ここまで蘇った。朱音の本気は、本物だったのだ。

「そうだ、急いでお弁当作らなきゃ！」

千夏は慌ててキッチンに向かった。夕食代わりの塾弁には、千夏と夫用に作った肉じゃがを入れるつもりだったが、やめにした。朱音が好きなハンバーグに急遽《きゆうきよ》変更だ。買い置きしておいた合いびき肉を出す。玉ねぎを刻むときの目の痛みが嫌でハンバーグは敬遠していたが、今日は別だ。

朱音が喜ぶことなら、何でもしてやりたい。

こんなに素晴らしい、誇らしい娘のために。


新光学院は既に休み時間に入っているらしく、子供達の騒ぐ声が踊り場まで聞こえてきた。ドアを開けると、全身が騒音に包まれる。子供達で溢れるロビーの向こうで、千夏を見つけた村上が会釈をした。千夏も軽く返し、自分の娘を捜す。

いた。

笑ったり喋ったりしている子供達の中で、算数の講師とテキストを見ながら何か話している朱音の姿。

先に気が付いたのは、講師の方だった。講師が千夏を指差し、それに促されるように朱音がこちらを向いた。

「ママ！」

朱音の声に、思わず笑みが零れる。講師もにこやかに言った。

「今回、朱音ちゃん頑張りましたね。クラスで算数一位でしたよ」

「四教科でも一位だったよ。まあ、いつもトップの人達はお茶の水に行ってるから」

そんなに凄いことじゃない、というニュアンスを含めながらも、朱音は笑顔だった。輝いている。喜びと自信で。

「でも、すごいよ。よく頑張ったね」

誇らしい我が子を強く抱きしめたかったが、周りの沢山の子供達の目を気にして、頭をポンポンと撫でるのにとどめた。

「この調子で頑張れよ。このまま行けば、難関クラスにアップ出来るぞ。そうしたら、どの学校も射程圏内だ」

算数講師の言葉に、朱音と一緒に千夏も深く頷いた。

これで、大丈夫。朱音は、このまま行ける。

そうして、まどかと……あの天才少女と、同じになる。

千夏の心に、温かい安堵が煌《きら》めきながら広がった。

＊

新光学院の成績情報を見ると、〈全国総合一位〉の文字が飛び込んできた。

パソコンを閉じ、季実子は大きく辛い息を吐いた。

……また、一位。

リビングのローテーブルにタブレットを置くと、白い革張りソファにぐったりと身体を預けた。

まどかの聡明な、しかし研ぎ澄まされた刃のような冷ややかな目を思い出す。優しさや思いやりの一切ない、氷のような目。

ゾクリ、と、全身に寒気が走る。

その時、玄関で物音がした。

「はるか？」

季実子が声を掛けると、ドアからセーラー服姿のはるかがひょっこりと現れた。健康的に日焼けした肌に目立つ大きな目をクリクリとさせながら、笑顔を向ける。

「すごい、何で分かったの？」

「何となく違うのよ。ドアの開け方とか廊下を歩く足音が、あなたとまどかは」

微笑んで答える季実子に、はるかは「さすが、母の勘」と笑った。

「すごい汗。早くシャワー浴びてすっきりしていらっしゃい」

「その前に、お水飲ませて〜。喉カラカラ」

「あら。すぐジュース作るわね」

「ううん、お水がいい。ジュースはお風呂から上がってからゆっくり飲むよ」

ミネラルウォーターを注いだコップを季実子から受け取ると、はるかは立ったまま飲み干した。喉元が気持ちよさそうに動くのを、笑みを浮かべて見つめる。

「座って飲めばいいのに」

「座ったら汗でスカートがぬれちゃう。もう汗だくだもん」

「そんなに暑い中毎日毎日練習して、大変じゃない？」

「全然！　ソフト命！」

大きな目を一層輝かせ、はるかは笑顔を見せた。

はるかの学校は進学校で、あまり部活動に熱心ではない。部活に入らず中一から塾に通う生徒も多い中、はるかはソフトボール部に入った。週に三日しか活動日がないので当然弱小、中学総合体育大会の地区予選でも早々に敗退したのだが、秋の大会に向けて夏休みでも部活のある日は欠かさず学校に通っている。

それでも、成績はトップクラスなのだ。塾に入ることなく、家でコツコツと予習復習をして、授業を完璧に理解している。小学校の頃から、担任には『とても真面目で優秀なお嬢さん』と手放しに褒められてきた。しかし季実子にとって何より嬉しいのは、『お友達に勉強を教えてあげてますよ。いつも笑顔で優しくて、みんなはるかさんのことが大好きです』もちろん、私も、と言った時の、担任の笑顔だった。

「秋の大会では、せめて二回戦には進みたいんだよね、絶対！」

いつもは穏やかな瞳に強さを混ぜて、はるかが口元を拭う。

「それで、ソフトでも敬陽の名前を知ってもらうんだ」

「いいわね。頑張ってね」

「うん！」

素直で優しく、何にでも前向きなはるか。

はるかと話していると、季実子の心は柔らかい毛布にくるまれているように温かくなる。きっと外でも、こうなのだろう。娘達が幼いころから、ずっと言い続けてきた。人の役に立つ人間になりなさい。人に頼って貰える人間になりなさい。素敵な人が集まってくるような、素晴らしい人間になりなさい。

季実子の育てた通り、いや、それ以上に育ってくれたはるかが、とても愛おしい。

しっとりと汗に濡れた髪に触れる。

「やだお母さん、汗がついちゃうよ」

「いいのよ」

笑いながら手を避けようとするはるかの頭を、季実子が優しく撫でる。

「ありがとう、はるか。あなたがいてくれて、良かった」

「お母さん？」

「あなたがこんなにいい子に育ってくれたから、お母さんの子育ては間違っていないと思える。本当に、ありがとう」

「変なお母さん」

鼻に皺を寄せて笑うのは、はるかが照れた時の癖だ。その額に自分の額をつけ、季実子は微笑んだ。

「本当に、ありがとう」

その時。

「ただいま」

不意に聞こえた声に、季実子とはるかは振り返った。開け放したリビングのドアロに、塾のリュックサックを手にしたまどかが立っている。

季実子の中に、鋭い緊張感が走った。

まどかといると、いつもどこか緊迫した空気になる。だが今の、全ての光を吸い込んだような冷たく暗い瞳……人間の目とは思えないそれに、恐怖すら覚えた。

いけない、我が子にそんな感情を覚えては。なんとか気を取り直して、はるかに向けたのと同じ笑顔を浮かべる。

「おかえり、お疲れさま。はるか、早くシャワー浴びていらっしゃい。みんなでジュースでも飲みましょう」

「うん、すぐ上がるね」

「うわ、汗臭い」

はるかが傍らをすり抜けようとすると、まどかは鼻をつまんで顔を歪めた。

「ごめんごめん。すぐシャンプーの香りにしてくるから」

笑いながら両手を合わせるはるかに、まどかは冷笑を向けた。

「バカみたい。そんな汗だくになってまで、あんな二流校の名前を広めたいなんて」

まどかの言葉に、はるかの笑みが凍り付いた。顔が引き攣る。そんな姉に温度の感じられない眼差しを向けながら、まどかは続けた。

「滑り止めの学校に、よく愛校心なんて持てるね。あたしなら、あんな学校の名前の付いたユニフォームを着るなんて、すごい屈辱。死んだ方がマシだわ」

「まどか」

「お母さん、はるかを待ってる時間が勿体ないから、先にジュースちょうだい。飲みながら勉強するから」

戒める母に見向きもせず、まどかは自分の部屋に足を向けた。それと同時に、はるかもバスルームに駆け込んだ。

そんな二人の背中を見つめる。二人とも、可愛い自分の娘だ。しかし今は、はるかの心に想いを馳せずにいられなかった。

＊

脱衣所のドアを閉めた途端、はるかの頬に涙が零れ落ちた。

何度も流してきた、苦く辛い涙だ。

あたしだって、通いたくて通っている学校じゃない。本当は、第一志望だった御三家に通いたかった。駅で、電車であの制服を見ると、一年以上たった今でも、胸が張り裂けそうな程苦しく、狂おしくなる時がある。あたしだって、本当は今の学校なんて、敬陽なんて……。

そこまで考えて、はるかは思考を止めた。

もう、仕方がないことなのだ。

第一志望校の校門をくぐり、掲示された合格発表を見た。何度探しても、自分の番号が見つけられなかった。涙でぼやけた掲示板が、今でも思い浮かぶ。泣いて泣いて泣いて、散々苦しみぬいた結果、自分の心を何とか宥めて、敬陽を母校にすることにしたのだ。

何度も大きく深呼吸をして、苦しい涙を止める。

鏡に映る、不幸に満ちた可哀そうな女の子の顔。

はるかは強張った頬を両手で懸命に持ち上げた。丁寧に揉みほぐして、口角に力を入れる。悲しそうな眉を上向きにし、目を丸く見開く。

なんとかいつもの顔に戻る。母が大きな期待を寄せる、明るくて優しい女の子の顔。

ホッと肩で息をした時、脱衣所に小さなノックの音が響いた。

「はるか」

母だ。はるかは戻した笑顔をキープして、ドアを開けた。

「はーい。ごめん、浴びるのこれから。ジュース、もうちょっと待っててもらっていい？」

「ええ。上がったら準備するから。それより、さっきのまどかだけど」

心配そうな母の顔。

「はるか、気にしないでね。まどかは本気であんなこと言ってるんじゃないの。はるかも一昨年経験しているから分かると思うけど、六年の今は受験で一番大変な時期でしょ？　毎日塾で、宿題も物凄い量で、プレッシャーも大変なものなのよ」

「特にまどかは全国一位をキープしなきゃだからね」

はるかは大きな笑顔を見せた。

「全然気にしてないよ。あたしは大丈夫だから、お母さんはまどかの心配だけしてあげて。本当に六年の夏休みは、中学受験の中でストレスマックスだったから」

「はるか」

安堵の表情を浮かべ、季実子ははるかの頬にそっと手を添えた。その手にはるかも自分の手を重ねる。

温かい、母の手。

どんなに残酷な言葉を吐いても、まどかは可愛い娘なのだ。自分と、寸分違わず。

はるかは母の手を両手で包み、握手のように大きく振った。

「さ、シャワー浴びて、さっぱりしてくる！」

元気よく言ってドアを閉め、服を脱いでコックを捻る。勢いよく出て来るシャワーはまだ冷たい。温かくなるまで待ちながら、はるかの頭にぼんやり浮かぶのは、一昨年の今頃の光景だった。

その頃も、毎日シャワーだった。お風呂に入る時間も勿体なかったのだ。塾でも家でも膨大な知識を詰め込み続け、問題を解き続けた。やってもやっても、不安ばかりが募ってきた。もっと時間があれば、丁寧に勉強が出来る。逆に時間が無ければ、出来なくても諦めがつく。そのどちらでもない、気持ちに折り合いがつけられない中途半端な苦しい時期。

水だったシャワーがお湯に変わり、はるかは頭から浴びた。お湯のリボンが髪から床に伸びるのを見ながら、想いを馳せる。

あの頃の自分に。そして今、同じ時間を過ごしている妹のまどかに。

髪を洗い、シャワーを止めた。湯気で曇った鏡を手で拭う。四角く現れた自分の顔を少し傾け、洗ったばかりで濡れそぼる髪を掻き上げた。セミロングの髪からポタポタと水滴が落ちる。

豊かな黒髪に覆われた地肌……以前は、ここに髪が無かったのだ。

ストレス性の円形脱毛症。

苦しさによる苛立ちをぶつけるのは難しい。それゆえの、ストレスだ。このことは、母も知らない。絶対に心配をかけたくなかった。その想いがはるかを縛り付け、身動き出来なくさせ、一層ストレスを募らせるという悪循環だった。

本当に、苦しい時期なのだ。中学受験の夏休みは。

まどかも、苦しいのだ。それをぶつけられるのは、姉の私だけ。何の遠慮もいらない存在だからこそ、ああいう態度を取る。甘えの反動だ。

まどかが甘えられるのは、私だけ。

急いで服を着ると、はるかは頭を拭きながらダイニングに入った。

「お母さん、あたしがジュース持ってくよ」

「あら」

振り返った季実子の顔が嬉しそうに輝く。手元には絞ったオレンジとレモンの果汁があり、蜂蜜を垂らしているところだった。これを炭酸水で割ったら、小さな頃から大好きな母特製ジュースの出来上がりだ。

「じゃあ、お願いね」

朗らかな笑顔で季実子はグラスをトレイに載せた。受け取り、まどかの部屋に向かう。カラン、と氷が音を立てた。ふ、と笑みが零れる。幼いころ、このジュースを飲むときは必ずストローでよくかき混ぜた。氷がグラスの中で鈴のような音を立てる。

『夏の音がする』

二人並んで耳を澄ませた。まぶしい夏の日差しを外の欅《けやき》の影が遮る部屋の中、グラスを持つまどかの手は、もみじのように小さかった。お揃いの黄色のサンドレスで、細い髪をきれいな三つ編みにした、可愛い妹。

「まどか」

コンコンとノックをして、ドアを開けた。

薄暗い部屋から、ひんやりとした空気が流れ出てきた。窓辺の机にあるデスクトップライトだけが灯《とも》っている。その下でまどかは前のめりになって問題を解いていた。

「こんなに暗いと、目が悪くなるよ」

歩み寄りながら、電気のスイッチを入れた。明かりが満ちた部屋は、綺麗に片付けられている。というより、散らかすものが無いというのが正しい。部屋にあるものといえば、勉強机と椅子、ベッド、それと本が詰め込まれた壁一面の本棚だけだ。

「はい、ジュース」

グラスをそっと机に置いた。まどかは何も言わず、黙々とシャーペンを動かし続けている。広げてあるのは、ニュートン算だ。

「わあ、懐かしい」

難しくて苦労した記憶が蘇り、はるかは小さく笑いながらページを数枚捲《めく》った。

「ちょっと」

「ああ、ごめん」

慌てて手を引っ込め、問題を頭の中で解いてみる。大丈夫、覚えてる。理解するのが大変だった分、何問も何問も解き続けた。そのお陰で、深く頭に根付いたのだろう。

「ニュートン算、どう？　難しいでしょう？」

話しかけるが、まどかは無言のままだ。会話が成り立たないのはいつものことだ。はるかは気に掛けることなく続けた。

「何か分からないこと、ない？　あったら言ってね、教えてあげる」

「はあ？」

何を話しかけても顔を上げなかったまどかが、反応を示した。ピンで前髪を留めた頭を持ち上げ、はるかを見る。

「敬陽程度のレベルで、あたしに何を教えるつもり？」

冷ややかな笑みを浮かべ、まどかは椅子を回してはるかに向き直った。

「ありがとうって、言わなきゃかな？　でもこんな問題、簡単過ぎて物足りないの。宿題だから、仕方なくやってるだけ。さっさと終わらせて、先生にもらった男子御三家の過去問に取り掛かりたいの。そっちは多少手こずるかもしれないから、教えていただこうかしら」

笑いながらまどかは算数のプリントをひらつかせた。はるかが見たこともないような複雑な図形問題だ。

「でもこれが解けるなら、はるかも第一志望落ちなかったんじゃないの」

まどかの言葉が、また残酷な光を宿す。人を殺す刃のような光。防御の術《すべ》はなく、切り付けられ、傷つけられ続ける。立ち尽くすはるかを、昏い目でまどかが見つめる。

「はるかの方こそ、教えてあげようか？　はるかの数学のテキストちらっと見たけど、あたしが随分前に公文でやった内容だったよ」

そう言うと、まどかはさも可笑しそうにくすくすと笑った。

「中二にもなって、あんな程度の勉強しかしてないなんて、ホント恥ずかしい。そう言えば、読書感想文も、大した本選んでなかったよね。中学生ならせめて『ファウスト』くらい読んで欲しかったなあ。こんなレベルが低くて、よく何とも思わずに生きていられるね。あたしだったら、絶対耐えられない。まずあの制服が無理。自分がバカですって大声で宣伝してるようなものじゃない」

身体が震えてくる。

「何、なんか腹立ててる？　間違ったこと言った、あたし？」

ははは、と笑い、まどかがわざとらしく目を見開いた。だがその顔に温もりは無かった。

「大嫌いなの、凡庸な人間。何も出来ない、役に立たない存在のくせに、何一人前に喜んだり楽しんだりしてるのって。そんな権利や価値が自分にあると思っていること自体、本当、バカ過ぎて汚らわしいわ」

「……それ」

零れ落ちた声が震える。

「あたしの……こと？」

「そう思うなら、そうじゃない？」

まどかがフッと鼻を鳴らした。

「お母さんは優しいから言わないけど、自分なんていない方がいいって、思わない？」

お母さん、という言葉が、はるかの胸を突いた。

「お母さんも可哀そう。子供があたしだけなら、優秀な娘を育てた母としてみんなから称えられるのに、はるかのせいで凡庸な存在でしかいられないのよね。こんな親不孝、すぐ気付くと思うんだけど。ああ、気が付かないか」

まどかがくるりと身体を机に向けた。

「死んでも治らない、正真正銘のバカだから」

激しく震える手を強く握りしめる。そうしないと、まどかの額に光る銀色のピンに向けて、振り下ろしてしまいそうだった。

強張る脚を何とか動かし、ドアに向かう。これ以上自分の感情を抑えられる自信が無かった。後ろからまどかの声が飛んでくる。

「忘れないで。はるかがあたしより上なのは、年齢だけなんだからね」

そこにはいつもの歌うような軽さは無かった。喉元に突き付けた刃を力いっぱい差し込むような、躊躇《ちゅうちょ》の無い残酷さ。

まどかの言葉を遮るように、部屋から出てドアを閉める。ドアに背をもたせかけ、ぺたりと座り込んだ。

その拍子に、大粒の涙が床に零れ落ちる。

まどかの暴言は、いつものことだ。

気にしてはいけない……だが今回投げつけられた言葉は、はるかを抉《えぐ》り続けた。まどかは自分の言葉の威力を知っている。どんな言葉が人の心に深い傷を付けるか。いつもはただ自分の愉悦のためにバカにするだけだ。だが、今のは明らかに違っていた。

はるかの心を引き裂くため、致命傷を与えるため……心を、殺すため。

どうして、と思う向こう側に、まどかの冷酷な笑みが見える。

まどかは、分かっている。

はるかのしている全てが、ただの自己保身でしかないということを。

妹を可愛がる、優しい姉であること。それはつまり、母にとっていい娘でいるということ。母の希望をなぞればいいと思っている、姉のそんな愚かさが醜いと、まどかは笑いながら傷を抉り続けるのだ。

強く、強く唇を噛みしめる。痛みと共に口の中に血の味が広がる。

思い出せ。

あの遠い夏の日。欅の濃い緑。薄暗い室内に差し込む、金色の木漏れ日。

ジュースの氷を一緒に回した、細い三つ編みの可愛い妹。

『夏の音がする』

記憶の中の可愛い声に、溜息が漏れた。荒ぶる心臓が少しずつ収まっていく。頬に残る涙と口元に滲む血を拳で拭った、その時。

「はるか？　どうしたの？」

リビングから出てきた母が、駆け寄ってくる姿が見えた。

「どうしたの？　真っ青よ……血！　口から血が出てるわ！　どうしたの⁉」

「大丈夫。ちょっと唇の皮剝いたら、血が出ちゃってびっくりしただけ。やだ、お母さんの方が真っ青じゃない」

強張った母の顔を見ると、その心を一刻も早くほぐしたくなる。自然と笑みが広がり、はるかは頬にあてられた母の手に触れた。

「本当に、大丈夫。心配しないで」

「何言ってるの。心配するのは当たり前のことでしょう」

いいや、心配をかけてはいけない。私は、傷ついていない。まどかはただ無邪気に真実を述べる素直な子なだけだ。

そうでないと、母の子育てが失敗したことになってしまう。

母の理想に応えたい。母のように優しく、何があっても恨んだり憎んだりしない、そんな綺麗な心を持つ娘でありたい。

「まどか、ジュース美味しいって。小さい頃から好きだったもんね、お母さんのジュース」

リビングに戻りながら、笑みを向ける。口を動かすと切れた唇が痛むが、そんなことは微塵も表に出さない。

母はホッとしたような笑みを見せ、はるかの背に手を置いた。

「そう？　ありがとう、持って行ってくれて。さ、あなたの分も作ってあるわよ。一緒に飲みましょう。ゼリーも食べる？　横浜のおばさまからいただいたの」

「わ、食べる！　おばさまの送って下さるもの、いつも美味しいよね」

「グルメよね、おばさま」

朗らかな会話。明るいリビング。

母に気付かせてはいけない。

この家を何も問題の無い、穏やかで幸せな場所にし続けられるのは、私だけ。

＊

「えー……」

千夏の淀んだ声が、薄暗いリビングに響いた。

パソコンの明るい光が落胆の表情を照らす。画面に映っているのは、朱音の最新成績情報だ。昨日行われた、三回目の講習テストの結果。

評価が、また下がっている。

マウスをクリックして、前回の結果を開く。比べると、二回目の結果も、クラストップに輝いた一回目から下がっていた。このときは、直前に修学旅行があったので、疲れが出たのだろうと看過したのだ。きっと次のテストでは巻き返すはずだ、と。

朱音は、変わったのだから。

でも……パソコン画面をなぞる千夏の胸に、じわりと黒いものが広がる。

一回目から、二ポイントも下がっている。九割方取れていた点数が、すっかり平凡なものに戻っているのを目にすると、また不穏な気持ちが掻き立てられる。

夏期講習がスタートして、やる気を爆発させてから、何一つ変わったことなど無い筈だ。毎日朝早くから塾に行って、自習している。「今日は○○先生に質問したよ」などと報告してくる。二回目の講習テストの後、「苦手な単元が出ちゃった。これで弱点がハッキリしたから、克服するわ。今取りこぼして受験で失敗したら、大変だからね」という言葉を聞いて、受験への覚悟は本物だと、寧ろ安心していたのだ。

ああ、でも……いや、まさか。

こびりつく黒い想いを振り切るように、激しく頭を振る。

そんなはずはない。朱音は変わったのだから。中学受験の天王山の夏休み、本気で勉強をしている。

まどかに勝つ、という大きな目標。何があっても成し遂げたい目標を持って。

ふらりと立ち上がる。パソコンを閉じ、朱音の部屋に向かった。

朱音は、頑張っている。この夏休みで一気に成績を上げ、まどかなんてもう敵にならないくらい、ぐんぐん高みへ昇っていく。そのためにやりたいことも全て我慢し、どんな犠牲も払ってみせる。今の朱音は、そんな思いで邁進している筈なのだ。

硬い息を呑み、ドアノブを回す。レースのカーテン越しに入る柔らかい光が、散らかった室内に降り注いでいる。アイボリーのカーペットに散乱する塾のテキスト、資料集、テストや無数のプリント……踏まないよう慎重にまたぎ、ベッドへ近付く。

夏布団に触れる手が震える。激しく心臓が打ち、息が苦しい。

朱音。

あなた、変わったのよね？　受験に真剣に取り組む優秀な子になったのよね？

布団をゆっくりと剝がす。

ゴトン、と、ベッドから懐中電灯が転がり落ちた。

思わず目を閉じる。

大きく息を吸い、吐き出す。そして目を開ける。夢でありますように、と祈りながら。

しかし。

ベッドにあるのは、女子小学生達がきらびやかな笑みを見せる、何冊ものファッション誌だった。

ふらふらとベッドの脇に座り込む。

モデルの少女達が、朱音に見える。着飾ることしか考えていない、軽佻浮薄《けいちょうふはく》な笑顔。

頭に浮かぶ、朱音の姿。頭を働かすために早く寝ると言ってドアをきっちり閉め、電気を消す。布団に潜り込み、懐中電灯を点ける。光が漏れないように細心の注意を払いながら見るのは、色鮮やかな少女モデル達。

こっそりと、バレないように。千夏に、朱音の本当の姿が。

口先だけ立派な、怠け者の姿が。


「ただいまー」

ドアを開ける音と共に、朱音が帰ってきた。

立ち上がる。泣き過ぎて頭がクラクラするのを支えるように壁伝いに歩きながら、玄関に向かう。

「今回のテスト、また苦手なとこ出ちゃったわ。でも、みんなも出来てなかったからそんなに席は後ろにならなくて……」

靴を脱ぎながら早くも言い訳を始めた朱音の足元に、ファッション誌を叩きつけた。

朱音が、凍り付いたように動きを止める。

「……これ……」

「頭が働かなくなるから早く寝るって、言ってたわよね」

　低く放たれた千夏の言葉に、朱音の目が据わり足元を凝視する。

　その姿に、心の底から落胆する。これは、朱音の防御の姿勢だ。悪いことがバレた時、いつも見せる目。

「何なの、これは」

「……知らない」

「あんたのベッドから出て来たんだけど」

「知らない」

「勉強、どうなってるの」

「やってる」

「じゃあ、出てる塾の課題、全部見せなさい」

　おずおずと千夏を見上げる目に怯えが滲み、顔色を失った頬が強張る。

「今、ない……新光学院に、出してるから」

「そんな訳ない。夏期講習前の保護者会で、課題はいちいち提出する必要ないって言われたよ」

　やるべきことは、塾から提示されている。あとは、本人のやる気に任されているのだ。膨大な量ゆえに、真面目にやり切った子供は夏休み明けに大化けするが、怠けてやらなかった者は天王山で遭難したも同然の結果になる。

朱音はノロノロと自分の部屋に入って行った。そしてテキストとノートを両手いっぱいに抱えて戻ってきた。受け取り、一冊一冊チェックする。

「算数の問題集がないよ」

千夏の言葉に朱音が小さく舌打ちをする。

宿題の概要は、全教科保護者会で説明を受けている。ごまかそうとしても、そうは問屋が卸さないのだ。取りに戻る朱音の後ろ姿からは、すっかり生気が失せていた。

全部のテキストに目を通す。それはまるで地獄への階段を降りて行くような恐ろしさを伴った。ページを繰る指が氷のように冷たくなっていく。千夏は声が震えるのを抑えることが出来なかった。

「……何なの、これは」

夏期講習の保護者会で、各教科の講師が語った熱い想いが蘇る。

『五百題の演習をこなすことで、入試に向けて解き方を徹底的に染みこませます』

『沢山文章を書かせることで、どんな記述問題にも的確な表現が出来るようにします』

『白地図に地理的要素も歴史的要素も書き込むことで、ただの丸暗記ではない、関連性を持った理解に繋げます』

『実生活に沿ったリアルな体験と実験から得る数値を計算する際の正確さを重視することで理科の理解を深めます』

素晴らしいと思った。この課題をこなせば絶対伸びる。そして、現に朱音は凄まじい伸びを見せたのだ。

丁寧に問題を解き、間違えた所の分析もされている。講師が期待する見本のようなノートは、しかし講習テスト一回目の範囲までだった。

その後は、真っ白だ。

全くの、手付かず。

「あんた……何を考えてるの⁉」

テキストを力いっぱい投げつける。何冊ものテキストが朱音の顔や身体に当たり、床に落ちる。母の怒りを避けるように、朱音はうずくまった。

「痛い……」

「痛いじゃない！」

床に散らばったテキストをもう一度手にすると、うずくまった背中に向けて投げつける。

「今、いつだと思ってんの⁉　もう、お盆過ぎたんだよ！　どうすんの、もう夏休みも終わっちゃうんだよ‼」

どんなに怒鳴りつけても、朱音は無言だ。その姿が、一層千夏の怒りを滾《たぎ》らせる。

「何してんのよ！　全然課題をやらないで！　苦手を潰さなきゃいけない夏休みなのに！　最初はちゃんとやってたじゃない！　今が一番大事だって、今やらなきゃ受験に失敗するって、自分が！　言ってたじゃないの！　何でこんなになっちゃったのよ⁉」

大声で捲《まく》し立てる千夏の声が届かないのか、朱音は身動きしない。

「何とか言いなさいよ！」

肩を摑んで無理やり振り向かせる。それでも朱音は黙ったまま目を見ない。

「朱音っ！」

「……めんどくせえ」

「面倒くさい？」

怒り心頭の母親が？　それとも、受験勉強が？

ようやく築き上げた朱音への期待が、希望が、波にさらわれる砂の城のように崩れていく。

到底朱音は、まどかのようになれないのだ。

無言のまま、朱音が床に散らばったテキストを集め、部屋に戻ろうとする。その肩を鷲掴《わしづか》みにする。

「待ちなさい！　何か言うことないの⁉」

「何を言えばいいの？」

朱音が開き直る。テキストがぶつかって赤くなった目に、反抗の色が満ちている。

「何なのよ！　どうしてあんたは、こんなことばかり繰り返すの⁉　私は、あんたみたいなくだらない娘のために、毎日毎日お弁当届けたり、家計を削ってまで参考書を買ったりしていたの⁉　今やらなきゃいけないことを分かっていないバカのために⁉もう、やっていられないわよ！　まどかちゃんを見てみなさい！　あの、立派なまどかちゃんを‼」

朱音の表情が変わった。反抗的な目に、みるみる熱がこもる。

「まどかって、何？　まどかなんて、全然立派じゃないよ。性格サイテーで、いつもみんなをバカにしてる。だからみんな、まどかなんて大嫌いだよ。今最難関クラスに行ってて経堂校に来ないから、みんなホッとしてる。たまに来ても、誰も話しかけないんだから」

「あんたにそんなこと言う資格無いでしょう⁉　勉強が出来ないあんたに！　そんなの、バカな子の妬みじゃない！」

朱音の表情が凍り付く。それを見て、心の一番奥底にあったものが大きく膨れ上がった。ずっと見ないように目を背け続けてきた、黒い感情。

「なんであんたもそうなれなかったの⁉　自分は楽な方に流れてばかりいるくせに、出来る子を妬むばっかり！　なんでこんなくだらない人間にしか育たなかったの⁉　こんな出来損ないに‼　なんで、まどかちゃんのように育たなかったのよ⁉」

「まどか、まどかって……」

見開かれた朱音の目が揺れる。

「それなら、あたしじゃなくて、まどかを子供にすれば良かったじゃない‼」

「出来るなら、そうしてるわ！」

もう制するものはなかった。膨らみ、弾け、激しく噴き出す強い怒りを、朱音に叩き付ける。

「まどかちゃんが娘だったら、どれだけ幸せだったか！　こんなに裏切り続ける子、あたしの子じゃない！　親の想いを、願いを、何もかも踏み躙《にじ》って平気でいるこんな親不孝な子なんて、娘じゃない！　まどかちゃんが娘だったら、あたしだってもっと優しくていいお母さんでいられたのよ！　あんたのせいで、いつもあたしは苦しい！　いつも不幸のどん底よ！」

言い放った途端、朱音は自室に駆け込み、勢いよくドアを閉めた。中から、うわーっと泣き声が聞こえた。

千夏の言葉は、朱音を深く傷つけただろう。その泣き声は、心が崩れ落ちていく音のようだ。

母であれば、娘の悲しみに寄り添い、温かく優しい心で労わなくてはならないだろう。

しかし、千夏の中に充満したのは、焦りだった。

そんなに泣いている時間があったら、勉強しろ。これだけ心を折られたんだから負けん気を見せろ。まどかなんかより私の方が上だと、顔を上げろ。

だが、朱音の泣き声は止まない。いつまでもいつまでも、泣き続けている。

号泣したいのは、こっちだ。

こんな娘、いなくなればいい。

死ねばいいのに。

耳を覆い、踵を返す。全てを絶つように、千夏は家を出た。

厚い鉄扉で遮断された筈の朱音の泣き声が、まだ聞こえる気がする。耳の底に染みついて、離れない。

まとわりつく泣き声を消したくて、千夏は足早にマンションを出た。

夜の商店街に向かう。家へと向かう人々の流れに逆らうように歩く。特に行く先も宛ても無いが、歩き続ける。すれ違う人々の中にはお稽古事帰りらしい小学生と親もあった。

仲良く並び、手を繋いで歩く母子。

どの子も、良い子に見える。母を怒らせたりしない、素直で聡明な子。そんな子供だから母は穏やかに見つめ、愛おしく手を繋げるのだ。

朗らかな母子から視線を引き剝がす。千夏は俯き加減に足を速めた。

気付くと、蒼白く輝く、美しいマンションの前に立っていた。

以前聞いていた、青島家のあるマンション。

まどかの、家。

無意識のうちに足が向いていた……いや、違う。無意識ではない。

まどかに、会いたかった。

マンションを見上げる。千夏の住むマンモスマンションとは違う。ベランダの数からすると、多くても二十戸程だろう。どっしりした構えから一戸一戸が相当広いことが偲《しの》ばれ、タワーマンションとはまた異なる高級感が漂う。清らかで静謐《せいひつ》な雰囲気は、青島家のイメージにぴったりだ。

大きな窓一つ一つに穏やかな明かりが灯っている。千夏は窓をじっと見つめた。

まどか。今、何をしているの？

勉強してる？　それとも、食事をしてる？　もうお風呂は入ったかな？　どんな生活を送っているの？

まるで恋しい人を訪ねてきたように、熱い視線を注ぎ続ける。

その時、不意にマンションの自動ドアが開いた。思わず電柱の陰に隠れる。

その瞬間、千夏は目を見開いた。

出てきたのは、まどかだった。白いTシャツにジーンズ姿、自転車を押している。

もう九時前だ。こんな時間に、小学生が一体どこに行くのか。そう思った時、すぐ後ろから季実子も姿を現した。緩く結い上げたセミロングの髪、フワリとした若草色のワンピースはおそらく部屋着だろう。逆光で表情が見えないが、声色からひどく心配していることが分かる。

「今行かなきゃいけないの？　本屋さんなら、明日でもいいじゃないの」

「だって、読み終わっちゃったから。もう読んでない本、無いんだもの。本読まないと夜寝られないの、お母さんも知ってるでしょ？」

「はるかの本借りたら？　読んでない本たくさんあるでしょう」

「お母さんったら。あたしが満足できる本をはるかが持ってると思ってる？」

「もう……なら、せめてお母さんに付いて行かせて。心配なのよ、一人でなんて。すぐ支度してくるから」

「大丈夫。本屋さんは一人で行って、アカデミックな空気をたっぷり吸い込んできたいの。買いたい本は決まってるし、遅くならないわ」

そう言ってまどかは長い足で自転車にまたがると、見送る季実子に小さく手を上げてこぎ出した。

すぐさま後を追いたかったが、いつまでもまどかの背中を見送る季実子の手前、動けない。角を曲がりまどかの姿が見えなくなったところで、小さく溜息をついた季実子がマンションに姿を消した。そのタイミングで、ようやく千夏は走り出した。

書店といえば、この辺では駅ビルしかない。千夏はひと気の無い住宅地を、ひたすら走った。

駅を通り過ぎ、エスカレーターを駆け上がる。荒れ狂う息と心臓を押さえながら、滝のように流れる汗を拭う。よろめきながらガラス越しにまどかの姿を捜した。

書店は、帰宅途中の会社員で一杯だ。店に入ると、よく効いた空調で背中を濡らす汗が冷えていく。Tシャツの裾をはたいて冷風を送り込みながら、書架の間を歩いた。

千夏がいるのはファッション誌売り場で、朱音なら真っ先に向かうコーナーだが、当然そこにまどかはいない。

客を避けながら周りを見回す。話題の新刊、映像化された本、人気作家のシリーズ、大きな賞を取った作品……まどかなら、どんな本を好んで読むのだろう。

文庫の棚を通り過ぎた所で、千夏は足を止めた。

新書コーナーに立つ、長い髪を背中に垂らした、白いTシャツにジーンズの少女……まどかだ。

夢中で読み耽《ふけ》っているのが、目の動きで分かる。時折長い髪を耳に掛けながら、早いスピードで視線が動く。

まだ小学生なのに、新書を読むのか……目を丸くした千夏は、まどかが足元に置いた店内用のカゴを見て、ますます驚いた。中に入っているのは、『カラマーゾフの兄弟』や『戦争と平和』といった、海外文学だった。

まどかの横顔を見つめる千夏の目が、うっとりと熱を帯びる。

本が大好きで、あっという間に読み切ってしまう。読む本がすぐ無くなってしまうから、夜だろうと書店に行く。好むのは自分の語彙《ごい》力を高めたり、思考を深めたりするような、教養に満ちた本。模試や入試に活用できる本を、自分で選び出すのだ。

私だったら、季実子のように一人で書店に行かせたりしない。絶対、ついて行く。

そしてまどかは、母である私に尋ねるのだ。

『ママ、買いたい本があるんだけど、いい？』

私は極上の笑顔で答える。

『もちろん。いくらでも、いいわよ』

そして書店を出たら、カフェでお茶をするのだ。待ちきれないように買ったばかりの本を取り出し、むさぼり読む娘を、見つめながら。

その煌めくような幸福感に、千夏は酔いしれた。

やはりまどかが、本来千夏の娘になるべき少女なのだ。

理不尽に引き離された生き別れの娘を見つめるように、千夏はまどかの姿を追い続けた。

閉店時間が近づくが、まどかはじっくりと本を選んでいる。やっとレジに足を向け、満足気に戦利品を眺めていたが、財布の中を見て眉を顰めた。そして小さく溜息をつき、書架に戻る。身を隠していた千夏も後を追う。まどかはカゴに入れていた五冊のうち、二冊を元あった場所に戻した。お金が足りなかったのだ。お金を出してあげたい衝動に駆られたが、何も持たずに出て来てしまった。小銭を捜してパンツのポケットなどを探っているうちに、まどかは会計を済ませ書店から出て行った。

後を追おうとして、ふと足を止めた。

まどかが戻した本が、目に留まったのだ。

ヘッセの『車輪の下』、そして外山滋比古《とやましげひこ》の『思考の整理学』。

千夏はその二冊を手にすると、そっと撫でた。

まどかが欲しかった本。

理想の娘が、読みたいと思った本。

そう思うと、この本まで何より愛おしく感じられた。

*

翌朝、千夏はダイニングテーブルに、二冊の本を置いた。

宮沢賢治の『銀河鉄道の夜』と、夏目漱石の『坊っちゃん』。受験に向けて、役立つかもしれないと思って買ってあった二冊だ。

昨夜は思わぬまどかとの邂逅《かいこう》で、家に向かう間、千夏はすっかり夢見心地だった。幸せな気分に包まれながら家に入った途端、生活音が耳に飛び込んできた。

アイスを食べながらテレビを観て笑っている夫の高志と朱音の姿に、先程までの美しい時間は一瞬で吹き飛んだ。

高志は朱音から都合のいい話を聞いたのだろう。千夏に向かって、「おかえり。明日のお弁当のおかず、買いに行ってたんだって？　言ってくれたら、帰りにスーパー寄って買って来たのに」と笑顔を見せた。

「あっ、もうこんな時間！　あたし、もう勉強に戻んなきゃ！　十時になったらテストの振り返りするって決めてたんだ！」

パパ、テレビ消して！　という朱音と、それを嫌がる高志との、きょうだい喧嘩《げんか》のような言い争いが始まる。知性の欠片も感じられない空気が、暑苦しい夏の夜に一層濃くなる。

これが、私の家。

不毛な口喧嘩を見ながら、暗澹《あんたん》たる気持ちで深く息を吐いた。

それでも今朝になり、千夏は一縷《いちる》の望みを本に託した。

もし朱音が、この本を手にしてくれたら。ページを繰り、冒頭だけでも読んでくれたら。

きっと、朱音のことを許せる。

千夏は祈るような気持ちで、二冊を見つめた。

そこに、のっそりと朱音が現れた。昨日のことをまだ根に持っているのか、「おはよう」も言わない。ボサボサの頭を掻きながら自分の席に着いた。目玉焼きとサラダのプレートを置きながら、千夏は朱音の動きを注視する。

その眼差しに気付くことなく、朱音は目玉焼きに塩をかけた。それをテーブルの中央に戻した後、本を手にした。

朱音が光に包まれたように見えた。

心一杯に安堵が広がる。ほう、と息をついた時。

「やだ、もう」

朱音はさも苦々しそうに眉をしかめ、不機嫌な声を高志に向けた。

「ちょっと、パパ！　本、どけてよ！　ここ、あたしの席！」

苛立たしくそう言い放ち、二冊をソファに投げると、こども新聞を広げた。ファッション面を熱心に読み、すぐにそれもソファに投げる。

今注目の記事も、時事問題も読まずに。

全身の力が抜け、千夏は崩れるように自分の椅子に座り込んだ。その瞬間、朱音と目が合った。朱音が視線を逸らす。その太々《ふてぶて》しい態度が、ひどく気に障った。

「……何なの」

無言のまま朱音がトーストを齧《かじ》る。小さく舌打ちをし、「冷えてる。マズ」と口の中で呟いたのが聞こえた。

「それなら、食べなくていい！」

朱音の手から、トーストを叩き落とす。落胆が着火剤になり、また怒りが燃え上がる。

「失望しかさせないくせに、せっかく作ってやった朝食に文句をつけるなんて厚かましいにも程があるの、分かんないの⁉　親の心を察するとか、気遣うとか、そんなことも出来ない訳⁉　どこまでバカなの⁉　マンガやファッション誌ばっか見て、まともな本を読んでこなかったから、そんなにしかなれないんだよ！　あんたがさっきソファに放った本、あれ、あんたのために買ってたの覚えてないの⁉　何パパの本なんて言ってんのよ。まどかちゃんなんて、もっともっと難しい本読んでるんだよ！」

朱音を見る。理想からかけ離れた、情けない自分の娘。

「大違いだわ、あんたとは。まどかちゃんは、トルストイとかドストエフスキーとか、大人でも苦労するような本をスラスラ読むんだよ。本当に頭が良いから、勉強ばかりギチギチやらなくても、全国一位をキープ出来るんだ。本当に出来る子は、あんたみたいに〈勉強やってる〉アピールなんてしない。受験勉強しながら本を読む余裕があるのも、努力や集中の仕方を知ってるから。それを、天才って言うの。まどかちゃんみたいな子をね。あんたには、当てはまる物なんて、一個も無い」

バアッと紅潮したかと思うと、朱音の顔は強張り、みるみる蒼ざめていく。

なんだ、そのいかにも傷ついたような顔は。傷ついたのはあんたじゃない。あたしだ。この三年間、あんたの何十倍、何百倍も、傷つけられてきた。苦しみ、悲しみ、絶望を味わわされてきたんだ。

「一体何があったの？」

ダイニングに入ってきた高志が、黙り込んだ二人を見て声を掛けた。千夏は「別に」と吐き捨てると、キッチンに立った。同時に朱音も立ち上がり、ダイニングを出て行った。荒々しくドアを閉める音が響いた。

「朱音？」

高志が後を追い、朱音の部屋のドアをノックする。

「どうしたの？　朝ごはん、まだだろう？　食べようよ」

何回か声を掛け、ドアを叩き続けたが、やがて肩をすくめて戻ってきた。

「いらない、うるさいって。どうする？」

「知らない。ほっとけば」

千夏は言い放ち、自分と高志の前に目玉焼きとサラダのプレートを置いた。席に戻り、自分のトーストを齧る。トーストは冷め、硬くなっていた。朱音の言う通り不味《まず》いが、何度も噛み砕き、コーヒーで流し込む。

情けない気持ちが、一層掻き乱される。

あんな子の育て方なんて、分からない。

もう、関わりたくない。

＊

そう思うが、ネグレクトだと思われるのは嫌だ。育てたくはないが、ちゃんとした母ではいたい。なので千夏は、いつも通りお弁当を作る。卵焼きを丸め、ウィンナーとブロッコリーを炒《いた》める。鮭《さけ》とタラコのおむすびを握り、それを昼食に持たせて朱音を塾に送り出した。

エプロンを外し、外出する支度を始める。

理想の娘を見るために。

お茶の水のビル群を、獰猛《どうもう》なまでの日差しが照らし出す。全く縁のなかった街だが、幾つも大学のある学生街だが、夏休みだというのに人が多い。ぶつからないよう、地図アプリを頼りに千夏は駅から足を踏み出した。

スマホのマップと前方を交互に見ながら、目指す場所を探す。

ようやく見つけたそこは、お茶の水の坂を下った所にあるビルだった。

新光学院お茶の水校。

新光学院の中でも最優秀の頭脳を持つ子供達が集められている校舎だ。そう思うと、灰色の平凡な雑居ビルが輝かしく見えてくる。

この中に、まどかがいる。きっとトップの教室で、一番前の真ん中の席に君臨しているのだろう。

悠然と前を向き、どんな難問も軽やかに解いていく、美しいまどか。見たくて堪らないが、保護者ではないので訪ねる理由が無い。何か方法はないか、と考えていると、視線を感じた。楽器店の若い女性店員が、店長らしい年配の男性と千夏を訝《いぶか》しそうに見ている。

何なの、失礼な、と思いかけ、我が身を顧みた。このご時世、小学生が集まる学習塾をうっとり見ているなんて、女性であっても怪しいことこの上ない。

とりあえず、すぐ近くのファストフード店で時間を潰すことにする。空腹ではなかったが少しでも長くいるため、ハンバーガーとポテト、ドリンクのフルセットを注文し、窓際の席に着いた。

新光学院が見える席だ。

ゆっくりとドリンクを飲みながら、頭に憧れの光景を思い描く。

自分の前に、まどかが座っている。テキストを開いて、問題を解いている。素晴らしい集中力でどんどん難問を解いていく姿を、微笑みながら見守る母の自分。

その温かく優しい空気は、現実世界の傷ついた心を労わり、癒やしてくれるようだ。

千夏は空想に浸り、沈み込んでいった。

セットを食べ終え、さらにコーヒーやスイーツを追加し、時間を潰しに潰して、やっと講習の終了時間になった。新光学院から子供達がチラホラと出てき始める。思ったよりも生徒数が多く、何十人もの人影が千夏の前を通り過ぎた。

子供一人一人の中に、まどかを捜す。

最優秀レベルの頭脳を持つ子供達だが、こうしてみるとみんな朱音のクラスメート達と大して変わらない。勉強漬けの悲愴感は全く見られず、各々元気に喋り、屈託なく笑っている。

まどかのような子供は、やはり特別なのだ。その事実が、改めて千夏の中で輝く。

その時、ハッと席から腰を浮かせた。

他の子供達が喋りながら出て来る中、一人本を読みながら歩く姿が見えた。

千夏はバッグを手にし、ゴミの分別もそこそこにファストフード店を飛び出した。サラリーマンとぶつかりそうになり舌打ちされたが、気にしない。とにかく見失ってはいけない。その一心で外に出たが、心配は無用だった。

子供達の集団にいても、まどかだけはまるで強い光を放っているかのように存在感を示している。

千夏はまどかから少し離れて歩いた。

声を掛けたりしない。そうしたら、まどかから「朱音ちゃんのお母さん」と呼ばれてしまう。だがこうして見ているだけなら、千夏はまどかの、この類《たぐい》まれなる優秀な子の母でいられる。この時を、千夏は待っていた。

満ち足りた気持ちで、理想の娘の後ろ姿を見つめ続ける。

千夏はまどかから付かず離れずの距離を保ちながら電車に乗り、帰路に着いた。経堂に着き、改札に向かう。夕方の混雑する構内で、まどかが不意に立ち止まった。沢山の客にまぎれて距離を詰めていた千夏も、慌てて足を止めた。後ろから流れて来る客から「邪魔」と睨まれ、謝りながら急いで柱の陰に身を隠す。しかしまどかはこちらに見向きもせず、改札を足早に出て行った。

良かった、と安堵の溜息を吐きながら改札を抜ける。まどかの方を一瞥すると、券売機の横に立っているのが見えた。

聡とともに。

二人の目に入らないようロータリーに向かうが、疑問が湧き上がる。なんで、聡が今、ここにいるのだ？　今この時間は、聡もジニアアカデミーで夏期講習を受けている筈なのに。

「千夏さ～ん」

考えながらバス停の列に足を向けた時、商店街から声が聞こえた。

横断歩道の向こうから、自転車に跨った詩織が手を振っている。

自転車のかごに、春姫のプリンセス柄のランチバッグが入っている。それを見て、朱音の夕食用の弁当を準備していなかったことに気付いた。子育てに命を懸けている詩織だ。塾弁を忘れていたなんて知られると、どこで何を吹聴《ふいちょう》されるか分かったものではない。彼女がこちらにやってきたと同時に、咄嗟の言い訳が口を出る。

「春姫ちゃんにお弁当届けるの？　あたし今日用事で出てて、思ったより時間掛かっちゃって、今帰りなんだよ～。お弁当作る時間無いから、今からスーパーでお弁当買って、届けようかと思ってたの」

「ああ、そう」

詩織は応じたが、朱音の弁当には大して興味が無さそうだった。「それよりね」と声を潜めて言うと、詩織は目を輝かせながら千夏の耳に顔を近づけた。

「ねえ、聡君、見なかった？」

「聡君？　聡君なら、今さっき駅の券売機の所で見たわよ」

「えっ、そうなの⁉」

余程驚いたのか、詩織は大声を出した。慌ててポシェットからスマホを取り出すと、メッセージを打ち始める。

「どうしたの？」

「それがねー、聡君、いなくなっちゃったとかで、敦子さん、捜してるのよ」

「えっ」

今度は千夏が驚く番だ。詩織が楽しそうに話を続ける。

「さっき敦子さんに会ってね。すごい疲れた感じで泣き腫らした顔してて、もう見るからにただ事じゃないって分かって。どうしたのって訊いても、最初は何でもないとか言って全然教えてくれなかったんだけど、ねえ。何か大変な時は、助け合うのが友達じゃない？　そう言ったら、聡君が塾から早退したのに帰って来ないっていう話で」

心配よね、と言いながら、詩織は嬉々としてスマホを見つめている。

「早退するなら、塾から連絡があったのよね。あたしだったら、その時点ですぐに迎えに行くわ。心配じゃない？　大事な我が子が早退するほど体調崩したなんて、ねえ」

確かに、それは正論だ。

だが、詩織の楽しそうな笑顔に、ウキウキした声に、ひどく苛立ちが募る。

「あ、敦子さん！」

横断歩道の方に向かい、詩織が手を振った。そちらに目を向け、思わず息を呑む。

こちらに走ってくる敦子は、髪を振り乱し、見違えるほどみすぼらしく老け込んで見えた。その敦子も、千夏の姿に目を見開いた。瞬間、空気が異質に凍る。しかしそんな機微に気付くことなく、詩織が嬉しそうに話しかけた。

「良かったわね！　聡君、駅にいるって！　千夏さんが今さっき見たから、確かよ！」

聞いた途端、敦子は千夏には目もくれず、駅に足を向けた。釣られて千夏と詩織もその後を追う。

敦子が券売機まで行き着く前に、聡とまどかがやって来るのが見えた。敦子がさらにスピードを上げる。凄まじい表情をしていたのだろう。駆け寄ってくる母の姿に気付いた聡は悲鳴を上げ、咄嗟に踵を返した。しかしその肘を摑み、敦子は息子の頰を力いっぱい打った。

「塾サボって、今まで何してたの!?」

鬼の形相で、敦子が怒鳴った。詩織がにわかに浮き立つ。

「え、サボり？　早退って、言ってなかった？」

楽し気に上ずる詩織の声に、千夏の心がザワリと粟立《あわだ》った。

敦子は、聡を溺愛している。何よりも大事にして、慈しんでいる。その敦子が息子に手を上げ、怒鳴りつけた。それが意味するものが、分からないのか。

敦子と聡に目を戻す。

頬を張られた聡は、震えながら声を出さずに泣いている。そんな聡を、怒りに燃える敦子が叱咤《しった》した。

「すぐ家に帰って、今日塾でやったところをやるのよ！　夏休みが正念場なのに、塾サボるなんて、何考えてるの！　一日の遅れが、そのまま受験で差がつくことになるのよ！　ほら、帰るよ！」

聡の肘を、敦子が引っ張った。しかし、聡は動かない。敦子が全身の力を込めると、聡は地面に倒れ込んだ。通行人から小さな悲鳴が上がる。周囲の注目にも気付かない程、敦子の怒りは凄まじかった。転がったまま動かない聡に、「早く立ちなさい！」と怒鳴りつけ力ずくで立たせようとする。しかし聡は、身体を丸めてそれを拒んだ。

「聡！」

「……もう……やだってば……」

丸めた背中が細かく震える。しぼりだすような聡の声は、嗚咽《おえつ》が絡んでいる。

「勉強、分かんないんだよ……分かんないんだ。もう、塾、行きたくない……」

地べたでダンゴムシのように丸くなった息子の姿に、怒りの形相のまま敦子は溜息をついた。

「何度言わせるの？　分かんないから、塾に行くんでしょう！」

「あら、それは、違いますよ」

冷ややかな声に、敦子の身体がびくりと震えた。その容姿には全く不釣り合いな冷酷さを湛え、まどかは歌うように言葉を紡ぐ。

「やだ、面白過ぎ、その勘違い。塾が分からない所を教えてくれるなんて、ファンタジーでも優し過ぎますよ」

「えっ……」

「塾は、受験に対する能力を高めるために行くんですよ。つまり、入試に出る単元全てが理解出来ていることが、大前提。そのうえで、精度を高め、思考力を強化するために行くんです。今の段階で分からないって言ってるのであれば、彼、もう無理ですよ。塾をサボっている時点で、既にアウトです」

「大丈夫……大丈夫よ！　この子は、やれば出来る子なのよ！」

敦子はうずくまる聡の肘を強く握りしめて、まどかを睨みつけた。

「この子、ジニアアカデミーに入った時の成績は、クラスでトップだったの。今はまだ本気になれないから遅れているだけ。やる気になれば、すぐ巻き返せるんだから」

子供相手であることも忘れ、敦子は必死に言い返した。しかし、まどかはさも可笑しそうに、プッと噴き出した。

「そんなの。バカの言い訳」

「何ですって⁉」

真っ赤になって睨みつける敦子がますます面白いらしく、まどかの笑みは崩れない。

「やる気になったら出来る優秀な子なんて、私見たことない。〈出来る子〉は、彼のレベルからは何億光年も離れた所にいるんですよ。やる気になって到達できる域じゃ、ないんです。ジニアアカデミーに入った時トップだったそうだけど、せいぜい四年生ですよね？　みんなまだ本気じゃない時ですよ。そんな頃の成績が実力だと思ってるなんて、おめでたいもいいところ。頭の中のお祭りだけなら楽しそうだけど、傍《はた》から見たらお気の毒ですね」

笑うまどかの姿に、千夏は茫然とした。

聡明だと思っていた。高みにいるように見えるのは、その証拠なのだと。

だが、この姿はどうだ。自分の発した言葉で傷つく相手を見るまどかの、残酷なまでに強い侮蔑。そこには怒り、そして憎悪すらうかがえる。大きく身体を震わせる敦子への侮辱は、とめどなく続く。

「でも、まあ、大丈夫かな。夏になると彼みたいな子、一杯いるって聞きますよ。ギリギリまで縋《すが》っていたけど、結局ジニアに付いて行けなくなる脱落組。親の見栄でジニアに無理やり入れられて、結局落ちこぼれて苦しい思いをさせられる。夢を見られるんでしょうね。ジニアにいれば、御三家に絶対受かるって。こんなになったら、彼、もう駄目ですよ。ハッキリ言ってあげます。無理。無駄。ジニアも迷惑。いくら合格実績が良くても、バカな子を合格させられる訳じゃないのに」

真っ赤になっていた敦子の顔色が、みるみる蒼ざめていく。

反対に、まどかの目が一層輝く。敦子の心に手を突っ込み、引きずり出された血まみれの夢を高々と持ち上げ目の前で握り潰す。まるで衆目の中で生贄《いけにえ》を食い散らかす神のように。

敦子が声を振り絞る。

「……でも、夏で大化けする子もいるって……それまで全然出来なくても、急に伸びて……」

「……それ、僕じゃない……」

ずっと泣いていた聡が、敦子の言葉を遮った。

「僕じゃない……僕は、もう無理だ……もう、絶対、無理だよ……」

「何言ってんの!?　あんたは、やれば……」

「おばさんとおじさん、大学どこですか？」

まどかが歌うように口を挟む。

「大学……何で？」

「カエルの子はカエルって、言うでしょう？ どこですか？ 東大？ 一橋？ 早慶？」

蒼白な顔を強張らせ、敦子は黙りこくった。

その沈黙に、まどかは高らかな笑い声を上げた。

「答えられないんだ。じゃあ、推して知るべしじゃないですか。おっかしい、こういうのを茶番っていうのね。思いがけないところで勉強出来ちゃった。おばさん、ありがとうございました」

礼儀正しく頭を下げ、まどかは踵を返した。新光学院に向かうのだろう。背中を真っ直ぐに伸ばし、堂々とした足取りだった。

野次馬達も、まどかがいなくなったことで散っていった。そうして残された敦子と聡から、千夏と詩織は目が離せないでいた。

敦子は鬼の形相のまま、ブルブルと震えている。

「お、お母さん……」

尋常でない母の様子に気が付いたのだろう。身体を起こした聡が敦子の腕に触れる。

「ごめんなさい……お母さん、ごめんなさい。ごめんなさい」

必死に謝り続ける。真っ赤に泣き腫らした目で、懸命に言い続ける。

「ごめんなさい。ごめんなさい。ごめんなさい……」

その聡の声が、眼差しが、千夏の胸を深く抉った。痛い。堪らなく、痛い。

「……敦子さん」

思わず声を掛ける。すると敦子は弾かれたように聡の腕を摑み、千夏には目もくれずに足早に去って行った。

「うわあ、何だか怖いねえ」

言葉とは裏腹に、詩織が楽し気に千夏に話しかけてきた。

「酷いよねえ、敦子さん。あれじゃあ、聡君可哀そうよねえ」

詩織の言葉は、千夏の頭にカッと血を昇らせた。思わず睨みつけるが、腕時計に視線を落とした詩織は気付くことなく、慌てて自転車に跨った。

「いけない、春姫がお夕飯待ってるわ。今日は春姫が大好きなパスタサラダを入れたから、早く届けてあげなきゃ。じゃね、千夏さん」

軽やかにそう言うと、詩織はさっさと去って行った。

膨らんだ怒りが急激に萎む。自分も行かなくては……思うが、虚ろな体は動かない。

ぼうっと立ち尽くす千夏の脳裡《のうり》に、まどかの顔が浮かぶ。

侮蔑、怒り、そして憎悪に満ちた顔。

あれは敦子のプライドをズタズタにした。だが、聡を救った。まどかは敦子の中の〈母〉に、あれだけの黒い感情を叩きつけたのだ。

鬼と化した母に。

無意識にブラウスの胸元を摑む。その手が、震える。

まどかのあの感情は、千夏にこそ向けられるべきなのではないか。

聡は、敦子の期待に消化不良を起こしている。

きっと、朱音も。

千夏に怒鳴られ、罵倒され、ドアの向こうで大声を上げて泣いていた。まだ小学生なのに、慰めて貰うことも、抱きしめて貰うこともなく、たった一人で。

聡を見て分かった。子供は、自分で分かっている。今すべきことをしない事が、悪いということ。親に怒られること。分かっているのに、逃げてしまうこと。ダメだと分かっている自分と親に怒られる自分に挟まれて、苦しんでいる。悲しんでいる。どうしようもなく辛くて、堪らないのだ。

聡は泣きながら「ごめんなさい」を繰り返した。

敦子は聡を許さない。絶望的な悲しみに喘《あえ》ぎながら、それでも何とか救いを求めて、聡は泣きながら謝り続けるしか術がない。

朱音は謝らない。代わりに黙る。硬い殻に閉じこもる。腹が立つが、何故そんなことをするのかは、考えたことも無かった。

私は、さっきの敦子と同じ形相で、朱音を睨み続けていたのだ。

敦子は壊れてしまいそうだった。聡も、壊れてしまいそうだった。

私も、壊れてしまいそうだった。

朱音も……？

周囲の音が消える。硬い静けさの中、ただ自分の鼓動だけが大きく耳に鳴り響く。

理想の娘。まどかがうちの子なら、こんな苦しみはなかった。そう思うだけで癒やされた。

壊れそうな娘を置いて、私は現実から逃げたのだ。たった一人で泣く朱音が、どれだけ苦しんでいたか。どれだけ孤独だったか、何も考えずに。

朱音のことを、何も。

千夏は早足でスーパーに向かった。

朱音に、お弁当を届けなくては。

駆け足になる。人々が行き交うロータリーで、笑いながら歩く親子が目に入る。胸に鋭い痛みが走る。

思い出したのだ。

死ねばいい、と思ったことを。

実の娘。大事に大事に育ててきた娘に、死を望んだ。

スーパーに入り、総菜売り場に直行する。人ごみに割り込み、おさつスティックを手にする。朱音の大好物だ。笑顔が浮かぶ。マカロニサラダ、カニクリームコロッケ、ピーマンとカシューナッツの炒め物……朱音の好きな総菜の入ったプラスチック容器を、夢中でカゴに入れる。そして鶏の竜田揚げを手にした時、涙が零れ落ちた。

朱音。

これを食べる時、もう一度笑ってくれる？

あんなに朱音を傷つけて苦しめたママに、朱音の笑顔を見る権利、まだ、ある

……？

＊

「あら、まどかちゃん」

まどかが新光学院に着くと、スタッフの落合が笑顔を見せた。頷くように会釈をし、室内を見渡す。ちょうど夕食休みに入ったらしくフロアは賑やかだ。

「今日、玲奈っちは？」

「村上さんは今日入ってないわよ」

落合の言葉に、フンと鼻を鳴らし返事をする。

「何か用だったの？」

「いえ……ちょっとバカ見て不快だったから、気分上げたくて」

「あらまあ」

落合が笑顔に困った色を混ぜた。

「お茶の水での夏期講習で疲れたのかしら？　今日もここで自習していくの？」

「はい。姉の都合で母も一緒に出掛けていて、帰り際に迎えに来ることになっているので、それまで」

「そう。頑張ってね」

落合はそう言うと、お弁当を届けに来た詩織に会釈をした。子供達は数人ずつ集まり、お弁当を食べたりお喋りをしたりして、小学校の昼休みのように騒がしい。そんな中、まどか一人、水を打ったような静寂に包まれている。

みんなまどかが入ってきたのは見ている。しかし、落合のようにまどかに気安く声を掛ける者はいなかった。講師ですら目を合わせようとしない。まどかから話しかけることもない。双方無意識の合意の上だ。敢えて嫌な気持ちになることはないから、透明な存在に徹しあっている。

しかし、今日は違った。

まどかが空き教室に入ろうとした時、友人と出てきた朱音と目が合った。朱音は瞬間的に視線を外したが、まどかの目は彼女を追い続けた。

「あれ、朱音ちゃんのお弁当、ないね」

お弁当置き場を見て、友人が言った。いつもは夕方千夏が持って来てくれるのだが、そこには何も無い。

「うん……」

うな垂れる朱音の肩を、友人が明るく叩いた。

「ちょっと待とっか。あたしも付き合うよ」

「いいよ。時間無くなっちゃうから、先食べてて」

「うん、でもきっともうすぐ来るよ。朱音ちゃんのママ、いつもうちのママより早く来てるじゃん」

入り口の方に首を伸ばす二人の背中に、まどかが鼻で笑った。

「来ないよ」

朱音が目をまどかに戻す。視線を結びつけ、まどかは花のような笑顔を見せた。

「あなたのお母さん、お弁当作っていないもの。ずっと私のこと追い掛けてたから」

「どういうこと?」

「文字通りよ。あなたのお母さん、私のこと付け回してたの。お茶の水校まで来て、お昼前から最難関クラスの授業が終わるまで、ずーっと、近くのファストフード店の窓際に座って、新光学院見上げてた。休み時間に廊下出た時窓から見えて、その後も全く同じとこに同じ姿勢で座ってたわよ。四時間以上」

さも可笑しそうにまどかが笑う。光がちりばめられたような笑顔だが、込められた悪意がギラギラと滲み出ている。その異様さ、異常さに、朱音は瞬きすら忘れて固まった。朱音の代わりに、友人がまどかを睨み返す。

「何それ。意味分かんないこと、言わないでよ」

「分かんない？　彼女のお母さんは、自分の娘じゃなく私を求めているってことが、分からないの？」

朱音の顔色が、スゥッと失われる。

「あなたのお母さんから、前にも羨ましがられたことがあるわ。やっぱり血のつながりなんかより、頭の良い子がいいのよ。それが一番大事。可哀そうね。あなたみたいな勉強の出来ない子、愛される筈なんてないのよね」

さも可笑しそうに笑いながら、まどかは続けた。

「それなのにどうして大事にされようと思えるのか、意味が分からない。何の努力もしないで、それでいて娘だから無条件で愛されようなんて。厚かましいにも程があるわ。どうして息をしたり生きたりすることが許されているのか。反吐が出る」

まどかから笑みが消える。

「あなたのお母さんには分かるんでしょうね、私という素晴らしい価値が。聡明で、努力家で、高い向上心を持つという、優れた人間の条件全てが揃っている。分かる？　あなたと私では、価値が違い過ぎるの」

激しく身体中を震わせる朱音を見据え、まどかは続けた。

「あなたみたいな人間に、親に愛される価値なんてない」

「……何なのよ、あんたあっ！」

「朱音ちゃん！」

まどかに摑みかかろうとした朱音を、女子達が止めに入った。まどかを睨みながら朱音が抗う。

朱音の目には、燃えるような憎悪が滾っている。

その姿に、まどかは卑しい毒虫でも見るような嫌悪に満ちた眼差しを向けた。

「だから、バカは嫌い」

二〇二三年　八月　現在

暗い室内で、パソコンだけが白い光を放つ。

玲奈はしばらく画面を見つめていたが、思い直してデスクライトを点け、パソコンをシャットダウンした。

小学校の頃から使っている勉強机の引き出しからレターパッドを取り出す。その時、机の側面につけられた無数の傷が目に入った。

中学受験の時、ちょうど六年生の今頃だ。山のような演習問題に追われ、テストに追われ、解き直しに追われ、親に追われ、志望校の偏差値に追われ……追われて追われて息が出来なくなった時、苦しいものを吐き出すようにシャーペンの先で傷を付けた。

あの時、何も見えなくなっていた。

第一志望の合格も、中学校での新生活も関係なかった。ひたすら目の前の年号や四字熟語を暗記し、算数や理科の演習問題を正しく解くことに必死だった。

息をするように全てを覚え、流れるように演習問題を解いていくまどかと、当時の自分が同じクラスだったら、友達になれただろうか。

無理、絶対なれない。

ふっと笑いが零れる。

今、会えて良かった。

あの子の夢を聞かなかったら、きっと今でも雲の上に住むクソ生意気な天才少女としか見ていなかっただろう。

ただひたすら夢を追いかけているだけの女の子なのに。

確かにまどかは頭が良過ぎる。自覚があるから、いつも他人に対して高飛車な態度になる。受験生やその保護者の神経を逆撫でして、殺意を抱かれることがあったのかもしれない。

春姫の話では、高崎聡の母親はかなりの学歴コンプレックスを抱えている。ひょっとしたらジニアアカデミー時代にまどかと接することがあり、そのときに大いに刺激されたことがあったのかもしれない。

自分の学歴コンプレックスを子供に負わせる親は、熾烈《しれつ》な感情に突き動かされていることが多い。玲奈の同級生でも、私立医大卒の父親の国立医大に対するコンプレックスから、学校を休んでまで受験勉強を強いられた者がいた。送迎に来る父親はいつも怒っていた。講師に、塾の体制に、環境に、息子の勉強の仕方に、上がらない偏差値に、息子が超えることのできない優秀な塾生に。全てをひどく憎んでいた。憎悪にまみれた受験の結果、息子は第一志望校に合格したが、入学後は不登校になったと伝え聞いた。父に対しひどい家庭内暴力をふるうようになったらしい、という噂と共に。

心を壊すほどの破壊力を持つ学歴コンプレックスを、高崎聡の母がまどかにむけたとしたら、その先を考えるのは容易《たやす》い。

玲奈は両手で顔を覆った。

まどかも悪い。人の触れられたくない弱点を実に楽し気に言い当て、嘲《あざけ》るのは人として最低だ。

でもコンプレックスを覆すための愚かなプライドに、夢に溢れた一人の少女の未来を潰されていいはずがない。それは全く別の話だ。どんなに深く傷ついたとしても、そこから治癒するのは、自分自身のすべきこと。痛みを憎悪に変えて、相手を傷つけることなど、誰の人生にも、何の意味も持たない。

机の上に広げたレターパッドを見つめる。爽《さわ》やかに雲が流れる、青空のレターパッド。

明日、玲奈の思い至った考察をまどかの母とはるかに伝えに行く。まどかへの手紙を携えて。

あの夜、女性と言い争っていたという報道があった。それがまどかと顔見知りだったのなら、騒がれるのを厭《いと》い、彼女をマンションに招き入れたのかもしれない。しかしまどかは意図せずに他人を煽る所がある。高崎母は落ち着くどころかますます激しく怒り、まどかは逃げる。エレベーターを待つ時間も無く非常口から逃げようとしたまどかを捕まえ、感情に任せそのまま階段から……。

想像するだけで恐ろしい光景に、思わず目を閉じる。

違う。まだ、終わったわけじゃない。まどかの夢は、このレターパッドの青空のように、無限に広がっている。

目を開いてペンを持つ。

眠り続けるまどかへの、手紙。

いつ読んでもらえるかなんて、分からない。でも、書かずにはいられない。

まどか、絶対目を覚まして。

あなたは、必ず夢を叶えないといけない。

いつもの大人びた、いかにも聡明な表情からは想像もつかない、小学六年生らしい笑顔で、頬を染めて語ってくれた、あの夢を。

第四章

二〇二三年　夏期講習②

薄暗いリビングに、不意に明るい曲が流れだした。『イッツアスモールワールド』。

九時を報《しら》せる壁時計だ。楽し気なその曲を、千夏は一人ソファに座り聴いていた。

そろそろ、朱音が帰ってくる時間。

ダイニングテーブルには、朱音のお弁当箱が置いてある。

スーパーで買った総菜を急いで詰め直し、塾に持って行った。既に夕食休みは終わり、新光学院は静まり返っていた。猛スピードで自転車を飛ばしてきた千夏はがっかりしたが、スタッフの落合から友達が朱音にお弁当を分けてくれたと聞いて安堵した。

しかし、それは一瞬だった。落合は眉根を寄せ、心配そうに千夏に耳打ちした。

「実は朱音ちゃん、まどかちゃんと言い争いしてたんです。朱音ちゃんが怒って、まどかちゃんに摑みかかろうとして」

身体が強張る。

「何があったのか、朱音ちゃん言ってくれなくて。この時期、子供達も受験勉強に疲れてきて不安定になることがあるんです。お母さんもお忙しいと思いますが、ちょっとよく見てあげて下さい。こちらでも、極力注意して見守りますので」

心配そうな落合に礼を言い、千夏は新光学院を後にした。自転車のハンドルに手を置き、教室のある窓を見上げる。目隠しがされているため、室内の様子は見えない。重い息を吐き、ペダルを踏み込んだ。

千夏がまどかを特別に思っていることに、朱音はひどく傷ついている。まどかに摑みかかろうとした朱音の気持ちに想いを馳せ、強く唇を嚙んだ。

きっと原因は、全て自分にある。

コンビニの白い光が目に入った。千夏は吸い寄せられるように自転車を駐輪スペースに滑り込ませた。明るい店内を一直線に冷凍庫に向かう。

アイスを買って帰ろう。朱音の好きな、チョコモナカジャンボ。ちゃんとお弁当を食べていないのだから、お腹を空かせているに違いない。帰って夕食を済ませた後、デザートに出してあげよう。お風呂上がりでもいい。

朱音がお腹に宿り、初めてエコーでその姿を目にした時、無意識に涙が零れ落ちた。朱音が生まれた時、初めてお乳を吸った時、笑顔を見せた時。寝返りに成功した時、ハイハイを始めた時、つかまり立ちから一人で歩き出した時。

嬉しくて涙が止まらなかった。

もう、間違えない。

夏期講習はいつもより早く、八時過ぎには帰宅する。迎えに行こうかと思ったが、もし朱音が友達と出てきたら、なし崩しになってしまう気がした。きちんと向き合う機会を失ってしまう。それだけは嫌だった。千夏は家で朱音の帰宅を待つことにした。

そうして、今。九時の時報が奏でられ、さらに十分が経った。

……遅い。

スマホを見てみるが、朱音からのメッセージは来ていない。

どうしたんだろう……スマホを戻した時、カタン、と物音がした。

「朱音?」

安堵の息を吐き、玄関に急ぐ。しかし誰もいなかった。外廊下の靴音が、段々と遠ざかって行く。

朱音。どうしたの。どうして、帰って来ないの。

心臓が重く打ち付け、黒い不安が千夏を覆い尽くす。

千夏は、朱音を憎み続けてきた。その死すら、願った。親としての禁忌を、自分の身勝手な思いから、望み続けてきた。

まさか──罰が下ったのか。

足から力が抜け、玄関に跪《ひざまず》いた。心臓が荒れ狂い、叩き潰されそうだ。

〈道を開けて下さい！　救急車が通ります！〉

サイレンと共に聞こえた声に、千夏の身体がびくりと揺れた。

救急車。脳裏に過る、道路に横たわる朱音の小さな体。血まみれになり苦しそうに歪む朱音の顔……。

「あ、朱音っ……！」

弾かれたように立ち上がり、マンションを飛び出す。サイレンの方に、懸命に駆ける。街灯が、信号の明かりが、滲むようにぼやける。溢れる涙を拭うことも忘れ、千夏は走り続けた。

朱音、朱音……朱音……！

泣きじゃくりながら、やっと救急車に追いついた。回転する赤色灯が人だかりを照らし出すそこは、住宅地の中に悠然と建つ大きなマンションの前だった。

茫然と見上げる千夏の周りにさらに野次馬が集まってくる。

「何なに、どうしたんですか?」

「分かんないけど、マンションから転落したらしいよ」

「小学生くらいの女の子だって」

その言葉が耳に入った途端、千夏の心臓が爆発しそうになった。

「い……いやあーっ!」

叫びながら、人混みを掻き分ける。

「朱音、朱音えっ!」

嫌だ。嫌だ。こんなの。嫌だ。ダメだ。朱音。ダメだ。朱音。朱音。

前に出ようと、必死に人の腕や肩を摑んでは隙間に身体を捻じ込む。人だかりはまるで壁のようだが、力任せに入り込み、ようやく前方が開けてきた。最後の一人の腕を摑む。

目を留めた瞬間、息を呑んだ。

腕を摑まれた相手も、驚いたように千夏を見つめる。赤く照らし出される、見開いてもシジミのように小さな目。頬も、鼻も、丸い顔……。

「ああっ……！」

不意に、叫び声が響き渡った。我に返ると、無残な形にひしゃげた植栽から血の海が広がっていた。植栽に埋もれるように横たわる少女、そして駆け寄る女性……。

「まどか、まどかあっ！」

季実子。そして、中学生くらいの少女。

「まどかっ！　まどか、まどかっ！」

叫び駆け寄る二人を、救急隊員が宥めながら押さえている。パトカーのサイレンも響いてきた。幾つも輝く赤色灯が、季実子に陰影を作る。髪を振り乱し、充血した目で娘の名前を絶叫し続ける季実子が、赤く、暗く、照らし出される。

千夏には、今見ているものが何なのか、分からなくなった。いつも穏やかで優しい笑みを浮かべている季実子の、正気を失った姿。まどか、まどかと呼び続ける、悲鳴。

まどか。

あの血の海に横たわっているのは、朱音ではなく、まどかなのか。

不意に身体が震え出した。

じゃあ、朱音は？

「あ……朱音……」

まどかと季実子達を乗せ、救急車が走り出した。人だかりが少しずつ崩れていく。散っていく人々の中に朱音を捜すが、見当たらない。

流れ落ちる汗が冷たい。まさかどこかで、まどかのように血まみれで倒れていたりしたら。車に轢《ひ》かれたり、通り魔に刺されたり、もしも、もしも世を儚《はかな》んで……。

絶望に呑まれ何も考えられないまま、歩き出そうとした。だがよろめくばかりで、前に進めない。

ふと、太ももに微かな振動を覚えた。

ジーンズのポケットに入れたスマホが、着信を知らせている。

急いで引っ張り出す。歩き去る人々とぶつかりながら、画面をタップした。

「……ああ……」

思わず声が漏れ、膝の力が抜けてその場にしゃがみ込む。

『ママ、どこ？』

スマホから耳に届いた朱音の声に、千夏は涙が溢れて止まらなかった。

＊

ベッドサイドのライトが眠りについた朱音の頬を頼りなく照らし出す。その傍らで、千夏は静かに上下する胸元を優しく叩いた。

リビングからは、テレビの音が漏れてくる。高志が帰って来たのだ。聞くとはなしに聞きながら、朱音の耳に後れ毛をかける。

すっかり少女らしくなったのに、寝顔にはまだ赤ちゃんの頃の面影が残っている。傷一つない穏やかな横顔に、抱きしめたくなる感情が溢れてくるのを何とか抑えた。

朱音からの電話を受けた後、千夏はもつれそうになる足で帰宅した。リビングのソファに座る朱音を見た途端、駆け寄ってその身体を抱きしめた。狂おしいほど会いたかった、娘。折れそうな程細く頼りない背中は、しっとりと少し冷たかった。首筋に残る汗の匂いに千夏は心の底から安堵した。

「痛い」

不機嫌そうに千夏の腕を振り払う朱音の顔を見る。アーモンド形の奥二重の目に小さな鼻、丸い頬にぽってりした唇……確かに自分の産んだ娘。直《じか》に感じる体温に、涙が零れ落ちた。

生きていた。

私の娘は、朱音は、生きていた。

今までの千夏の言動がまだ許せないのだろう、目を合わせようとしない。いつもなら癪に障る態度だが、そんな感情はもう湧き上がって来ない。千夏は眉をしかめた娘に、順を追って説明をした。まどかがマンションから転落したらしいこと。家族に付き添われ、救急車で運ばれて行ったこと。

不機嫌な朱音の顔色が、みるみる蒼白になっていった。何か言いたそうに口をパクパクと動かすが、声が出ない。

急に、怖くなった。

転落して血まみれのまどか。

季実子が泣き、縋りついても、ぴくりともしない血の海のまどか……。

朱音の寝顔を見ている今でも、脳裏から離れない。這いあがるような恐怖と共に。

まどかはこれからどうなってしまうのか。

ちゃんと回復して、元通り聡明な天才少女に戻れるのか。

まさか、命を落としたりは……。

思わず強く朱音の腕を摑む。ううん、と唸《うな》るように声を出し、朱音が寝返りを打った。ごめん、と小さく呟き細い背中をさする。

リビングから聞こえてくるテレビの音がニュースに変わった。

〈……今日九時ごろ、世田谷区のマンションから女子児童が転落しました。救急搬送されましたが、意識不明の重体です……〉

「……っ……」

朱音が無事なのは嬉しい。だが今は、まどかを襲った不幸がそれを凌駕《りようが》する。あまりに近い死の恐怖に激しく情緒が波打ち、吐き気すらもよおす。耐え切れず千夏は朱音の隣で丸まり、娘のパジャマを強く、強く握りしめた。

*

〈では次の話題です。昨夜九時頃、世田谷区経堂のマンション敷地内で、小学六年生の女子児童が倒れているのが発見されました。女子児童はマンション四階の非常階段

から転落した模様で、未《いま》だ意識不明の重体です……〉

テレビのチャンネルを変えるが、同じ話題だ。千夏が眉根を寄せると、昼食のダイニングテーブルに着いていた朱音が「消して」と低く言った。見たくなかったのですぐに消し、振り向く。だがそこには朱音の姿は無かった。見ると、用意した焼きそばには全く手が付けられていない。

千夏が小さく息を吐く。自分も全く食欲がわかない。

まどかの転落事故は、情報番組で朝から大きく取り上げられていた。ただの事故ではない。まどかが中学受験を控えた、しかも全国トップの天才少女であることに加え、その転落があまりに不自然なことに、焦点が当てられていた。不慮の事故にしては手《て》摺《すり》が高過ぎる。自殺にしては、動機が無い。つまり……。

ゾクリと戦慄《せんりつ》が走る。慌てて頭を振る。

転落したという事実だけでも恐ろしいのに、誰かの故意だった可能性があるなんて。

運良く植栽があったから命は助かったが、意識不明の重体だ。

昨日、まどかの転落の話を聞いて、朱音は口をきかなくなった。ただ一言、「夏期講習、休みたい」とだけ口にして。

何も考えることなく、千夏は承諾した。

昨日までなら、この天王山に一体何を考えているのだと一喝し、無理にでも塾に連れて行っただろう。だが、まどかの転落がもしも無差別に中学受験生を狙う事件だとしたら、朱音も標的になるかもしれない。

たとえ仮定であっても、心臓が凍り付きそうになる。

子供より大切なものなど、ひとつも無い。


朱音が夏期講習を休んで三日目のことだった。

『こんにちは。新光学院の笹塚です』

室長からの電話だった。

電話の液晶画面に出た〈新光学院〉の文字を見た時、胸が塞いだ。きっと、朱音がずっと休んでいることについての電話だ。スタッフではなく室長からとなると、以前ならクラス落ちの連絡かと不安に駆られただろう。しかし今は、戸惑いが大きい。

千夏の困惑に気付くことなく、室長は続けた。

『朱音さん、ずっとお休みしていますが、体調の方はいかがですか』

心底心配そうな声だ。室長のいたわりに安堵を覚え、「お気遣いありがとうございます、大丈夫です」とすんなりと答えられた。

『そうですか』

そう言うと、室長は一瞬言葉を切った。不自然な沈黙が流れる。何かを言い淀んでいる気配を感じ取り、聞き返そうとした矢先、室長が先に言葉を繋いだ。

『……まどかさんの転落事故があった日、なんですが……まどかさんと朱音さんが、喧嘩をしたそうなんです』

「ああ……ええ」

知っている。スタッフの落合に訊いた。しかし、続く室長の話に、千夏は慄然とした。

『一緒にいた友達の話だと、まどかさんから言われたことに朱音さんがひどく怒って。普段にこやかなお子さんなのに、手が出たようで。それで、その子が聞いたらしいんです。朱音さんの独り言を』

「独り言」

『〈まどかなんて、この世からいなくなればいい〉』

思わず息を呑んだ。頭が強打されたような衝撃に、目の前がぐらりと歪む。

そんな千夏の様子など知らず、室長は続ける。

『お母さん、朱音さんに気を付けてあげて下さい。ひょっとしたら、まどかさんの転落事故を自分のせいだなどと考えているかもしれません。自分を追い込んで、思い詰めているかもしれません。受験勉強の時期としても、不安定になりがちな時ですし、特に小学生の女の子は自分と他者の因果関係に思い悩みがちです。もし朱音さんがこの一件で自分を責めているようなら、それは違う、朱音さんは関係ない、と言ってあげて下さい。お願いします。夏期講習の方は、朱音さんが戻れたときに出来るだけフォローをしますので、ゆっくり心を癒やしてあげて下さい』

お大事に、という言葉と共に、室長からの電話は切れた。

受話器を置いたが、千夏の心臓は激しく胸を叩きつける。

まどかなんて、いなくなればいい。

そう朱音が願った後、まどかは転落した。

顔にかかる髪を耳にかける。震える指先が氷のように冷たいことに、千夏はさらに動揺した。

ふらりと立ち上がる。朱音の顔が見たい。顔さえ見れば、安心する。心に広がる訳の分からない不安など、きっと払拭《ふっしょく》される。朱音の顔を、見れば。

「何」

ノックに、朱音が応えた。ドアを開くと、薄暗い部屋の中、机に向かう朱音の後ろ姿があった。

「勉強？」

朱音の手元を覗き込み、千夏は目を見開いた。

机には、本が置かれている。『銀河鉄道の夜』と『坊っちゃん』……以前千夏が朱音に渡した本だ。だがそれはバラバラに引き裂かれ、本の体裁を失っていた。

「これよりもっと難しいのを、まどか、読んでたんだよね」

手にした本の残骸を床に放り、朱音は千夏を見上げた。

「ママ、悲しい？　まどかがもう難しい本を読めなくなって」

朱音の目。ガラス玉のように、心の無い目。

答えられず目を逸らした千夏に、朱音は続けた。

「ママ、まどかをずっと追いかけてたんだってね。まどかを追って、お茶の水まで行ったんだってね。それであたしのお弁当、作らなかったんだってね。あたしなんかよりまどかが娘だったらいいって、本当だったんだね」

「……何で、それを……」

「まどかから聞いた」

そう言うと朱音は、散らばった本の残骸を、ゴミ箱に落とした。バサバサと紙の落ちる音を聞きながら、朱音が強く吐き捨てた。

「本当に、いなくなれば良かったのに」

ゴクリ、と呑み込む息が硬い。そんなことを言ってはいけない、という言葉が、出ない。それよりも、まさか、という思いの方が先にあった。

室長の言葉。朱音の眼差し。

大きくうねる不安の波が、千夏を呑み込もうとする。

自分の心に刻み込むように、強く、強く言い聞かせる。

朱音は、絶対、関係ない。

絶対、まどかの転落に関係ないのだ。

＊

そんな折、新光学院から、緊急保護者会のお知らせが来た。

緊急で招集されたにも拘《かか》わらず、保護者会はほぼ満席だった。

いつも穏やかな表情の笹塚と落合も、明るく元気な村上も、ひどく緊張した表情で保護者達を出迎えている。

正直、参加するか迷った。まどかの転落した姿を見た衝撃はまだ癒えていない。このまま中学受験を続ける自信も無い。そんな千夏をこの場に連れてきたのは、事実を知ることが出来るのではないか、という一縷《いちる》の望みだった。面白おかしく騒ぎ立てるワイドショーや週刊誌報道ではなく、まどかの転落についてのたった一つの真実。

だが、その期待はあっけなく打ち砕かれた。

保護者会が始まり室長が口を開いた途端、参加者の不安が一気に溢れ出した。

「まどかちゃんの転落、事故なんですか？　それとも、事件なんですか⁉」

「普通に考えたら、そんな事故なんてありえないわよね」

「言い争う声が聞こえたって話ですよね、そして悲鳴が聞こえたって。事件って、これってもう殺人なんじゃないですか⁉」

ヒステリックな質問が後から後から吐き出される。室長は冷静に応じ、今後の塾としての対応と保護者に対しての要望などを説明するが、疑惑を払拭出来ない保護者達の声は止まらない。

「どう考えても突き落とされたのよね」

「あの子、敵が多かったって話よ」

切れ切れに耳に入る話し声に、千夏の身体がビクリと反応した。

「そうそう。頭が良いのを鼻にかけて、Ａクラスの子さえもバカにしてたって」

「うちの子が言ってたもん、あの子の転落の話聞いた時、『いつか誰かに殺されると思ってた』って」

マジで？　と保護者達がひそやかに笑う声を聞き、腹の底から、吐き気が込み上げてきた。

殺したいと思うほどの感情を抱いている、〈誰か〉。

朱音がそんなことをするわけがないと、信じている。

でも。

全身の血が引く。身体が震え、その弾みでペンが落ちた。それに気付く余裕もなく固まっていると、隣に座った詩織がペンを拾った。

「どうしたの、真っ青よ」

「……ん、うん、ちょっと……」

いつの間にか大教室の扉は開けられ笹塚の姿は無くなっていた。だが周囲の保護者達は熱心に喋り続けている。

〈青島まどかの殺害未遂〉について。

上手く呼吸が出来ない。落ち着こうと強くブラウスの胸元を握りしめるが、その手も血が通っていないかのように冷たい。ママ友とのお喋りに夢中な詩織は千夏のそんな様子に全く気付かず、「怖いわよね〜」と笑っている。

「ねえ、まどかちゃん、やっぱり妬まれたのかしらね。勉強が出来ても、あんな性格じゃあ、仕方ないわよね。季実子さんはあんなに優しいのに、なんであんなになっちゃったのかしら。うちの春姫なんて、私がとにかく優しく丁寧に育てたから、本当に心の温かい子に育ったのよ。普通は育てたとおりになる筈なのに、ねえ、千夏さん」

「……ごめん。私、先帰る」

立ち上がるが、身体が傾く。片手を机につき、なんとか体勢を整え目立たないよう背中を丸める。詩織は自慢話に夢中で、千夏が帰ることにも気付かないようだった。

玄関を開けると、家はシンとした闇に覆われていた。

「……ただいま」

リビングに入る。月明かりの中、朱音がソファに腰掛けていた。

あれだけ好きだったファッション誌を広げている訳でもない。ただ、座っている。

ようやく、気付いた。

リビングの片隅にある塾の教材が積み上がった机。学校の教科書とあらゆるプリント類が詰め込まれた書棚。壁や天井の歴史の年表や地図。四字熟語、ことわざ、理科の定理……どんな隙間時間も無駄にしないよう、試験の点数が、偏差値が、一つでも上がるよう、千夏主導でカスタマイズした勉強スペース……自宅でありながら、ここはまるで戦場だ。

外で戦い、帰ってからも戦いを強いられる生活は、苦しかったはずだ。なのに私は、そんな気持ちを知ろうともせず、自分の思い描いた理想の姿を押し付けた。朱音に、朱音じゃない子供になることを命じた。

私は、朱音の魂を殺そうとしたのだ。

朱音は殺されまいとした。

だから、まどかを殺すことにした。

対峙する朱音とまどか。ひと気の無いマンションの非常階段。夏の夜の重い闇の中、泣きながら怒る朱音。笑うまどか。汗の匂い。まどかに摑みかかる朱音の手。笑みを浮かべて振り払うまどか。見開かれる朱音の目。深く、憎悪の色を宿して……。

鼓動が激しくなる。

まどかを突き落とした後、朱音は誰もいない家に戻ったのだ。闇に包まれ、初めて自分の犯した罪の大きさに怖気《おじけ》づき、不安に襲われたのではないか。

『ママ、どこ』

自分の魂を殺そうとした母に、それでも、助けを求めてくれたのだ。

「……ごめんね……」

震える声に、朱音が振り向く。その身体を、千夏は抱きしめた。

「ごめんね……朱音、本当にごめんね」

「何を……」

「大好き」

千夏の腕から抜けようとする朱音の手が止まる。抱きしめる腕に力を込める。

「大好きよ、朱音。ママのたった一人の朱音」

「……何、言ってんの……」

そう言った朱音の口元が歪む。頬が微かに震え、涙が零れ落ちた。

「朱音」

「……ごめんなさい……」

朱音が千夏の背中に両手を回し、胸元に顔を埋めた。赤ちゃんの頃いつもそうしていた、世界で一番安心出来る場所。泣きじゃくる朱音の涙が、あの頃と同じように千夏の胸を濡らしていく。

「ごめんなさい……今まで、本当に、ごめんなさい、ママ……」

「違う、ママこそ、ママこそ本当に……」

言葉よりも、涙が溢れて止まらない。

許してくれている。

こんなに愚かな母なのに、朱音はその愛を受け入れてくれている。

胸元で震える頭を優しく撫でる。柔らかい髪に包まれた頭を掌で包む。まだこんなに小さかったのか。壊れそうなほど、繊細な身体だったのか。

これからは、何があっても朱音を見失わない。目の前の朱音だけを慈しみ、愛していく。たとえ何があっても、朱音を守り抜く。

――たとえまどかに手を出したのが、朱音だったとしても。

千夏は唇を噛み、朱音を強く抱きすくめた。

「ママ？」

「ああ、ごめん。苦しかったね」

泣き顔に笑みを浮かべ、千夏は手を緩めた。そして娘の両頬に掌を当て、流れる涙を拭った。

「大好きよ。大事な大事なママの朱音。もう、朱音を悲しい目に遭わせるようなこと、絶対しない。何があっても、朱音の味方になる。これから、ずっと」

まっすぐな千夏の目を見つめ返し、朱音は恥ずかしそうに小さく笑みを見せた。小さい頃によく見せた、「朱音、いい子ね」と褒められた時のくすぐったそうな笑顔。

世界中を敵に回しても、私はこの子を守る。

絶対、守り抜いてみせる。

＊

「朱音、麦茶のコップ並べてくれる？」

千夏の声に、朱音が「はーい」と猫のイラストのグラスを取り出した。もうすぐ七時、猛暑が続いているとはいえ、日の沈む時間は少しずつ早まり、西の空は紅《くれない》を帯びた紫色に染まっている。今日も高志の帰宅が遅いので、二人で先に夕食を摂る。

「今日のお夕飯なあに？」

「カレーだよ。夏野菜たっぷり」

「やったあ」

朱音の明るい声に、千夏は微笑んだ。保護者会の日以来、嵐のような荒《すさ》んだ日々はなりをひそめ、優しく穏やかな時間が続いている。受験勉強さえなければ、朱音は朗らかでお茶目な子なのだ。家の中は朱音の笑顔で柔らかい光に満ちていた。これこそ、心の安らぐ場所だった。

朱音が言い出すまで、受験のことは口にしないことにした。ようやく訪れた時間を、今は守りたかった。

「あれ、ママ。スマホ、チカチカしてるよ」

「え？」

火を止め、リビングで充電しているスマホを手にした。メール通知。新光学院からだ。

「何だろ」

塾生への一斉連絡メールだ。プリントやホームページ掲載ではなく、個人のアドレスにメールが来るなんて、緊急保護者会の時以来だ。なんだろう……緊張しながらメールを開く。その内容に、千夏は思わず目を見開いた。

「どうしたの？」

朱音の声に、慌ててアプリを閉じる。

「ん、んと、何かね……長いから、後でゆっくり読む。お腹空いたでしょ、食べよ」

出来るだけ平静を装い、笑顔を向ける。心臓が乱打するのを気付かれないように。

新光学院からのメールは、注意喚起だった。保護者会後も犯人捜しや憶測が飛び交う様子が見られるので、保護者は子供達の精神面に注意して欲しいということだ。

犯人捜し……心臓が凍り付きそうになる。

新光学院は、そしてお友達は、朱音がまどかと不仲だったことを知っている。塾はまだしも、子供は口が軽い。朱音の「まどかなんていなくなればいい」という発言が、まかり間違って警察の耳に入りでもしたら……。

「ママ、ご飯どれくらい？」

絶望に転がり落ちそうになる意識が、引き戻される。振り返ると、朱音がカレー皿にご飯を盛ろうとしていた。しゃもじを持って、ニッコリ笑っている。

この子が、捕まる。

警察に連行される恐怖に強張った朱音の顔。その想像に、胸が強く締め付けられる。

そんな訳がない。朱音は無関係だ。まどかの転落とは、全く関係ない。

朱音がご飯を盛った皿にカレーをよそいながら、考える。

まどかを恨み、憎んでいた、他の誰か……ふとある光景が蘇る。ぼんやりしたそれが、みるみる鮮明な画像に解析される。

まどかの転落現場。沢山の野次馬。その中に、いた。だがその後、どこに行った？　目が合ったのに彼女は無言だった上、いつの間にかいなくなっていた。知っている少女が、直前に喋ったばかりの子が、血の海に横たわっているというのに。

彼女はまどかを恨んでいる。憎んでいる筈だ。まどかに辱《はずかし》められ、嘲笑されたのだ。プライドを粉々に打ち砕かれ、深く傷つき報復を誓ったに違いない。朱音なんかより、ずっと強く。

彼女——聡の母、敦子は。

警察はこのことに気付いているのだろうか。聡とまどかは、塾も学校も違う。接点が無い。

千夏が知っている事実以外。

鼻歌を歌いながらカレー皿をテーブルに並べている朱音に、千夏は出来るだけ明るい声を掛けた。

「いけない、ドレッシングがあんまり無かったんだ！　ちょっとコンビニに行ってくるね！」

早口でそう言うと、財布とスマホを手に家を出た。

マンションの廊下に出ると、急いで外へと走った。スマホから掛けたら履歴が残る恐れがある。迷うことなく、公衆電話に向かう。

これから話す私の言葉を、誰にも聞かれませんように……祈りつつ、公衆電話にコインを入れる。

武者震いだろうか、手が何度もプッシュボタンを押し間違える。焦りを押さえるように歯を食いしばり、操作を続けた。ようやく番号を押し終え、受話器を耳につける。電話のコール音が掻き消されるくらい、鼓動が響き渡る。

『はい、世田谷中央署です』

緊張で心臓が止まりそうになる。喉に力を入れ、震える声を絞り出した。

「あ、あの……先日、女の子が、あの、世田谷のマンションで女の子が落ちた、あの事件、事故、なんですけど……」

あらかじめ話すことは考えてあったのだが、いざとなると頭が真っ白になり、上手く出てこない。しかし、言わなくてはならない。

怪しいのは、敦子だと。

何があっても、朱音を守るのだ。

＊

西向きの勉強部屋の窓から、茜《あかね》色に染まる雲がよく見えた。夕刻にも拘わらず日差しは相当の強さだが、夏の日脚は短いので、クーラーで冷えた室温に差し障りは無い。

聡は丸い指で消しゴムのカスをゴミ箱に落とし、テキストや資料集で一杯の勉強机から離れた。綺麗にしたノートを手に、リビングに向かう。

「お母さん」

おずおずと顔を出す。

暗い。いつもはワイドショーで賑やかなテレビも、最近はただの黒い穴のように静まり返っている。

沼の底のようなリビングに、敦子は座っていた。所々破れかかった古いソファに、一人、宙を見つめたまま。

聡が塾をサボり、激昂した母に駅で凄絶な叱責を受けたあの日。帰宅後、敦子は聡に一言も声を掛けることなく、夕食も作らなかった。そしてふらりとどこかに出掛けた。

その日以来、ずっとこうなのだ。

あれから一週間か、十日か。ずっと受験勉強に腐心し、尽くしてくれた敦子が、聡に見向きもしなくなった。塾に行くのを勧めることもなく、励ますこともない。家事すら手を付けなくなり、父親も多忙なため家は荒れ放題だ。

ずっとソファに座り続けている敦子は、まるで魂が抜けてしまった、人の形をしたただの塊のように見える。

「お母さん」

無反応の母に、聡はもう一度声を掛けた。

「あ、あのね、僕、塾の宿題終わらせたよ。すごい時間掛かっちゃったけど、頑張ったよ。明日から、また、塾行くよ」

両頬を上げて、明るい表情を作る。以前であれば敦子が何よりも喜ぶ言葉だ。

だが敦子は、聡に目を向けることもなく、塊のまま黙っている。

泣きそうになる。でも、泣いちゃダメだ。

僕がもっとちゃんと勉強が出来ていれば、青島さんにあんなに言われなくて済んだ。僕に絶望した上、青島さんに酷いことを言われて、お母さんは壊れてしまったんだ。

自分のせいで。何もかも、自分のせいで……。

悔しくて、悲しくて、胸元に抱えたノートを握りしめる。

その時、オートロックのチャイムが鳴った。

動かない母の代わりに聡が見る。モニター画面には二人の男が映っていた。

誰だろう……居留守を使った方がいいだろうか。逡巡《しゅんじゅん》していると、もう一度チャイムが鳴った。男の顔がひどく怖くて、開けないといけない気がする。聡はおそるおそる応答ボタンを押した。

「……はい」

『こちら、高崎さんのお家で間違いないですか？』

「あ、はい」

『お子さん？』

「あ、はい」

『お母さん、いますか？』

「あ、はい」

知らない人だけど、うちのことを知っているようだ。聡はリビングにいる敦子を呼んだ。「お母さん、お客さん」

敦子は微動だにしない。無理だ。今お母さんは、ここにいるけど、いない。

お母さんは、出られません。そう言おうとした時、男の一人が敦子に届くように、声を張った。

『警察です』

え。

聡が振り向く。敦子と目が合う。

ゆらりと敦子が立ち上がる。だがその足はガクガクと震え、蒼白になった顔に見開かれた目は恐怖に満ちていた。

二〇二三年　八月　現在

〈まどかちゃんが、ＩＣＵから一般病棟に移ったんですって〉

オシロイバナ、キンギョソウ、サルビア……プランターで色とりどりに咲く花に水をやっていると、詩織からメッセージが入った。ベランダといえども夏の日差しはバカに出来ない。目深《まぶか》に被《かぶ》った日除《ひよ》け帽のツバを上げ、スマホをタップして全文を読む。

〈まだ意識は戻らないらしいのだけど、病状が安定したそうなの。室長先生に聞きました。良かったわよね〉

危険な状態は脱することが出来たのか……安堵の溜息が零れる。

〈春姫も、まどかちゃんのことをずっと心配していて、他のママ達も、みんな気にしているみたい。それで、今度みんなでお見舞いに行こうって相談しているの。お友達の声を聞いたら、まどかちゃんも意識が戻るんじゃないかって、春姫が言っていて。良かったら、朱音ちゃんもどうかしら？〉

はあ？　意識不明の子のお見舞いにぞろぞろと行く意味とは？

額に滲む汗を手の甲で拭きながら、相変わらずとんちんかんな詩織の感覚に呆れかえる。

またいつもの野次馬根性に違いない。娘の提案と言いつつ、天才と謳われた少女の変わり果てた姿を拝んでみたくて堪らないのだろう。

ポロン、ポロン、と、続々と詩織からのメッセージが届く。

「ずいぶんメッセージが来るね」

朱音がベランダに顔を出した。片手に『中学受験・出る順歴史用語辞典』を持って。

「あれ、どうしたの」

「うん。そろそろ、塾行こうかなと思って」

「え、新光学院？」

もう半分忘れかけていた。というか、忘れようとしていた。思わず聞き返した千夏に、朱音は鼻の付け根に皺を寄せて見せた。

「当たり前じゃん。他にどこの塾に行くっての」

「するの、中学受験？」

問いかける喉が、緊張でヒリッとした。まどかの事件以降、ずっと塾を休み続けることに、千夏は何も言わないでいた。中学受験はやめる、と言ったら、受け入れるつもりでいたのだ。だが千夏の問いに、朱音は大きく頷いた。

「うん。ホントはやめようかとも思ってたんだけど、なんか嫌で。結局逃げたのか、とか、受験無理だったんだって、みんなに思われるのが」

バカにされたくない、と、朱音は続けた。相変わらずの負けず嫌いだ。

安心するとともに、千夏の心の底に溜まっていた想いが、ぐるりと掻き混ぜられて浮かび上がる。

元気になったのは、まどかを消すことが出来たから？

いいや。もうそれは考えるな。即座に打ち消す。千夏の手の中で、またスマホが鳴った。

「またメッセージ？」

何？　と朱音がスマホを覗き込む。慌てて「何でもない」と隠そうとしたが、朱音は見逃さなかった。

「え、まどかの意識、戻ったの？」

「ううん、そういう訳じゃないみたいなんだけど」

「……いなく、ならなかったんだ」

零れ落ちた朱音の言葉に、ぎくりとする。

『いなくなれば良かった』……あの強い言葉を聞いた時の恐ろしさが蘇る。今の真意を知りたいが、朱音の表情は変わらない。

「お見舞い、行くの？」

「行かない」

即答した千夏を、朱音が見つめる。揺らぐことのない眼差しのまま、「そう」と小さく答えた。そしてスマホを持つ母の手元を見つめ、ゆっくり息を吐いた。暑い夏の風が額の髪を揺らした時、朱音は手にした参考書を閉じた。

「行こうよ」

思いがけない言葉に驚く。だが朱音の目には、動揺も戸惑いも見られない。支度する、と言って、自分の部屋へと背中を向けた。

その後ろ姿を、千夏は茫然と見つめた。

*

アスファルトに大きく枝を広げた欅の影が落ちる。ほんの少しだけ風が涼しくなるのを感じながら、玲奈は何度もトートバッグの中を見て、手紙がちゃんとあることを確認した。

昨日はるかから、まどかが一般病棟に移ったという連絡があった。まだ意識が戻ったわけではないけど、というはるかの声に生気を感じられたことに安堵を覚えた。危機を脱したことで、少しは母の精神状態も良くなっただろう。

欅の影が切れる。玲奈は日傘を開いて、小さく息を吐いた。そして、そびえ立つ病院にゆっくりと足を向けた。

まどかを突き落とした犯人の目星もついた。今日まどかの母とはるかに話すつもりだが、もう警察から聞いているかもしれない。

これで一件落着……の筈だが、玲奈の心に満ちた霧は、一向に晴れない。

まどかの意識は戻るのか。動けるようになるのか。また夢を追うことが出来るのか。

あの子を今まで突き動かしていた、たった一つの夢を。

玲奈は祈るように、トートバッグにそっと手を当てた。

*

バスから降りると、全身が夏の熱気に包み込まれた。真っ白な日差しが眩しくて、千夏は急いで日傘を差した。

「うわあ、あっつい！　ママ、入れて」

くっ付いてきた朱音に日傘を傾ける。信号を待っていると、「千夏さん！」と呼ぶ声が聞こえた。

滴るような濃い緑に覆われた病院の正門で、大きな紙袋を持った詩織が手を振っている。詩織にくっついて日傘に入っている春姫と、春姫と同じクラスの母子が二組、並んでいるのが見えた。

「ちょうど良かった。私達も、今着いたとこ」

　ピンクに白いドットのタオルハンカチで額の汗を押さえながら、詩織が笑顔を見せた。今日は夏期講習最後のテストで、午前中で塾が終わり、その足で来たそうだ。ずっと休んでいたので、スケジュールなどすっかり忘れていた。苦笑する千夏を、朱音が見上げて舌を出す。

「朱音ちゃん、どう？　大丈夫？」

　詩織が優しい笑みを朱音に向けた。心配して尋ねているようだが、目の奥で明らかに楽しんでいるのが分かる。それは面白いだろう。今までずっと自分の娘の先を行っていた朱音が、天王山の夏期講習をドロップアウトしたのだ。ジワリと怒りを覚えたが、朱音はきっぱりと言い放った。

「はい。これからエンジンかけて、二学期に巻き返します」

「あ、あら……あらそう。頑張ってね」

　もう受験はやめる、という答えを期待していたのか、詩織の笑顔が強張る。しかしすぐにあとの二人の方に向き直り、「さ、千夏さんも来たし、行きましょうか」と、歩き出した。

　詩織を先頭に、ぞろぞろと病院内に向かう。子供達は同じEクラスの三人が固まり、朱音は一人離れている。その姿がひどく寂しそうに感じて、千夏は朱音の手を握ろうとしたが、すぐに払われた。親と手を繋ぐなど、恥ずかしくて堪らないのだろう。しかし三人の母達もEクラスの話で盛り上がっていて、千夏の方こそ居心地が悪かった。

「お花、詩織さんが選んだの？　可愛いブーケ」

詩織が手にしている紙袋を覗き込み、一人が明るい声を上げた。

「ええ。病室に明るい色があったら、まどかちゃんが目を覚ました時に喜ぶかな、って思って。お花屋さんに、沢山注文付けちゃった」

ピンク色をメインにしたブーケを見せながら、詩織が笑った。

「さすが、詩織さん！　素敵な気遣い、まどかちゃんきっと喜ぶわよ！」

「ホント。それにしても可愛いお花ばっかり。どこで買ったの？」

「うん、すずらん通り商店街のね、以前メロンパン屋さんがあったとこ」

「最近ずいぶん商店街のお店入れ替わったもんね」

「そう言えば、一度よそに移ったロールケーキ屋さん、またすずらん通り商店街に戻って来たのよ。イートインまで出来て」

「ホント？　わあ、良かった！　ねえ、今度みんなで行かない？」

「いいね、行こ行こ！」

面会窓口で受付をしながら、詩織達は女子高生のようにきゃあきゃあとお喋りをしている。エレベーターホールにいる人々が迷惑そうな目を向けるが、一切お構いなしだ。子供達はというと、春姫のスマホを他の二人が覗き込み、大声で笑っている。

千夏と朱音はそれとなく彼女達から距離を置いた。嫌悪の目を向けられていることを知らせた方がいいかとも思うが、場が白けるのは明らかだ。

しかし、子供達がわあっと一層大きく笑い声を上げた時。

「あれ、あなた達。病院で騒ぐのやめな。ダメだよ、周りに迷惑」

鋭い言葉が、耳に入った。目をやると見慣れた顔があった。

「……村上さん」

「玲奈っち！」

名前を呼ばれた玲奈も、驚いたように目を丸くした。

華奢なレースの付いたブラウスとデニムのミニスカート、白いスポーツサンダルという、塾で見るよりずっとカジュアルな服装で、大学生らしい若々しさを醸し出している。何となく孤立していた朱音が、嬉しそうに玲奈に駆け寄った。その姿に彼女が戸惑いを隠せない表情を見せた。不意に大きな緊張が千夏を襲う。

「えっと……朱音ちゃん、久しぶり。ずっと休んでたけど……」

「うん！　でも、二学期からまた塾行くから！　休んだ分頑張るよ！」

朱音が笑顔で答える。その表情を見て、玲奈の強張っていた顔が、少し和らいだように見えた。単に朱音の長い休みを心配してくれていただけか……。安堵を気取《けど》られないよう、出来るだけ小さく息を吐いた。

「お見舞いですか？　ひょっとして、まどかちゃんの？」

平静を装って話しかけると、玲奈が小さく頷いた。

「ええ。青島さんから、一般病棟に移ったと伺ったので。小倉さんも？」

「そうなんです……みんなで」

「みんな」

玲奈が目をやると、詩織達が気まずそうな顔をして小さく会釈した。玲奈も会釈を返し、呆れたように鼻を鳴らした。

「お見舞いに行くのは遊びに行くのとは違うんですけど」

学生バイトに耳が痛いことを言われたのが癪に障ったのか、詩織が口元を歪めた。

「病院だからこそ、明るい雰囲気を出さなきゃじゃない？　みんなで笑って、暗い空気を吹き飛ばさなきゃ！　ねえ？」

ママ友二人がそうよそうよと笑顔で相槌を打つ。そして詩織達はまたお喋りに戻り、子供達もスマホに意識を戻した。

その様子に玲奈が大きく溜息をついた。いつもの笑顔はなく、眉根を寄せ足元だけを見つめている。

やっと来たエレベーターに乗り込む。外科の入院病棟は八階だ。音もなく上がって行くエレベーターはスケルトンで、緑豊かな公園から大きく広がる住宅地、遠くには新宿のビル群まで、素晴らしい景観が見られた。

「あ、見て！　東京タワー！」

「あっちにスカイツリーも見える！　すごい眺めがいいね、来て良かった！」

まるで高層ビルの展望台に昇るようなはしゃぎようだ。だが、浮き立った雰囲気も、ここまでだった。エレベーターの扉が開くと、思わず息を呑んだ。夏の明るい熱気は入って来られないのか、シンと空気の硬い別世界だ。

そこに、季実子が立っていた。

いつもの上品な朗らかさは消え、見る影もなくやつれ、すっかり老け込んでいる。

「……この度は、わざわざ来て下さって、ありがとうございます」

深々と頭を下げる季実子に白髪の束を見つけ、千夏は胸が押し潰されそうになった。

季実子はいつもまどかを想い、それはそれは大事に育てていた。まどかが素敵な女性に成長することを、何よりも夢見ていた筈だ。

その娘が、意識の戻らない寝たきりの姿になってしまった。

もし本当に朱音がまどかを突き落としたのなら。

私が季実子だったら、絶対許さない。死刑にしても足りないくらい、憎んで、恨んで、地獄に堕《お》ちることだけをひたすら熱望する。

不安と恐怖で身体が震えてくる。そんな千夏を、朱音が見上げる。

「ママ?」

何でもない、とかぶりを振るが、強張った頬に笑みを浮かべることも出来ず、ただ立ち尽くす。そんな千夏を置いて、詩織は軽やかに季実子に歩み寄った。

「いやだ、わざわざお迎えに出ていただいて。却《かえ》ってお気遣いさせてしまって、ごめんなさい」

明るくニコニコ笑い、手にした紙袋を季実子に渡した。

「これ、私からお見舞い。まどかちゃんが目を覚ました時、綺麗なものがあったら嬉しいかなって思って。まどかちゃんが好きなお花だといいんだけど」

ブーケを疲れた目で覗き、季実子は「ありがとう」と言ったが、その声は沈んでいた。

「せっかくだけど、ごめんなさい……感染予防のために、生花は病室持ち込み禁止なの」

詩織の顔が、色を無くし強張る。

「え、そうなの？　でも、まどかちゃん意識無いから、本も読めないしお菓子も食べられないでしょう？　そうしたら、お花しかないじゃない。以前お友達のお見舞いに行ったときは、すごく喜んでもらえたのに。ご迷惑になるなんて、思いもしなかったわ」

「いいえ、迷惑なんて、そんな……ごめんなさい、せっかくのお気遣いを」

「謝ること、ないです」

スウッと冷えた怒りが湧き上がった時、傍らの玲奈が低い声で言った。

「青島さんは悪くない。精神的に大変な時に、そこまで相手に気を遣わなくていいです」

「まあっ」

「それより、まどかちゃんの容態はどうですか？」

詩織が顕わにした怒りなど関知せず、玲奈は季実子に歩み寄った。気を遣わなくていいと言われてもなお、季実子は「家に飾らせていただきますね」と詩織に頭を下げた。生気を失っても、感謝を誠実に伝える清らかな心は変わっていない。それが千夏にはやり切れないほど切なく、辛かった。

「一応、一般病棟には移れたんだけど……」

玲奈の問いに言葉を濁らせ、季実子は母子達に目を向けた。

「あの、せっかく来ていただいたのだけど、お話は談話室でもいいかしら？　まどかは、ちょっと見てもらうだけにしていただいて、いい？」

詩織が不服そうに何やら口の中で呟くのが聞こえた。それが季実子の耳に入らないよう、千夏は「いいですよ、もちろん」と大きな声で答えた。笑顔を作ろうとするが、上手く出来ない。だが季実子は千夏に会釈をし、病室へと足を向けた。

消毒薬の匂いのする廊下は静かで、微かに電子音が聞こえてくるだけだ。生と死の狭間《はざま》にある空気に、一行も自然と口を閉ざした。ナースステーションの前を通り、廊下を歩いた突き当たりに、〈青島まどか〉と書かれたプレートが見えた。

「ただいま。お客様、見えたわよ」

穏やかに言い、季実子が引き戸をゆっくりと開けた。詩織を先頭にぞろぞろと入る。

個室で、カーテンにすっぽりと隠されたベッドと小さな応接セットがあり、一人の少女がノートとテキストを開いていた。

思わず息を呑む。

まどか……？

だがすぐ思い違いに気付いた。立ち上がり千夏達に会釈をした少女は、まどかより背が高く、よく日に焼けている。

「まどかの姉のはるかです」

はるかは千夏達にもう一度深く頭を下げた。

「妹がいつもお世話になっています。今日はわざわざ妹に会いに来て下さって、ありがとうございます」

季実子の丹精込めた教育の結果だろう。中学生とは思えない丁寧な挨拶を、淀みなく口にした。意識の戻らない妹のために、母と一緒に病院に詰めているらしい。妹思いの優しい姉。季実子の理想通りの娘に違いなかった。

「あら、お姉ちゃま？　確か敬陽に通われているのよね。お姉ちゃまも優秀でいらして……」

詩織がはるかに話しかけようとした時、季実子が言葉を挟んだ。

「あの、あまり長い時間は……」

「そうだった。じゃあ、ちょっとまどかちゃんに一目だけ」

詩織の言葉に頷き、季実子がベッドを囲んでいるカーテンを小さく開けた。

細い隙間から見える光景に、皆が言葉を失った。

ベッドに、まどかが横たわっている。

いや、まどかと思って見るから分かるのであって、もし教えられていなかったら、誰なのか分からなかっただろう。幾つもの点滴の管と、虫の羽音のような音を立てる電子機器に繋がれ、頭部を包帯で覆われている少女が、微動だにせず目を閉じている。

これが、まどか……？

才気と自信に満ちた目で、全国トップに君臨し続ける頭脳明晰な天才少女……？

呆然と立ち尽くす千夏の腕に、急に熱いものが押し付けられた。驚いて眼を向けると、しがみついた朱音が肩を震わせている。

「朱音……？」

「……ち……がう……」

嗚咽で声が裏返る。朱音は千夏の腕から離れると、一歩まどかに近付いた。

「まどか……あんた、死ななかったんでしょう？　じゃあ、起きなよ。何、暢気《のんき》に寝てんのよ。あたし、決めたんだよ。もう、負けないよ。あんたが寝てる間に、あたし本気出して、追い抜いちゃうよ。いいの、それでも？」

朱音がまどかの肩を揺さ振る。点滴チューブや電子機器を繋ぐコードが揺れ、詩織達が小さな悲鳴を上げた。慌てて千夏が止めに入る。

「朱音、やめなさい」

「まどか！」

千夏に腕を押さえられながら、朱音が叫んだ。

「起きなって、まどか！　まどか！」

「朱音！」

「嫌だ……嫌だ、こんなの……」

朱音は力尽きたようにズルズルとベッドの傍らに座り込み、泣きじゃくった。

「いなくなればいいって、思ってた……でも、こんなの違う……あんたは、輝いていなきゃだめだ……あたしを見下ろして、バカにして……あたしはあんたを見上げて……今度こそ絶対……超えてやるって……あたしは……あたしは……」

「朱音……」

「……悔しい……悔しい、こんなの……悔しい……」

「朱音ちゃん」

千夏の足元に泣き崩れた朱音の傍らに、季実子がしゃがみ込む。

「ごめんなさいね。まどか、あなたにも酷いこと言っていたのね。それなのに、まどかのこと想ってくれて、ありがとう。本当に、ありがとう」

嗚咽を上げる朱音の髪を優しい手で撫でる季実子の目からも、涙が零れ落ちた。

「じゃ……じゃあ、あたし達、先に談話室行ってるわね」

振り返ると、詩織が子供達の背中を押してそそくさと病室を出て行く姿が見えた。顔が強張り声が震えていたのは、今のまどかの容態が想像より重く、深刻だったからか。千夏も朱音を立ち上がらせながら頭を下げた。

「ごめんなさい、季実子さん。朱音がまどかちゃんに、余計なことを……お見舞いに来たのに、逆に迷惑をお掛けしてしまって」

「迷惑なんて、とんでもない……」

弱々しい笑みを浮かべて首を振り、季実子は涙を拭う朱音をじっと見つめた。

「本当に……ありがとう」

「季実子さん」

「先に談話室にいらしてて。ちょっと村上さんとお話しして、私達もすぐ行くわね」

千夏はしゃくり上げる朱音の肩を抱いて病室を出た。

朱音の涙は止まらない。千夏が差し出したハンカチを目に当て、肩を震わせながら、小さく呟き続けている。

「ダメだよ……目、覚ませよ、まどか……頑張れよ、絶対復活するんだ、負けんなよ……こんなことで……ダメだ……」

千夏は確信した。

朱音がまどかを突き落とす筈が、ない。

朱音はまどかを、嫌いながら、憎みながら、恨みながらも、その存在の大きさを認め、越えるべき壁として、自分の中でそびえ立たせていたのだ。

千夏の心をずっと押し潰していた重しが、ようやく消え去った。周りを覆っていた闇が一気に晴れるように、視界が明るく澄み切った。

朱音の肩を強く抱き、安堵の溜息をついたその瞬間、違う憂いが胸を満たす。

では、本当の犯人は……？

顔が浮かぶ。息子を自慢しながらもどこか卑屈な笑みを浮かべている、小さな目。赤色灯に照らし出された、強張った感情の無い目……。

あの日、警察にかけた電話。

『転落現場にいた人の中に、まどかさんに恨みを持っている人がいたんですけど』

まどかと敦子の駅でのやり取りを、思い出せる限り微《び》に入り細《さい》を穿《うが》ち、話したのだ。

警察官は、熱心に耳を傾けてくれた。伝わってくる空気に、やはりまどかの転落は事故や自殺ではなく事件扱いになっているのだと確信した。

警察の目を眩《くら》ませたいだけだった。朱音に目を向けさせない一心だった。

震える手で口元を押さえる。そうしないと、何か口走ってしまいそうだ。

全身が冷たくなる。自分のした所業に、血の気が引いていく。

もし敦子が逮捕されたりしたら。世間は加害者のみならず、その家族も苛烈に非難し糾弾する。執拗《しつよう》な嫌がらせを受け、引っ越しをせざるを得なくなる。夫も会社にいられなくなるだろう。そうしたら、聡はどうなるのか。母親から引き離され、中学受験など遠い世界のものになる。過酷な濁流が高崎家を呑み込み、押し潰していくのだ。

地獄へと。

その濁流の堰《せき》を切ったのは、私。……私は、とんでもないことをしてしまった。

「ママ、どうしたの？　大丈夫？」

朱音がまだ涙を湛《たた》えた目で千夏を見上げ、背中をさする。

「ああ……うん、大丈夫」

「千夏さん、こっちこっち！」

硬い頬を無理やり持ち上げた時、廊下の反対側から声を掛けられた。光に溢れた談話室で、ジュースを飲みながら手を振る詩織達がガラス越しに見えた。

「いやあ、でも個室って言うのはさすがよね、青島家」

談話室には、小さなソファと椅子、四つのテーブルが置かれていた。一つのテーブルに大人、もう一つに子供達が陣取っている。子供達は相変わらずスマホを皆で覗き込みながら、楽しそうに笑い声を上げている。それを注意することも無く、詩織は千夏が座れるスペースを作り、「すごかったわね、まどかちゃん」と、さも心配そうに眉根を寄せてみせた。

「包帯グルグル巻きで。大丈夫なのかな」

「ねえ。少なくとも、受験は無理なんじゃない？」

「勿体ないわよねえ。あんなに頭が良かったのに」

千夏にくっ付いていた朱音は、詩織達の会話を聞いて、すぐさまその場を離れた。スマホに噛り付きの春姫達の中にも入る気になれないのか、空いているテーブルから椅子を引っ張り出し、談話室のガラス越しに廊下を眺め出した。

詩織達は楽し気に、今のまどかの様子を話している。可哀そう、気の毒、と繰り返される言葉から分かる。彼女達にとって、全てが他人事《ひとごと》なのだ。

しかし、千夏にとっては他人事などではない。この事件、全てが。

「あれ」

朱音が声を上げた。そちらを見ていた千夏も、思わず椅子から腰を上げた。

ガラスの向こう側。パジャマ姿の入院患者や看護師の中に、一組の親子が見えた。

まるで濡れそぼった犬のように背中を丸めた中年女性と、彼女から少し離れて歩く小学生くらいの男の子。

その姿に、千夏は目を疑った。

＊

幾つもの点滴に繋がれたまどかの腕にそっと触れる。身動き一つせず、まるで人形のように眠り続ける姿に、思わず涙が溢れそうになった。

「村上さん、何度も来て下さって、ありがとうございます」

季実子が頭を下げる。首から肩にかけての骨が分かるほど、痩せ細っている。

「やっと、ここまで回復しました」

生死の狭間を彷徨《さまよ》っていたのを、一般病棟に移れるまで安定した。意識が戻らないながらも、まどかは生きようとしている。

また、夢を追おうとしているのだ。

玲奈は込み上げた涙を指で拭い、季実子に向き直った。

「あの、これ」

トートバッグから、空色の封筒を取り出す。

「まどかちゃんに」

「……お手紙？」

「はい。まどかちゃんが夢を追い続けるのを、応援したくて」

季実子は受け取った封筒と玲奈の顔を見比べ、「夢？」と問い返した。

「あの子に、夢なんてあったんですか？」

「ええ。まどかちゃんが全人生を懸けた、大きな夢が」

「……まあ……」

口を覆う季実子の目に涙が膨れ上がる。

「そんな夢があの子に……それなのに、それなのにこんな……姿に……」

「お母さん」

「可哀そうに……可哀そうに、可哀そうに、まどか……」

涙に暮れる季実子の肩をはるかが支えるが、その手も細く弱々しくなっているのが見て取れた。懸命に母を支え続けた長女も、もう限界に近いのかもしれない。いつ覚めるか分からない悪夢の中で、ずっとまどかに寄り添い続けた二人なのだ。

胸が潰れそうな程痛い。少しでも、その苦しみを軽くしてあげたい。

「……もうすぐ、犯人が捕まると思います」

小さく息を吐き、玲奈は言葉を零した。

「え？」

玲奈の言葉に季実子とはるかが目を見開く。玲奈は彼女達に小さく頷いた。

「まだ、はっきりしたわけではないんですが……」

「誰ですか、それは!?」

母を押しのけはるかが詰め寄るように玲奈に向かう。

「犯人を知ってるなら、教えて下さい！　村上さん、お願いします！」

必死の表情で両肩を摑まれ、ひるみそうになるが息を呑んで耐えた。はるかの向こうに動揺を隠せない季実子の顔が見える。今の自分は、悲劇の波に押し流される彼女達に投げられた、一本のロープなのだ。

「警察が、動いています。子供達にまどかちゃんの話を聞きたいと、塾にも来ました。明らかに、事件性のあるものとして捜査しているようでした。塾の子達は参考程度にしか考えていなかったようで、彼らは塾を出ると、すぐにある家に向かいました」

「ある家……？」

「グルンデルヴァルト経堂」

「……？　どこ……？」

「高崎敦子さん」

「高崎……」

「聡君の、お母さんです」

季実子が目を見開く。

その時、病室のドアをノックする音が響いた。

振り向くと、開けられたドアの向こうで、一人の女性が深々と頭を下げていた。

「失礼しても、よろしいでしょうか……」

蚊の鳴くような小さな声で言い、彼女は顔を上げた。丸い顔、シジミのように小さな目……。

＊

高崎敦子が聡を連れ、まどかの病室に歩いて行く後ろ姿に、千夏は目を瞠《みは》った。
一方で、詩織が嬉しそうに話し始めた。
「やっぱり何か関係があるのよ」
内緒話をするように声を潜めているが、何とも言えない喜びを帯びている。
「知ってる？　敦子さんのおうち、警察がきたんだって」
詩織が楽しそうに口にした言葉は、千夏に大きな衝撃を与えた。
やはり敦子は、まどかの転落に関係していた。今も警察の監視下にあるのだろうか。
まどかを突き落とした容疑者として。
目の前が真っ暗になる。
これが、自分の招いた結果。
千夏をさらに追い詰めるとも知らず、詩織は得々と続ける。
「大川《おおかわ》さん。ホラ、二組の。同じマンションなんだけど、オートロックの所で、警察が敦子さんの家を訪ねてるのを見たんだって」

詩織の言葉に、ママ友二人が目を輝かせて飛びつく。

「え、それって、どういうこと？」

「警察が来るなんて、ねえ。ただ事じゃないわよね」

「あれよ、ほら、まどかちゃんの転落に関わってるってこと」

詩織がさも事情通であるかのように語る。

「あたし、敦子さんとまどかちゃんがやり合ってるの、見てるのよね。ホント、目の前で。敦子さん、まどかちゃんからかなりキツイこと言われて。聡君が塾で落ちこぼれていることとからご夫婦の学歴のことまで触れられて、すっごく怒ってたのよ」

「あ〜、なんか目に浮かぶ。高崎さん、大卒じゃないのよね」

「学歴コンプレックスじゃない？　聡君でコンプレックス解消したくて、ジニアでかなりゴリ押ししてるって話よ」

「マジで？　聡君、ジニアでもすっごく出来るって、いつも自慢してるのに」

「本当はクラス落ちして当然の成績なのに、高崎さんが塾長に直談判して、上のクラスに置いて貰ってるって、ジニアでは有名な話らしいわよ」

「そんなおうちじゃ、癒やされないわよね〜。子供っておうちで甘えられて、初めて外で頑張れるのに。うちの春姫なんて、家では私にべったりよ」

詩織が自慢げに笑う。そのキラキラした瞳と、彼女達の発言に、千夏の腸《はらわた》が激しく煮えくり返った。身体いっぱいに怒りが充満し、口を開こうとした時。

「黙れ！」

甲高い少年の声が、談話室中に響き渡った。

振り返ると、いつの間に来たのか、季実子と玲奈、敦子、そしてその母の前で聡が仁王立ちしていた。

千夏も驚いたが、もっと驚いた顔をしていたのは、敦子だった。

「聡……？」

顔を真っ赤にした聡が、敦子を守るように詩織達を睨みつけた。

「お母さんが青島さんの転落に関係してるなんて、あるか！　うちのお母さんが、そんなことする訳ないんだ！」

いつも敦子の陰に隠れ、誰とも目も合わせなかった聡。その聡が、大声で怒鳴りつけている。

母を貶《おとし》める、大人達を。

「お母さんは、本当に優しいんだ！　僕が怒られるのは、僕がダメだからだ！　僕のために、お母さんは怖くしてるんだ！　お母さんが悪いんじゃない！　お母さんは、悪い人間じゃない！」

詩織達を睨みつけていた聡の目に、涙が膨れ上がった。ふいに顔が歪む。

「お母さん、ごめんなさい……」

敦子を背中に庇《かば》ったまま、真っ赤な頬に涙を流す。

「ごめんなさい……僕のせいだ……僕が……お母さんの言う通りに出来ないせいで……」

敦子が目を見開いた。

「……違う……！」

絞り出すように叫ぶと、敦子は聡を抱きしめた。後から後から溢れてくる涙が、聡の髪を濡らしていく。

「あたし、何をしたかったんだろう……聡は、こんなにいい子なのに……お母さんが勝手に全部最悪にして、それを聡のせいにしてた。大事な大事な聡なのに……一番、それが、大事なことだったのに……」

強く抱きしめ、敦子は「ごめんね」と繰り返した。

千夏は涙を抑えることが出来なかった。

同じだ。

これは、母親の業《ごう》。

まだしゃくり上げている敦子と聡を横目に、詩織達は気まずそうだ。公衆の面前で聡に怒鳴られた腹いせか、詩織は顔を紅潮させ、吐き捨てるように言った。

「だからって、敦子さんの疑いが晴れたわけじゃないでしょう？　あれだけまどかちゃんと口論してたじゃない！　まどかちゃんが転落した夜にマンションでも言い争う声が聞こえたって、そんな相手、もう敦子さんしか考えられないでしょう！　それに大川さんが、敦子さんのおうちに警察が来たって……」

「やめて下さい、子供の前ですよ！」

玲奈が厳しい声で詩織を遮る。生意気なバイトだとばかりに、詩織がきつく睨みつける。その時、聡を抱きしめていた敦子が顔を上げ詩織に向き合った。

そして、はっきり言った。

「確かに、あの晩、私はまどかちゃんのマンションに行きました。言い争っていたのは、私です」

＊

全員が凍り付く姿を、玲奈は見ていた。

漠然と予想していたにも拘わらず、本人から事実として突き付けられると、動揺は隠せない。

まどかの病室で敦子の話を聞いた時、玲奈も同じ反応をした。その時一通り話をしたせいか、敦子は淀むことなく続きを語り出した。

「自分が必死に隠してきたことを暴露されて、その上ひどくバカにされて、私、本当に悔しかった。心が千切れそうになるくらい、苦しかった。家に帰っても気持ちが収まらなくて、新光学院に行ったの。そうしたらちょうどあの子が帰るところで、後をつけた。人が見ていない所で、大人をバカにするなってちゃんと言ってやりたかったから。マンションの前まで来て声を掛けたら、あの子は振り返って私の顔を見た途端、笑ったの。『バカなクソ息子の母親が、何の用』って」

憔悴《しょうすい》していた季実子の顔色は一層悪くなっていく。そんな母の肩を、はるかが支える。敦子は続けた。

「私、また物凄く腹が立って、本当にあの子を口汚く罵ってやったわ。頭がいいからって、調子に乗るな。あんたみたいな性悪《しょうわる》な子、将来犯罪者になってブタ箱入りになるに決まってるって。でもあの子はまるでゴミでも見るかのような目で『そんなレベルの低いことしか言えないから、あんたの子供もあんなクソにしかならないのよ』って、笑ってた。私、思わず摑みかかったわ。本当に、今思うと恐ろしいんだけど、あの時は本気で殺してやろうかと思った。その時、訊かれたのよ。『あんなクソ息子でも、愛してるの』って」

「……ごめんなさい……」

泣いているのか、季実子が声を震わせる。

「ごめんなさい……あの子、本当に、なんてひどいことを……」

小さくかぶりを振り、敦子が続ける。

「反射的に、当たり前でしょう、って言った。考える前に、本当に本能的に。そうしたら、私を見るあの子の目」

当たり前でしょう。

敦子は叫ぶように言った。

直球のように強い言葉になった。

その球は、まどかに直撃した。

一瞬ひどく痛そうな顔をして、まっすぐ敦子を見返した。

息を吞んだ。

いつも人を侮蔑する、傲慢《ごうまん》な色を宿した目が、一瞬光を失った。だんだん満ちてくるのは、涙だ。

良く知っている……何か言いたくても言えない時の、聡と同じ眼差し。

どうして……？


「分からなかった。でも訊こうとしたら、あの子はすぐに私に背を向けてマンションに入ってしまった。その時、急に、物凄く怖くなったの。私は、聡と同じ小学生の子供を殺そうとしていたんだって。その罪の重さに、初めて気が付いて……もし本当に殺していたら、どうなっていたか……」

母親が人殺しになる。そんな不幸な人生を、聡に負わせるなんて、絶対出来ない。

「怖かった。私と会った直後にあの子が転落したことが。私が憎んでいたことが、殺そうと思ったことが、何かで関係しているんじゃないかって。私も周りから嫌われてるの知ってる。だから誰かが私を陥れるためにあの子を殺して、罪を被せるんじゃないかって、そんなことばかり考えて、恐ろしくて何も手に付かなかった。今の生活を壊したくない。聡から離れたくない。今回のことがあって、初めて気付けた。この子がどんな子だろうと、誰よりも私には愛しい子なの。たかが憎しみなんかで、この子を不幸にしたくない」

また敦子は聡を抱きしめ直した。

「聡は、私の宝物なの……」

聡も無言で敦子を抱きしめる。二人の頬に涙が零れ落ちる。

季実子が深く、深く頭を下げた。

「本当に……本当に、ごめんなさい……まどかの暴言を、許して下さい……」

「お母さん」

「こんなに色んな人に憎まれていたら、誰に命を狙われても当たり前……私が悪かったの……やっぱり、あの子を一人にするんじゃなかった……私がちゃんと、あの日、メッセージ通りすぐに帰っていたら、こんなことにならなかった……」

「メッセージ？」

聞き返した千夏の問いに、季実子は頷いた。

「……〈お母さん、今すぐ帰って来て〉……」

季実子の目からまた涙が溢れ出した。

打ちひしがれる季実子の姿があまりに辛く、玲奈は目を逸らした。

敦子が言ったとおり、子供は、親にとってたった一つの宝物だ。

それを、一体誰が、こんな風に壊したのか。

「え、ママ」

春姫が不意に声を上げた。細い目をアーモンド大に見開いて、場にそぐわないキョトンとした顔で。

「なんでまどかちゃんのお母さん、泣いてるの？　あれ？　まどかちゃんのお母さん、まどかちゃんのこと嫌いだったんじゃないの？」

二〇二三年　夏期講習③

「だから、バカは嫌い」

まどかの言葉が、春姫の耳に届く。

ずっと聞こえてくる女の子達の言い争いに、耳が釘付《くぎづ》けだ。

バカって。誰のことだろ。

春姫はぼんやり考えた。ママが言ってた。お勉強が出来るより、優しい心の方が大事って。

周囲の女子がお喋りしながら教室を出て行こうとするのを見て、春姫も慌ててその後につく。

あの子達に付いて行かないと、ぼっちになっちゃう。ぼっちは良くない。お友達は沢山いないとって、ママが言ってたもの。でも、みんなはいつもアイドルとかユーチューブとか私には分からないことばかり話してる。イミフだけど、しょうがない。

教室から出ると、泣いている朱音をAクラスの女の子達が押さえる姿が目に入った。彼女達も、口々に抗議の言葉を口にしている。

「ひどい、青島さん！」

「どうしてそんなこと言うの⁉」

「朱音ちゃんが、あなたに何をしたっていうのよ⁉」

春姫の胸がときめいた。

まどかちゃんがバカって言ったの、朱音ちゃんのことだったんだ。

じゃあ、さっき聞こえた付け回してるお母さんって、朱音ちゃんのママ？

ママの悪口言われて、朱音ちゃん怒ってるんだ。

ただの喧嘩に過ぎない目の前のやり取りが、急に春姫にとって自分を輝かせる華々しい晴れの舞台に見えてきた。

ママが言ってた。困ってる人がいたら、手を差し伸べるのよ。

そうよ、今こそ、幼馴染のあたしが、力を貸すときじゃない！

「本当に、サイテー！」

トイレに行くグループから離れ、春姫は朱音を囲む女子達の中に入って同じように叫んだ。

Eクラスの春姫の参入に、まどかの表情が一層冷たくなる。虫けらを眺める酷薄さで、「はあ？」と小さく笑った。

だが春姫は何も怖くない。今、ここでまどかをやり込めれば、朱音を守ったとママに褒めてもらえる。春姫はなお声を張り上げた。

「マジでサイテー！　うちのママが言ってた、あんたのお母さん、あんたのこと『うちの子には本当に困ってる』って！　『お姉ちゃんは本当に良い子に育ってくれたのに、まどかは恐ろしい子になってしまって、苦しい』って、言ってたって！」

「ちょっと、何を騒いでるの。もうすぐ授業でしょ、早く教室戻りなさい」

大声を聞きつけた落合が仲裁にやって来る。しかし構わず、興奮した春姫は続けた。

「あんた、本当のお母さんにすっごく嫌われてるんだから！　そんなあんたを追い掛けてくれる朱音ちゃんのママに、感謝しなよ！」

春姫が叩きつけた言葉で、まどかの氷の瞳にひびが入った。

第五章

二〇二三年　八月　現在

春姫の話に、談話室は静まり返った。

玲奈が息を呑む。

春姫から出た言葉は、母が常々家で口にしていたのだろう。その場にいる全員の目が詩織に集まる。滲む冷ややかさ、息苦しさに、詩織は慌てて言葉を捻り出した。

「と、とにかく、敦子さんは犯人じゃないってことよね！　じゃあ他にいるってことじゃない!?　急いで探さなきゃ、絶対、ね！」

犯人。

出来上がった筈のジグソーパズルが、ゆっくりと崩れていく。

玲奈が見て、聞いて、形作ってきたピースが、ゆるり、ほろりと。

「私も、そのことを言いに来たの」

詩織の言葉に、敦子が大きく頷く。

「私にも探させて、季実子さん。お願い」


バラバラになったピースが、違う絵を形作っていく。

今、手にした最後のピース。

それを加えて、やっと見えた、これは……。


「みんなで探しましょう！」

まるでリーダーのように詩織が気勢を上げる。季実子は、泣きながら一層深く彼女達に頭を下げた。

「そんな……皆様に嫌な思いばかりさせた、ご迷惑ばかり掛けた娘なのに……私の育て方が、悪かったばかりに」

違う。

「あの子も……きっと、他の誰かにも突き落とされるようなひどいことを言ってしまった結果なんだと思います」

違う。

「もし目が覚めたら、今度は姉を見習ってもっと心の優しい子になるよう、言って聞かせますから」

「……違う」

玲奈の口から、呟きが零れ落ちる。

それは池に投げ込まれた石のように、静けさの輪を広げた。

視線がこちらに集まる。玲奈の脳裏には、正しい場所に最後の一ピースがはめ込まれたジグソーパズルが、静かに横たわっていた。

その図案のあまりの切なさ、悲しさが胸を塞ぎ、涙が込み上げてくる。

「村上さん……？」

　千夏が声を掛ける。きちんと説明しなくては……これは、私の義務。夢というまどかの宝物を知っているただ一人の人間として。

　涙を堪え、玲奈は皆を見つめた。

「まどかちゃんは、確かにひどい毒舌家でした。沢山の人を貶め、嘲笑し、多くの恨みや憎しみを買って来たかもしれません。でも、聡君のお母さまの仰る通り、憎しみなんかで人を殺したりできません。人を殺すのは」

　こちらを見つめる季実子を見つめ返す。

「絶望です」

「絶望……」

「絶望が、まどかちゃんの背中を押したんです」

　季実子の化粧をしていない薄い眉が顰められる。

「まどかちゃんは、自分で飛び降りたんです」

　玲奈の言葉に、周囲が驚きの声を上げた。はるかは目を見開き、季実子は大きく息を吸いこんだ。

　ごめんね、まどかちゃん。

絶対誰にも言わないでって約束、破るよ。もう信用してもらえなくなるかな。でも、言わずにいられないんだ。

あなたがこれ以上、傷つけられるの、見ていられないんだよ。

「まどかちゃんから、聞いたんです。まどかちゃんには、絶対叶えたい夢がある。そのために、今必死で勉強してるんだって。ただでさえ才気溢れる子が、努力に努力を重ねて、全国トップを取り続けて叶えようとする、あの子のたった一つの夢。それは」

『お母さんに、褒めてもらいたいんだ』

かつてのあの日、語られたまどかの夢。

こんもりと生い茂る緑道、水中のように木漏れ日が揺れていた。並んで歩くまどかは日の光の中薄く頬を染め、恥ずかしそうに笑っていた。

『はるかが……姉なんだけど、それがお母さんの理想なの。すごく優しくて、いつも自分より他人が優先で、自分が得したら人にもそれを分けてあげる。ノブレス・オブリージュっていうんだけど、もう本当に、天使みたいなんだ。お母さんは、あたしにもそうなって欲しいの。でも、どんなに頑張っても、お姉ちゃんみたいに出来たね、お姉ちゃん見習って偉いねって……あたしは、はるかの亜流でしかないんだよ。お母さんは、一生あたしを、見てくれない』

いつも人を見下す瞳が、切なさを宿す。

『はるかには、絶対敵《かな》わない。どんなに暴言を吐いても、嘲り笑っても許してくれる。どこまでもお母さんの理想で、一緒にいると本当に苦しいから、ますます悪い態度取って、それでも許してくれる……少しでも怒ってくれたら、言い返してくれたら、お母さんの理想じゃなくなったらって、思っちゃう。はるかといると、本当に自分が卑しい人間に思えて、嫌なんだ』

小学六年生。自分のことが見える年頃。そして、必要以上に他人と比較して、自分を卑下する年頃。

それは、この天才少女も同じ。

『だから、お母さんにあたしが一番を取るところを見て欲しい。はるかが落ちた学校にトップで受かって、まどか凄いね、って言って欲しい。それで入学式で新入生挨拶をやって、皆にうちの子凄いでしょうって、自慢して欲しい。お母さんの新しい理想の子供になる。それが、あたしの夢』

玲奈を見上げ、フフッと笑って見せた。

『叶えるために、頑張ってるんだ』

光が弾けるような笑顔だった。あどけなく愛らしい、天賦の才など関係ない、本来の小学六年生の少女らしい笑顔。

その笑顔に釣られ、玲奈も笑った。

心の底から、まどかの夢が叶うことを祈った。

だがその頑張りは、季実子の理想から離れていくだけだった。

まどかは頑張り続けた。懸命に勉強し、全国一位を取り続けた。他人を侮蔑し汚辱するのは、自分が誰よりも秀でている存在だと、自身に言い聞かせるためだったのだろう。そうでもしないと、小学六年生のまだ幼い心は、母の無償の愛を感じられないことに耐えられなかったのだろう。

だが、目を背け続けた現実を突きつけたのは、春姫の言葉だった。

『お姉ちゃんは本当に良い子に育ってくれたのに、まどかは恐ろしい子に育ってしまった』

『本当のお母さんに嫌われてるんだから』

お母さんは、本当に、私のことなんて嫌いなの？

あんなクソ息子でも愛しているのかという問いに対する、『当たり前でしょう』という敦子の即答が、引き金となった。

どうして私だけ、愛してもらえないの？

〈今すぐ帰って来て〉……このメッセージは、まどかの最後の賭けだったのだろう。

来てくれることを望んで、待って、待って、待って、待って。

飛び降りるときに放った「お母さん」は、助けを求めたわけじゃない。

ただ、呼んだだ。答えて欲しかっただけだ。

「なあに、まどか」と。

母に。


玲奈の話に、季実子は瞬きもせず涙を流し続けている。

「これは、あくまで私の推察です。本当のことは、まどかちゃんが目を覚ました時に、お母さんが聞いてあげて下さい」

静かに言葉を閉じると、季実子は床に崩れ落ちた。

「私……私は今まで、なんて……なんてひどいことをしてきたの……」

「お母さん」

「人に優しくなんて……まどかがどんなに傷ついてきたか、何も見ようともしないで、私は、母親のくせに……」

背中を丸め、季実子は激しく泣きながら自分を責め続ける。大きく震える母の背中を懸命にさするはるかも、涙が止まらない。

玲奈には母子に掛ける言葉が見つからなかった。

私はまどかの夢を、季実子の絶望に変えてしまったのだ。

口を押さえるが、もう遅い。出てしまった言葉は戻すことはできず、季実子の心につけた傷からは、血が致死量に至るほど流れ続ける。

自分の犯した恐ろしい罪に指先が冷たくなったその時。

「……違う、季実子さん」

千夏が、季実子の傍らに跪き、震える背にそっと手を当てた。

「これは、母親の業……なのよ」

頬を涙で濡らしたはるかが、千夏を見つめる。彼女に小さく頷き、千夏はゆっくりと季実子の背をさする。

「子供を育てることは、親の願う理想の人間になるように導くことだと思ってた。それが子供の幸せだと、信じて疑わないわよね。そしていつの間にか、その理想を追い求めることが目的になってしまって、目の前にいる子供が見えなくなってしまう。子供が親の理想のせいでどんなに苦しんでいるか、分からなくなってしまう」

　千夏の言葉に、敦子が深く頷く。

「……私も、そうだった」

　季実子は、嗚咽を止めていた。泣いて激しく上下していた背中が、緩く静かになっている。

「自分の子だから、心を鬼にして厳しくなる。自分以外の誰も、こんなに必死になってはくれないのだもの。野生の本能が剝《む》き出しになって、理性も常識も吹き飛んでしまう。もう絶望的に、愚かな業。自分で自分を追い詰め、苦しめ、袋小路に入り込んでしまって。でも、そこまで苦しんで、初めて分かったの……自分がしたかったのは、ただ、子供を愛することだけ……そこまでしないと、分からなかった。本当に、本当に、愚かだった」

　季実子がゆっくりと顔を上げる。涙で濡れそぼった目が、千夏を見上げる。見つめ返し、千夏は続けた。

「そんな愚かで、救いようのない母親をね、許してくれるのよ、子供は。袋小路から、助け出してくれるの。こんな、ダメな母親を、ママって呼んで。私から生まれたっていうそれだけでね、本当に深く愛してくれるの。子供は」

「わ……たし……」

千夏を見上げる季実子の目から、また涙が溢れ出す。その涙は、悲愴《ひそう》な苦しみを押し流していく。

「私……まどかが目を覚ましたら……思い切り、思い切り……抱きしめる……」

「お母さん」

「……今まで、良く頑張ったねって……大好きよって……」

はるかの手を強く握り、季実子は何度も、自分の心に想いを刻み込むように、繰り返した。

まどか、大好きよ、と。

「……お母さん……」

母の身体を支えるはるかが、目を閉じた。苦し気に口元を歪ませる。

「……ごめんなさい……私、ずっと、嘘ついてた」

「え……？」

「私、まどか、大嫌い」

季実子が目を見開いてはるかを見つめる。

「本当は、辛かった……いつもいつもバカにされて、苦しくて、それでも許さなきゃ、笑わなきゃって……でも……心の底では、大嫌いだった……ずっと、憎んでた……ずっと……」

「……はるか……」

「ごめんなさい……私……本当の私は、全然お母さんの理想なんかじゃない……それなのに、私の嘘の姿が、まどかを苦しめて……私……私のせいで……」

溢れる涙を抑えるように、はるかが両手で顔を覆って泣き出した。大きく震える細い肩を、季実子が抱きしめる。そして何度も、何度も頭を撫でた。

〈理想〉にがんじがらめになっていた娘の、真実の姿を慈しむように。

生まれたままの姿を、愛するように。

玲奈は、全身から力が抜けるのを感じた。

大きな窓には、暮れ始めの夏の空が広がっている。

紅は薄暮になり、間もなく群青の夜が来る。

そしてその夜は、また美しい朝焼けと共に明けていく。

二〇二三年　秋・受験期

九月になっても三十度以上の日が続き、いつまでも続くかと思われていた夏だったが、やがて金木犀《きんもくせい》の香りと共に遠ざかり、秋の気配が色濃くなっていった。

まどかの飛び降りについては警察が自殺未遂と断定、発表され、マスコミも街から消えた。

自分の転落が大きな波紋を呼び起こしたこと、そして色々な人が本当に大切なものに気付き、人生の転機を迎えたことを知らないまま、まどかは眠り続けている。

そうして中学受験生達は、追い込みの季節に入って行く。

＊

夜の訪れが早くなった。紅の空に響く五時の鐘を聞きながら、部屋着にジャケットを羽織った千夏が横断歩道を小走りで渡る。裸足《はだし》にサンダルをつっかけた爪先が冷たい。コンビニエンスストアに駆け込むと、「あら」と思わず声を上げた。

両手に何冊も入学試験過去問集を抱えた敦子が、ちょうどコピー機から離れた所だった。エコバッグに何十枚もの紙が入ってパンパンになっている。

「千夏さんも、過去問コピー？」

そう言って敦子が笑顔を見せた。千夏も自然と笑みが零れる。

「そう。敦子さんも？」

「うん。あたし今終わったとこだから、ちょうど良かったわ。すごい量になるから、時間かかるよね。なんたって、四教科五年分を何校？　うちはとりあえず五校」

「うちも一月受験に二校、二月が三校。学校によって解答用紙の大きさ違って、大変じゃない？　本番と同じ大きさに拡大しなきゃいけないから、倍率計算面倒臭いよね」

「ハハ、本当。でも子供も頑張ってるから、親もこれくらいはちゃんとやってあげなきゃね」

「ね」

「朱音ちゃん、頑張ってる？」

敦子の言葉に、嫌な圧が無くなっている。千夏は素直に首を傾げた。

「う〜ん、そうね。今さらながらって感じだけど。とにかく、まどかちゃんが目を覚ました時に『お、やるじゃん』って言わせるくらいになってみせるって、すごく張り切ってる」

「いいね。まどかちゃん、早く目覚まして欲しいね」

「ねえ。で、聡君は？」

「聡ね、第一志望、変えたの」

穏やかに微笑み、敦子が肩をすくめた。

「クラスも三つ下げてもらったんだ。志望校も、学校見学したり文化祭行ったりした中から、聡自身が本当に好きな学校のことを話してくれてね。ジニアアカデミーでは押さえの押さえみたいな学校だけど、そこに決めたら聡もすごく勉強に前向きになって、クラスでトップになれたの。勉強も塾もすごく楽しそうになったから、本当に良かった。聡が笑っていてくれるだけで、すごく嬉しい」

気が付いたら、千夏も微笑んでいた。

親から溢れ出す子への愛情は、なんと温かく優しいのか。

良かったね、お互い頑張ろうね、と言いながら、千夏も朱音の笑顔が見たくなった。

今も模試の解き直しをしている朱音に、好きなお菓子を買って行ってあげよう。

「あ」

出入り口から聞こえた声に振り返ると、詩織が目に入った。やはり過去問をコピーしに来たのか、何冊もテキストを抱えている。だがすぐに身を翻し、走り去っていった。自動ドア越しに見える詩織の後ろ姿に、敦子が目を丸くした。

「今の、詩織さんだよね？　過去問コピーに来たんじゃないのかな？」

以前だったら、二人を見たら笑顔で駆け寄り、井戸端会議に嬉々として参加している筈だ。だが今は、詩織もそんな心情にはなれないのかもしれない。

「ちょっと大変なのかも。朱音の話だと、春姫ちゃん全然勉強していなくて、塾で問題になってるらしいから」

「え……今の時期に？」

「うん。ママが人は優しさがあればいいって言ってるって、先生の忠告聞かないって」

「そんな……せっかくの学びの機会なのに……」

敦子が言葉を失う。

千夏もその話を聞いた時は愕然《がくぜん》とした。もう全教科総復習も済み、過去問演習を中心に志望校合格に向けて邁進している時だ。

そこで勉強をしない……詩織はそんな娘を、どう思っているのか。受験仲間の二人を見て、逃げるように出て行った春姫の母は。

だがそこに、他人が物申すことはしてはいけない。

家庭は子供が育つ巣だ。親はただ自分の子供だけを見つめ、伸び行く未来を共に見つめながら育んでいく。それだけだ。

「じゃあ、またね」

「うん。感染症、気を付けようね」

過去問集とそのコピーを抱えた敦子が、群青色に染まった街へと出て行った。息子の待つ家に、小走りで帰って行く。

千夏もコピー機に向き合った。

中学受験を決めてから永遠に続くと思われた受験生活も、あと三か月を切った。

朱音の頑張りがどういう結果を導き出すのか、早く知りたい気持ちと知りたくない気持ちがせめぎ合い、落ち着かない。

小さく息を吐き、コピー機に五百円玉を入れようとした。見ると、残金三十円の表示がされている。敦子が釣銭を出し忘れたのだ。

ふと、笑みが零れた。

そうだね。戦ってるのは、うちだけじゃない。

今度会った時に渡そう……敦子の釣銭をポケットに仕舞い、千夏は改めて五百円玉を入れた。

エピローグ

二〇二四年　二月　合格発表

短冊形のフォーマット。一番上には、赤いバラの花のイラストと〈祝・合格〉の文字。

その下に、筆文字のフォントで〈星和学園中学高等学校〉と打ち込む。

何百枚もあるので機械的に打ち込んでいくが、その度に玲奈の心は揺れ動いた。

いわゆる「合格短冊」だ。

東京・神奈川では私立中の受験は二月一日、二日、三日に集中している。複数回入試を行う学校でも大半が六日には終わり、結果が出る。入試問題の解き直しや結果報告のため塾生がひっきりなしに訪れる、もっとも緊張感を伴う時期だ。特に室長の笹塚は、夜に合格発表を行う学校を受けた塾生の報告を待つと共に、不安に陥った保護者から深夜にかかってくる電話対応をするため、入試期間中は塾に泊まり込む。髭《ひげ》も剃《そ》らずシャツも替えず、寝不足で目が充血し、すっかり人相が変わってしまっていた。

嵐のような一週間を潜《くぐ》り抜けると、今度は保護者からお礼の品が届き、お祝いムードが漂う。笹塚もいつもの清潔感のある室長の姿に戻り、贈答品のフィナンシェを頬張りながらコーヒーを飲んでいる。

「合格短冊」は、このタイミングで貼り出される。

短い子で一年間。一番長い子で六年間。遊びが仕事と言われる小学校生活を費やして、中学受験に取り組んできた結果を、形にしていく。

この一週間、沢山の受験生達を迎えてきた。

第一志望に合格し、真っ赤な顔をして飛び込んできた女の子。笹塚の顔を見た途端号泣して、お母さんが息を切らしながら合格報告してたっけ。

A判定の学校に不合格になったのに、塾に連絡もせず問題の解き直しにも来なかった男の子。笹塚が電話をしたらお母さんが泣きながら出て、本人が部屋から出てこないとかで、すごく心配した。結局併願校の合格が分かって、やっと気持ちを持ち直し、その後塾にも来てくれた。

たった十二歳の子供達が、どれだけのことに耐え、呑み込み、乗り越えてきたのか。合格校と塾生の名前を打ち込みながら、ここで流されたいくつもの涙を思い出し、うっかりすると熱いものが溢れてしまいそうになる。

〈光漣女子学園中学高等学校　小倉朱音〉

朱音の第二志望校だ。

朱音は、第一志望と縁を結ぶことが出来なかった。

合格発表の当日、すぐに朱音は報告に来た。夏休み以降急激に伸ばした成績が安定し、第一志望の合格ラインも越えていた。これまでなら安心して手を抜くところを、入試直前まで詰めに詰めて、本番に挑んでいた。限界を超えるほどの勉強をしたに違いない。そこまでやっての不合格は、心を根こそぎ抉ったのだろう。朱音の涙は、ずっと止まらなかった。

だが朱音の母は、まるで合格したかのように、とても晴れ晴れとした顔をしていた。

『この子には、必要な不合格だったと思います。六年の前半まであんなになまけて、後半ちょっと頑張ったくらいで合格を貰えるような学校ではなかった。生半可な気持ちで越えられる壁は無いです。これを良い経験に出来たら、合格以上にこの子の財産になります。光漣はこの子を選んで下さった。そこで頑張って欲しいと思います』

その手は、ずっと泣いている娘の背中を優しくさすり続けている。彼女は、子供の受験に特に神経質になっていた。いつも深刻な顔をして、しょっちゅう講師や笹塚を捕まえては娘の相談をしていた。だからこそ、第一志望不合格を良い経験と言った彼女の柔らかい笑顔が、印象的だった。

彼女の話によると、まどかの見舞いに行った時会った高崎聡君は、第一志望に見事合格をしたそうだ。結果を確認した時は、家族みんなで号泣して喜んだという。

かたや同じくあの場にいた春姫は、やる気も見せず低迷していた成績そのままに、第一志望を始め併願校にも落ち続けた。最後に受けた学校でようやく合格が出たが、電話で報告があっただけで、母子とも塾に顔を出していない。

大学受験を済ませた身としては、たかが中学受験じゃないかとも思う。

小六で死ぬほど頑張って最難関に入ったとしても、その先は楽園ではなく、戦いを勝ち抜いてきた優秀な子供達に揉まれる世界。

中学受験生に必要なのは、高い偏差値を追い求めることでも、ライバルに負けて自己肯定感を下げることでもない。ただひたすら何かに打ち込んだという経験を積めた、そんな充足感だけでいい。

朱音の合格した四校の短冊を打ち終え、名簿に目を移す。

一番上の名前が目に入り、胸が、鈍く疼《うず》く。

志望校も、合否も記入されていない、名簿の一番目。

まどかちゃん、どうしてる……？

受験、終わっちゃったよ。

あなたの第一志望の入試問題見たけど、絶対満点合格できたと思うよ。そうしたら、入学式で新入生代表の挨拶が出来たのに。

マンションの非常階段まで、どんな気持ちで行ったの。たった一人で、四階から下を見下ろして、怖くなかったの。

『お母さん』

夜空に響く声。

迎えに来なかった母を、ただ呼ぶ声。答えなどないと、分かっているのに。

『お母さんに、褒めてもらいたいんだ』

まどかの夢。彼女の背中を押した、何よりも大切な宝物。

沢山の賞賛を得ていた。皆が敬意を示し、憧れ、そして憎んだ。多くの人の目を集めていたのに、まどかは独りだった。

強く目を閉じ、玲奈は握り合わせた両手を額に当てた。

その時。

「すみません……」

顔を上げると、母親と男の子が遠慮がちにドアから顔を出していた。

「はい」

「あの、五年Bクラスの……あ、新小六の、沢口《さわぐち》です」

母親が深く頭を下げた。笹塚が慌てて立ち上がる。

「あ、昇君《のぼる》。どうしました？　勉強で何か困ったことがあったかな？」

よく見ると、昇の目は泣き腫らしたように真っ赤になっている。恥ずかしいのか、どうしても背後に隠れようとする息子を、母は前に押し出した。

「ちゃんと話しなさい、昇」

「どうした？」

笹塚が身体を屈《かが》め顔を覗き込むが、昇はより深く俯くだけで、何も言わない。

「さっきお母さんに言ったこと、室長先生に言ってごらんなさい！」

声を荒らげた母親も、涙を堪えたように潤んだ目をしている。玲奈が息を呑んで見ていると、笹塚は穏やかな笑みを浮かべ、昇の肩に手を置いた。

「お母さん、昇君のこと心配してるんだよ。先生に言えるかな？」

なおも黙りこくる昇の代わりに、母が口を挟んできた。

「聞いて下さい。うちの子、もう新小六になるっていうのに、勉強してる振りをしてゲームばかりしてるんですよ！　公開模試の解き直しもまだ手付かずだし、漢字や計算も溜めてばかりで！　ちゃんと勉強しなさいって言ったら、勉強勉強言われるからやる気がなくなるとか言って！　そんなゲームばかりやるんなら受験やめなさいって言ったら、今度はキレて泣き出して！　もう、どうしたらいいのか……」

母の潤んだ目に涙が膨れ上がる。

「……先生、どうしたらいいんでしょう。この子のためにと思って始めた中学受験なのに、こんなに悲しい想いばかりで。うちには中学受験は合ってないんでしょうか……やめた方が、いいんでしょうか……」

「ぼく、やめたくない！」

黙りこくっていた昇が、初めて声を出した。母に縋りつき、かぶりを振る。

「お母さん、やめたくない！　中学受験、やめたくない！」

「じゃあ、どうしたらいいの？　お母さん、もう昇の泣く顔、見たくないよ」

母が、息子の手を握りしめた。その手を、昇も握り返す。

その光景は、光を放って玲奈の心に飛び込んだ。

握りしめる手。母親は、目の前の子供を見ている。我が子への愛を見失うことなく、幸せな未来だけを願っている。

この母子は、大丈夫。

「分かりました。よく話し合いましょう。昇くんとお母さんが、一番幸せになれる結果に辿り着けるように」

明るい声で言い、笹塚が二人を面談室に案内しようとした時。

固定電話が鳴り、玲奈がワンコールで受話器を取った。

「はい、新光学院経堂校です」

受話器の向こうで名乗る声に、玲奈は目を見開いた。

『……まどかが……』

＊

「まどか……？」

ベッドサイドに座り続けていた季実子は、思わず立ち上がった。母の声に、はるかがベッドを囲むカーテンを急いで開ける。

「……先生呼んでくる……！」

気持ちに足が追いつかず、転びそうになりながら病室を駆け出した。ナースステーションにあるモニターの変化に気付いた看護師や医師達が走ってくる足音が聞こえる。

深海のように静まり返っていた病室が急変した。

「まどか……まどか……！」

ベッドに横たわる娘の頬を包む手に涙が零れ落ちる。

「……まどか……？」

まぶたが震えている。そしてゆっくり、ゆっくりと、開かれていく。

ああ、と溜息とともに零れ落ちた季実子の声に、まどかは視線を向けた。

「まどか」

まだ焦点が合わない。光のない瞳を中空に彷徨わせるだけだ。

だが、季実子は待っていた。

「まどか……待たせて、ごめんね」

優しく頬を撫でる。小さい頃、甘えに来た末娘にしていたように。

「ずっと一人で待っていてくれたんでしょう？　寂しかったでしょう？　本当に、ごめんね。でもね、お母さんも、待ってた」

ポタポタと顔に落ちる母の涙が、まどかの目に光を呼び戻す。

「待ってたのよ。まどかが、目を覚ますの。ずっとずっと、傍で」

「そうだよ」

戸口で医師と看護師の前に立ち、はるかが涙を拭いながら言った。

「お母さん、ほとんど家に帰らないで、ずっとまどかの傍にいたんだよ」

まどかの目に、涙が滲む。何かを言おうとするが、長い間声を出すことの無かった口は上手く動かない。季実子はその口元に耳を寄せた。

微かに聞こえる、まどかの声。

「……おかあさん……」

待っていたのだ、ずっと。

もう一度、まどかに呼んで貰うことを。

そうして、答えることを。

「なあに、まどか？」

笑顔を見せ、娘を抱きしめた。覆い被さりながら髪を撫でる。優しく、愛を込めて。

「大好きな、まどか、まどか」

まどかの目から、涙が零れ落ちた。後から後から目尻を伝い枕を濡らす。

細い指で母の袖に触れる。寝たきりで弱まった力ながら、精一杯強く握りしめた。
看護師達が季実子に声をかけるが、まどかは母を離さない。
ずっと捜していた母に会えた、幼い迷子のように。

*

母は、祈る。
ただ子供が笑っていられることを。暖かい幸せの中で、穏やかに暮らせることを。
生涯をかけて、祈り続ける。

※この作品はフィクションであり、登場する人物・団体・事件等は、すべて架空のものです。

小学館文庫
好評既刊

泣き終わったらごはんにしよう

武内昌美

ISBN978-4-09-406777-4

中原温人《なかはらはると》は社会人四年目の少女マンガ編集者。いちばんの楽しみは、恋人のたんぽぽさんに美味しいごはんを作ってあげることだ。優しさと思いやりがたっぷり詰まった料理は、食べた人の心のほころびを癒していく。スランプに陥ったマンガ家に温人が振る舞ったのは、秘密の調味料を忍ばせた特製きのこパスタ。その味と香りに閉じていた思い出の箱が開いて……。仕事のトラブルに涙する姉には甘く蕩ける肉じゃがを、イケメンのくせに恋愛ベタな友人には複雑な食感の山形のだしを。読めば大切な人とごはんが食べたくなる。心の空腹も満たす八皿、どうぞ召し上がれ。

小学館文庫
好評既刊

すべてあなたのためだから

武内昌美

ISBN978-4-09-407227-3

飯野良子は平凡な主婦。娘の菜摘は何ごとにも鈍く、そこに少々不満はあるが平穏に暮らしていた。ある日、憧れのセレブなママ友·麗香の勧めで娘を中学受験塾に通わせることに。初の試験は偏差値39という惨憺たる結果で愕然とするが、菜摘は意外な才能を見せ、一気に成績を上げていく。辛かった自らの学生生活を重ね、我が子には明るい未来をと願う良子は周囲に娘を絶賛され有頂天に。だが麗香はそれを知ると良子への態度を豹変させた……。受験に形を借りて母親同士のエゴがぶつかり、娘へのプレッシャーもエスカレートしてゆく。あまりにもリアルな衝撃作！

殺した夫が帰ってきました

桜井美奈

ISBN978-4-09-407008-8

都内のアパレルメーカーに勤務する鈴倉茉菜。茉菜は取引先に勤める穂高にしつこく言い寄られ悩んでいた。ある日、茉菜が帰宅しようとすると家の前で穂高に待ち伏せをされていた。茉菜の静止する声も聞かず、家の中に入ってこようとする穂高。その時、二人の前にある男が現れる。男は茉菜の夫を名乗り、穂高を追い返す。男はたしかに茉菜の夫・和希だった。しかし、茉菜が安堵することはなかった。なぜなら、和希はかつて茉菜が崖から突き落とし、間違いなく殺したはずで……。秘められた過去の愛と罪を追う、心をしめつける著者新境地のサスペンスミステリー！

本書のプロフィール

本書は、小学館文庫のために書き下ろされた作品です。

小学館文庫

悲母《ひぼ》

著者　武内昌美《たけうちまさみ》

二〇二五年四月九日　初版第一刷発行

発行人　庄野　樹

発行所　株式会社　小学館

〒一〇一－八〇〇一
東京都千代田区一ツ橋二－三－一
電話　編集〇三－三二三〇－五九五九
販売〇三－五二八一－三五五五

印刷所 ― 株式会社DNP出版プロダクツ

ISBN978-4-09-407448-2